LA DUCHESSE

ŒUVRES DE DANIELLE STEEL AUX PRESSES DE LA CITÉ

Album de famille
La Fin de l'été
Il était une fois l'amour
Au nom du cœur
Secrets
Une autre vie
La Maison des jours heureux
La Ronde des souvenirs
Traversées
Les Promesses de la passion
La Vagabonde
Loving
La Belle Vie
Kaléidoscope
Star
Cher Daddy
Souvenirs du Vietnam
Coups de cœur
Un si grand amour
Joyaux
Naissances
Le Cadeau
Accident
Plein Ciel
L'Anneau de Cassandra
Cinq Jours à Paris
Palomino
La Foudre
Malveillance
Souvenirs d'amour
Honneur et Courage
Le Ranch
Renaissance
Le Fantôme
Un rayon de lumière
Un monde de rêve
Le Klone et Moi
Un si long chemin
Une saison de passion

Double Reflet
Douce-Amère
Maintenant et pour toujours
Forces irrésistibles
Le Mariage
Mamie Dan
Voyage
Le Baiser
Rue de l'Espoir
L'Aigle solitaire
Le Cottage
Courage
Vœux secrets
Coucher de soleil à Saint-Tropez
Rendez-vous
À bon port
L'Ange gardien
Rançon
Les Échos du passé
Seconde Chance
Impossible
Éternels Célibataires
La Clé du bonheur
Miracle
Princesse
Sœurs et amies
Le Bal
Villa numéro 2
Une grâce infinie
Paris retrouvé
Irrésistible
Une femme libre
Au jour le jour
Offrir l'espoir
Affaire de cœur
Les Lueurs du Sud
Une grande fille
Liens familiaux
Colocataires

(Suite en fin d'ouvrage)

Danielle Steel

LA DUCHESSE

Roman

*Traduit de l'anglais (États-Unis)
par Sophie Pertus*

Titre original : *The Duchess*
L'édition originale de cet ouvrage a paru en 2017 chez Delacorte Press, Random House, Penguin Random House LLC, New York.

Ce livre est une œuvre de fiction. Les noms, les personnages, les lieux et les événements sont le fruit de l'imagination de l'auteur ou sont utilisés fictivement. Toute ressemblance avec des personnes réelles, vivantes ou mortes, serait pure coïncidence.

Le Code de la propriété intellectuelle n'autorisant, aux termes de l'article L. 122-5, 2e et 3e a), d'une part, que les « copies ou reproductions strictement réservées à l'usage privé du copiste et non destinées à une utilisation collective » et, d'autre part, que les analyses et les courtes citations dans un but d'exemple et d'illustration, « toute représentation ou reproduction intégrale ou partielle faite sans le consentement de l'auteur ou de ses ayants droit ou ayants cause est illicite » (art. L. 122-4).
Cette représentation ou reproduction, par quelque procédé que ce soit, constituerait donc une contrefaçon, sanctionnée par les articles L. 335-2 et suivants du Code de la propriété intellectuelle.

© 2017 by Danielle Steel
© Presses de la Cité, 2020 pour la traduction française
ISBN : 978-2-258-19171-6
Dépôt légal : janvier 2020

Presses de la Cité	un département **place des éditeurs**
	place des éditeurs

*À mes enfants chéris,
Beatrix, Trevor, Todd, Nick, Samantha,
Victoria, Vanessa, Maxx, et Zara :*

*Luttez pour ce qui vous semble juste,
sachez obtenir ce que vous méritez...
Dieu et le destin se chargeront du reste.*

Je vous aime de tout mon cœur, de tout mon être.

Avec tout mon amour,

Maman/D.S.

Le courage, ce n'est pas l'absence de peur ou de désespoir, c'est la force de les surmonter.

AVANT-PROPOS

Chère lectrice, cher lecteur,

Depuis des siècles, le droit britannique des successions favorise les fils aînés au détriment des cadets et des filles. Il en résulte souvent un déséquilibre extrême entre un fils aîné très riche, héritier de tous les biens immobiliers et de toute la fortune, et les autres enfants qui ont à peine de quoi vivre. Aujourd'hui encore, et dans d'autres pays que l'Angleterre, cette injustice des successions peut faire le désespoir de certains et causer des conflits entre frères et sœurs.

L'écriture de *La Duchesse* a été un travail passionnant, car la grande histoire s'y mêle aux drames humains individuels et les personnages trouvent des solutions peu orthodoxes aux situations les plus inattendues. Une jeune fille est chassée de l'univers familier, protégé et extrêmement confortable dans lequel elle a été élevée. Même son père qui l'adore ne peut la défendre contre la loi et la cruauté de son frère aîné. Que faire lorsque l'on a perdu tous ses repères, que l'on n'a plus rien ni aucune main secourable à saisir ? Où aller lorsque les portes se ferment une à une et que le seuil sur lequel on se tient dans un équilibre précaire devient de plus en plus étroit ? Que faire lorsqu'un membre de sa propre famille use de tout son pouvoir contre soi ? Lorsque l'on est victime d'accusations infondées de la part d'un employeur, que l'on n'a plus personne vers qui se tourner, que l'on perd la place dont on dépendait pour vivre ? La jeune duchesse va perdre tout ce qu'elle avait et tous ceux sur qui elle pouvait compter pour la protéger.

L'ingéniosité et le courage de l'âme humaine m'ont toujours fascinée. C'est un sujet sur lequel j'adore écrire. La duchesse choisit un chemin totalement inconnu, inconcevable, et crée un monde défiant les limites de son imagination – et même de la nôtre. Un monde fascinant, peuplé d'hommes puissants, parmi lesquels elle va évoluer, intacte, indemne, sans jamais perdre le contrôle de son destin et tout en aidant les autres.

Vous serez curieux, je l'espère, de savoir où la vie la mènera. C'est ma conviction que le bien triomphe du mal, qu'il doit assurément en être ainsi, qui forme la trame de ce roman. La voie n'est pas claire, au début, et le chemin du salut est semé d'embûches. Cependant, j'aime à penser que ce sont les bons, les honnêtes, les courageux qui gagnent à la fin. Cette histoire pourrait être tout aussi vraie de nos jours. J'espère que vous vous plairez à la lire autant que je me suis plu à l'écrire.

Amitiés,
Danielle

1

Depuis onze générations et près de trois cents ans, Belgrave Castle se dressait dans toute sa splendeur au cœur du Hertfordshire. Bâti au XVIe siècle, il avait bien peu changé depuis cette époque, hormis l'ajout de quelques éléments modernes et autres touches décoratives. Ses propriétaires, eux aussi, restaient fidèles aux traditions anciennes ; cela avait quelque chose de rassurant. Le domaine était le fief de Phillip, duc de Westerfield et chef de la famille Latham qui avait construit Belgrave Castle. C'était l'un des plus grands châteaux d'Angleterre, et l'un des mieux entretenus.

Il était ceint d'un vaste domaine, qui s'étendait à perte de vue et se composait de bois, d'un immense étang toujours poissonneux grâce au soin des gardes, et de fermes tenues par des métayers, descendants des serfs d'autrefois. Le duc en avait pris la direction très jeune, lorsque son père avait succombé à un accident de chasse dans une propriété voisine. Son zèle et sa bonne gestion avaient assuré la prospérité de Belgrave et de l'ensemble de ses terres et possessions. Âgé de soixante-quatorze ans, il préparait depuis plusieurs années son fils aîné, Tristan, à lui succéder. Il le croyait prêt à assumer ces responsabilités, mais nourrissait d'autres craintes à son sujet. Tristan avait quarante-cinq ans. Il était marié et père de deux filles.

Phillip avait également un fils de quarante-deux ans, Edward, qui ne s'était jamais marié et n'avait pas d'enfant légitime – mais une kyrielle d'illégitimes : personne ne savait au juste combien, pas même lui. Il avait un penchant marqué pour l'alcool et le jeu et toutes les faiblesses imaginables, surtout quand il s'agissait de chevaux rapides et de femmes. Il aurait été désastreux qu'il soit le premier-né. Ce n'était pas le cas, fort heureusement.

Les fils de Phillip – qui n'avaient donc pas d'héritiers mâles – étaient nés de son premier mariage avec Arabella, fille d'un comte et cousine issue de germain de Phillip, elle-même dotée d'une importante fortune. Arabella provenait d'une irréprochable famille aristocratique et ses parents – comme ceux de Phillip – avaient approuvé cette union. Phillip avait alors vingt-huit ans, et la ravissante Arabella, à peine dix-sept. Elle avait été la coqueluche de Londres dès son entrée dans le monde. Cette première saison devait lui permettre de rencontrer son futur mari, ce dont elle s'était acquittée on ne peut plus brillamment. Par la suite, Phillip avait découvert la froideur de sa nature. Les années passant, elle s'était intéressée bien davantage à sa vie mondaine et aux avantages liés à son titre de duchesse qu'à son mari. Quant à ses enfants, elle s'en préoccupait moins encore. Très admirée pour sa beauté, elle était hélas égocentrique à l'extrême. Elle était morte de la grippe alors que ses fils n'avaient que sept et quatre ans. Avec l'aide d'une gouvernante, de tout le personnel du château et de sa mère, la duchesse douairière, encore en vie à l'époque, Phillip avait élevé ses fils sans leur mère.

Les jeunes femmes de bonne famille de la région ainsi que les maîtresses de maison londoniennes qui le recevaient lorsqu'il se rendait dans la capitale s'étaient efforcées, au cours des années suivant son veuvage, d'attirer son attention. Néanmoins, Tristan et Edward avaient déjà une vingtaine d'années quand il avait rencontré celle qui avait ravi son cœur et était devenue le grand amour de sa vie au premier regard. Née au tout début de la Révolution, Marie-Isabelle était la fille d'un marquis français, cousin germain de Louis XVI, et était apparentée aux Bourbons d'un côté et aux Orléans de l'autre ; du sang royal coulait dans les deux branches de son arbre généalogique. Ses parents avaient été tués peu de temps après sa naissance, et tous leurs biens, volés ou détruits. Leur château, également, avait brûlé. Toutefois, sentant le danger imminent, son père l'avait envoyée, bébé, chez des amis en Angleterre, ayant soin en outre de prévoir les fonds nécessaires pour assurer son avenir si le pire devait arriver.

Marie-Isabelle avait passé une enfance heureuse au sein de la famille anglaise qui l'avait recueillie. C'était une jeune fille charmante. Avec ses cheveux blond blanc, ses yeux bleus immenses, sa silhouette exquise et son teint de porcelaine, elle était d'une beauté saisissante. Dès leur rencontre, Marie-Isabelle était elle aussi tombée amoureuse du duc, de sang royal tout comme elle. Ils s'étaient mariés quatre mois plus tard ; elle avait dix-huit ans, et lui, cinquante-cinq. En l'épousant, Phillip s'était senti redevenir jeune homme. Pour la première fois de sa vie, il connaissait le vrai bonheur. Ils formaient un couple superbe – lui, grand, bien bâti, élégant, et elle, accord parfait des manières aristocratiques de la famille qui l'avait élevée et du charme français dont elle avait hérité. Elle avait merveilleusement enrichi sa vie. Aussi attachée que lui à Belgrave Castle, elle l'avait aidé à apporter sa note personnelle à la décoration de la demeure ancestrale. Sa présence chaleureuse, solaire, illuminait le château.

Le conte de fées, hélas, avait pris fin bien trop tôt. Dès la première année de leur mariage, elle était tombée enceinte. Et elle était morte deux jours après avoir donné naissance à une petite fille, qu'ils avaient baptisée Angélique parce qu'elle avait l'air d'un ange avec ses cheveux blond blanc et ses yeux bleus semblables à ceux de sa mère. Désespéré par la perte de Marie-Isabelle, Phillip s'était consacré à sa fille. Celle-ci était devenue la joie de son existence. Des précepteurs privés avaient veillé sur son éducation. Comme sa mère, elle avait appris sa langue maternelle par le biais d'une gouvernante française. Mais c'était son père, surtout, qui l'avait éduquée. Il l'emmenait partout et lui avait appris autant de choses qu'à ses frères – si ce n'est davantage – sur la direction du domaine. Elle avait, comme lui, le sens inné de la propriété familiale et de ses terres. Ils avaient passé d'innombrables soirées d'hiver à parler de la gestion de Belgrave, des fermes… En été, ils partaient ensemble à cheval et il lui montrait les changements et améliorations qu'il avait apportés, lui expliquait leur importance.

Elle avait aujourd'hui dix-huit ans et comprenait parfaitement le fonctionnement du domaine. Elle était douée pour les chiffres et les affaires. Il arrivait même, malgré son jeune âge, qu'elle donne à son père des conseils avisés. Par ailleurs, elle veillait sur lui avec attention, s'inquiétait quand il paraissait fatigué, le soignait comme un ange s'il tombait malade. C'était la fille idéale, et Phillip s'en voulait de ne pas l'emmener à Londres plus souvent. Mais les séjours dans la capitale l'épuisaient, et il y avait beau temps que les bals et autres rendez-vous mondains ne l'intéressaient plus. En 1821 – Angélique n'avait alors que douze ans –, il l'avait tout de même emmenée au couronnement de son cousin, le roi George IV, à Westminster Abbey. Très peu d'enfants y étaient admis, mais le roi avait autorisé cette présence en raison de ses liens de parenté étroits avec Phillip. Angélique avait été éblouie par tant de faste et de pompe. C'était un événement qu'elle n'oublierait jamais.

Phillip songeait souvent à la première saison mondaine de sa fille, au bal qu'il devrait donner pour elle dans leur maison londonienne de Grosvenor Square, aux hommes qu'elle rencontrerait. Toutefois, il ne supportait pas l'idée de déjà la révéler au monde et de la perdre au profit d'un mari qui, très certainement, l'emmènerait loin de lui. Elle était trop belle pour que cela n'arrive pas et il le redoutait.

Quelques années plus tôt, il avait permis à Tristan, son épouse et leurs deux filles de s'installer dans son hôtel particulier de Londres puisqu'il n'y allait plus. Il se sentait beaucoup mieux à Belgrave. Quant à Angélique, elle affirmait qu'elle était heureuse dans le Hertfordshire avec lui et n'avait nul besoin de se rendre à Londres.

La femme de Tristan, Elizabeth, aurait fort bien pu s'acquitter du devoir d'accompagner Angélique dans le monde pendant sa première saison et même de donner un bal pour elle – aux frais du duc bien entendu. Mais Tristan, qui en voulait terriblement à son père de s'être remarié et avait haï sa belle-mère, était d'une jalousie maladive envers sa sœur. Edward et lui avaient appelé Marie-Isabelle « la catin française », malgré son sang bleu. Leur père le savait et en éprouvait une peine indicible. Quant à la franche hostilité qu'ils témoignaient à leur sœur, elle l'inquiétait de plus en plus à mesure que le temps passait.

Selon la loi, le titre, les biens immobiliers et le gros de sa fortune seraient transmis à Tristan. Edward, le cadet, recevrait une part beaucoup moins importante. Il ne devait hériter que de la maison de la duchesse douairière, un joli manoir qui faisait partie du domaine et où sa grand-mère avait vécu de nombreuses années jusqu'à sa mort. Phillip lui avait également réservé un revenu qui devait amplement pourvoir à ses besoins s'il ne faisait pas de folies. Dans le cas contraire, Phillip savait que son frère aîné s'occuperait de lui. Ils avaient toujours été proches et Tristan ne le laisserait pas sombrer. En revanche, Phillip ne pouvait rien transmettre à sa fille, hormis une dot si elle se mariait. Maintes fois, il avait fait part à Tristan de son souhait qu'elle puisse vivre au château aussi longtemps qu'elle le souhaiterait, puis dans une maison du domaine que l'on appelait le Cottage – et ce, même si elle se mariait.

Le Cottage était presque aussi grand que la maison de la douairière et nécessitait tout autant de personnel. Il savait qu'elle y serait bien. Toutefois, la décision appartiendrait à Tristan. Lui seul pourrait choisir de se montrer généreux ou non avec sa sœur. Rien ne l'y obligeait légalement. Phillip l'avait également prié de subvenir à ses besoins et de la doter – le jour où elle se marierait – conformément à son statut et à la noblesse de sa naissance. Il ne voulait pas qu'Angélique se retrouve sans ressources ni qu'elle soit mise à l'écart quand il mourrait. Toutefois, rien, dans la loi, ne lui permettait de la prémunir contre ce risque.

Faute de pouvoir hériter de lui directement, elle serait à la merci de ses frères. Il lui en avait souvent parlé. Mais elle lui assurait qu'elle n'avait pas besoin de grand-chose pour être heureuse, du moment qu'elle pouvait rester à Belgrave pour toujours. Elle ne souhaitait rien d'autre, n'imaginait rien d'autre. Malgré tout, Phillip, qui connaissait mieux la nature humaine et les risques du droit d'aînesse ainsi que la dureté du caractère de Tristan et la cupidité de sa femme, avait passé bien des nuits blanches à se préoccuper de l'avenir de sa fille.

Et plus encore ces derniers temps, alors qu'il se sentait vieillir et que sa santé déclinait.

Depuis un mois, il souffrait en effet d'une infection pulmonaire qui ne faisait que s'aggraver. Angélique était très inquiète. Elle avait appelé le médecin à maintes reprises. En ce mois de novembre particulièrement froid, elle faisait entretenir un feu vif dans la chambre de son père pour tenter de le réchauffer. En hiver, Belgrave Castle était traversé de courants d'air.

Cet après-midi-là, alors qu'elle se tenait à son chevet pour lui faire la lecture, elle entendait le vent hurler dehors. Son père s'assoupissait par intervalles. Lorsqu'il s'éveillait, elle le trouvait agité, brûlant de fièvre. Mme White, la gouvernante, était convenue avec Angélique qu'il fallait rappeler le médecin. Son valet de chambre était du même avis. John Markham, qui était presque aussi âgé que le duc, était à son service depuis très longtemps et lui était extrêmement attaché. Le tour que prenait la maladie les inquiétait tous. Phillip était assailli par des quintes de toux convulsive et ne mangeait ni ne buvait plus rien malgré les efforts de Markham, qui lui avait monté plusieurs plateaux dans sa chambre.

Le château était tenu par un majordome du nom de Hobson, lequel rivalisait souvent avec Markham pour obtenir l'attention du duc. Cependant, devant la maladie, les deux hommes avaient mis leur jalousie de côté, et Hobson laissait le champ libre au valet. Angélique leur était profondément reconnaissante de leur dévouement pour son père. Le duc était aimé de tous pour sa bonté et l'attention qu'il portait à chacun de ses employés, et il avait enseigné à Angélique depuis son plus jeune âge à se conduire de même.

Elle connaissait chaque valet de pied, chaque femme de chambre par son nom. Elle savait quelle était leur histoire et d'où ils venaient. Il en allait de même pour les gardes du parc, les palefreniers, les métayers et leurs familles. Elle ne manquait jamais de leur parler lorsqu'en vaquant à ses occupations elle les croisait dans la journée, vérifiant l'état du linge avec Mme White ou à l'écoute des doléances de Mme Williams en cuisine. La cuisinière était une femme d'un tempérament explosif mais elle avait bon cœur. Elle dirigeait ses aides avec une poigne de sergent et servait des repas en tout point dignes d'une grande maison. Ces derniers temps, elle ne préparait que les plats favoris du duc dans l'espoir de lui ouvrir l'appétit. Hélas, depuis trois jours, les plateaux redescendaient intacts. Elle en pleurait, se doutant bien que ce n'était pas de bon augure.

Le médecin se déclara préoccupé par l'état du malade. Après son départ, Angélique tenta de convaincre son père de prendre un peu du bouillon, mais il ne put rien avaler et fit signe qu'on remporte le plateau. Elle le regardait, les larmes aux yeux.

— Papa, je vous en prie... goûtez tout de même cette soupe. Elle est délicieuse. Et vous allez faire de la peine à Mme Williams si vous ne touchez à rien.

En voulant lui répondre, Phillip fut pris d'une toux qui dura cinq minutes. Il se laissa retomber contre les oreillers, épuisé. Il semblait à Angélique qu'il se ratatinait, qu'il maigrissait et perdait des forces à vue d'œil. Oui, cela ne faisait aucun doute. Elle ne pouvait plus continuer à se voiler la face. Il s'assoupit de nouveau, et elle resta là, à veiller sur lui en lui tenant la main. Markham revint plusieurs fois. Il jetait un coup d'œil depuis le seuil, sans entrer, et repartait sur la pointe des pieds.

Le voyant redescendre à la cuisine, Hobson, le majordome, l'interrogea.

— Comment va Monsieur le duc ?

— Il n'y a pas grand changement, répondit Markham d'un ton morose.

Mme White s'était rapprochée et les écoutait. Angélique et son père avaient beau ne plus prendre de repas dans la salle à manger, la cuisine était une vraie ruche. Il restait tout de même vingt-cinq domestiques à nourrir.

— Que va-t-il advenir de la petite ? demanda-t-elle au majordome quand Markham eut rejoint les autres à table. S'il arrivait quelque chose à Monsieur le duc, elle serait à la merci de ses frères.

— On n'y peut rien, répondit Hobson, inquiet également.

Il était entré à Belgrave Castle comme majordome voilà des années, après que sa femme et sa fille avaient été emportées par une épidémie de grippe. Il avait découvert que la vie de domestique lui convenait et il était resté. Il savait bien que, pour Angélique, le plus sûr aurait été de se marier avant la mort du duc. Elle aurait alors été sous la protection de son mari et dotée par son père. Mais elle était encore très jeune. Elle n'avait pas fait son entrée dans le monde à Londres cette saison – la première année où elle l'aurait pu – et ne semblait guère en avoir envie. Maintenant, si son père ne se rétablissait pas, il serait trop tard. À moins que Tristan n'y veille l'été suivant, ce qui semblait peu probable. L'avenir d'Angélique ne le préoccupait en rien, il l'avait fait savoir on ne peut plus clairement. Il avait deux filles, âgées de seize et dix-sept ans, loin d'être aussi jolies que leur jeune tante, et il ne voulait surtout pas que celle-ci leur fasse de l'ombre.

Mme White et Hobson se mirent à table à leur tour. Markham, quant à lui, remonta prendre des nouvelles du duc. Il avait passé la journée à grimper et descendre l'escalier. Il le trouva endormi. Angélique ne prit que quelques bouchées du plateau qu'il lui avait monté. Elle avait pleuré, cela se voyait.

La vie quittait son père, elle le sentait. Elle savait depuis toujours que ce moment arriverait, mais elle n'était pas prête.

L'état du duc se maintint encore trois jours, sans aggravation ni amélioration. Puis un soir, tard, il ouvrit ses yeux brillants de fièvre et la regarda. Elle eut l'impression qu'il était plus alerte, qu'il avait repris des forces.

— Je veux aller dans mon bureau, déclara-t-il d'une voix ferme.

Était-ce le signe que la fièvre était en train de baisser, qu'il allait se rétablir ? s'interrogea-t-elle, pleine d'espoir. Elle s'était tant inquiétée pour lui, tout en essayant de faire bonne figure pour le lui cacher...

— Pas ce soir, papa. Il fait bien trop froid.

On n'avait pas allumé de feu dans la petite bibliothèque attenante à sa chambre, et où il avait coutume d'étudier les livres de comptes du domaine tard dans la nuit. Comme cela faisait une semaine qu'il ne se levait plus, Angélique avait décidé qu'il n'était pas nécessaire de la chauffer.

— Ne discute pas, répliqua-t-il sévèrement. J'ai quelque chose à te donner.

Elle se demanda un instant s'il ne délirait pas. Mais il semblait tout à fait lucide et éveillé.

— Nous pourrons faire cela demain, papa. Ou alors, dites-moi de quoi il s'agit, je vous l'apporterai.

Mais il repoussa les couvertures, sortit du lit et se leva d'un air déterminé. Elle se précipita auprès de lui de peur qu'il ne tombe, affaibli par ce long alitement. Voyant qu'elle ne pouvait pas l'empêcher d'agir à sa guise, elle lui passa un bras autour de la taille pour le soutenir. Ils se mirent ainsi en marche, elle faisant son possible pour le stabiliser bien qu'il fût beaucoup plus grand qu'elle. Petite et menue comme sa mère, elle aurait bien du mal à le retenir s'il tombait.

Dans la pièce, il faisait aussi froid qu'elle l'avait craint. Son père, heureusement, savait très précisément ce qu'il cherchait. Il se dirigea droit vers une étagère et prit un gros volume relié de cuir avant de se laisser choir dans un fauteuil. Elle s'éloigna un instant de lui pour allumer une bougie sur le bureau. À la lueur de la flamme, elle le vit ouvrir le livre dont, découvrit-elle, l'intérieur était creusé. Il tira de cette cachette une bourse de cuir et une lettre. Puis il jeta à Angélique un regard grave. Il se releva, rangea le livre et regagna sa chambre avec le contenu, pesant lourdement sur elle tant l'effort l'avait épuisé.

Elle l'aida à se recoucher. Il n'avait pas lâché la bourse ni les documents. Il la regarda tendrement.

— Je veux que tu ranges tout cela en lieu sûr, Angélique. Dans un endroit où personne ne pourra le trouver. Si je dois disparaître, je tiens à ce que tu l'aies. Cela fait longtemps que j'ai mis tout ça de côté pour toi. N'en parle à personne. J'aimerais pouvoir compter sur ton frère pour prendre soin de toi après mon départ, mais je n'y crois pas. La loi ne te protégeant pas, tu pourrais avoir besoin de cet argent un jour. Garde-le, ne le dépense pas à moins d'y être vraiment contrainte. Il te servira plus tard, s'il arrive quelque chose. Tu pourras acheter une maison, quand tu seras plus vieille, ou t'en servir pour vivre confortablement, si tu n'as pas envie de rester à Belgrave ou si cela ne t'est pas possible pour une raison ou une autre.

Il lui parlait avec le plus grand sérieux, la plus grande clarté, d'événements qu'elle n'avait jamais envisagés, et auxquels elle ne voulait surtout pas penser.

— Papa, ne dites pas une chose pareille, le suppliat-elle, les larmes aux yeux. Pourquoi n'aurais-je pas envie de rester ici ? Pourquoi faudrait-il que j'achète une maison ? Nous sommes chez nous, à Belgrave.

Elle ne comprenait pas où il voulait en venir. Ses mots lui faisaient froid dans le dos. Quand il lui tendit la bourse et la lettre, son inquiétude redoubla.

— Ne la lis pas tout de suite, mon enfant. C'est pour quand je ne serai plus là. À ma mort, Belgrave deviendra la propriété de Tristan et Elizabeth. Tu dépendras de leur générosité et il te faudra obéir à leurs règles. Ils ont deux filles presque de ton âge auxquelles ils doivent penser. Tu ne seras pas leur principale préoccupation – mais tu es la mienne. Il y a dans cette bourse trente-cinq mille livres. Cela devrait t'assurer de quoi vivre pour un bon moment, si tu en uses judicieusement. N'y touche pas pour l'instant. C'est une somme suffisante pour te constituer une dot ou même pour subvenir à tes besoins si tu choisis de ne pas te marier. J'espère que Belgrave Castle restera ta maison pour toujours, ma chérie, ou jusqu'à ce que tu te maries, mais je ne peux en avoir la certitude. J'ai demandé à Tristan de te permettre d'y vivre, soit dans le château – ce que je préférerais pour le moment – soit, quand tu seras plus âgée, dans le Cottage. Il est aussi confortable que la maison de la duchesse douairière que j'ai laissée à Edward. Quoi qu'il en soit, je dormirai mieux cette nuit, sachant que tu es en possession de cette bourse. Je te la donne avec tout mon amour. Cette lettre confirme que je t'ai transmis cette somme de mon vivant, qu'elle est à toi et que tu peux en faire l'usage que tu veux.

Des larmes coulaient sur le visage d'Angélique tandis qu'elle l'écoutait. Cependant, son père lui semblait plus calme qu'avant, effectivement soulagé de lui avoir donné l'argent et la lettre. Il avait dû se faire beaucoup de souci pour son avenir. Quand elle eut pris la bourse, les mains tremblantes, il se laissa aller contre les oreillers avec un sourire las.

— Je n'en veux pas, papa, dit-elle. Ce n'est pas le moment de me donner cet argent.

Il se préparait à la quitter, elle le savait. Elle ne voulait surtout pas l'aider à faire un premier pas sur ce chemin sans retour. Cependant, elle craignait de le contrarier. Mais elle ne voyait absolument pas ce qu'elle pourrait faire de vingt-cinq mille livres. C'était une somme absolument considérable. À la vérité, c'était aussi son seul héritage. Ainsi, elle serait moins dépendante du bon vouloir de son frère. Ce cadeau très généreux de son père était destiné à la protéger ; elle le comprenait.

» Merci, papa, parvint-elle à articuler en l'embrassant, tandis qu'il fermait les yeux.

— Je vais me reposer, maintenant, annonça-t-il doucement.

Un instant plus tard, il s'endormait. Toujours à son chevet, la bourse sur les genoux, Angélique laissa son regard se perdre dans les flammes. Son père s'était toujours montré si bon pour elle. Grâce à lui, elle avait maintenant de quoi vivre jusqu'à la fin de ses jours. Néanmoins, son souhait le plus cher était bien évidemment qu'il vive encore très, très longtemps. Cela comptait bien plus à ses yeux que tout ce qu'il pourrait lui donner.

Elle lut sa lettre, qui lui confirma ce qu'il lui avait dit. Cette somme était à elle, ainsi que tous les bijoux qu'il avait offerts à sa mère au cours de leur unique année de vie commune. Angélique savait que, si Tristan l'exigeait, elle devrait lui rendre les pièces de famille dont son père lui avait fait cadeau. En revanche, ce qu'il avait acheté pour sa seconde épouse lui revenait de droit.

Elle passa la nuit au chevet de son père, sa lettre et la bourse enfouies au fond de la grande poche de sa jupe.

Elle ne voulait pas le quitter, fût-ce le temps d'aller les ranger dans sa chambre. Du reste, l'argent était en lieu sûr là où il se trouvait. Elle se pelotonna dans le fauteuil à côté de son lit et s'endormit, autant réconfortée par sa présence qu'il l'était par la sienne.

2

Au matin, on envoya chercher le médecin. Malgré une nuit calme, au réveil, la fièvre du duc était montée. Il toussait à perdre haleine et frissonnait malgré les couvertures et les édredons qu'Angélique empilait sur lui pour le réchauffer. Rien n'y faisait. En guise de petit déjeuner, il ne but qu'un peu de thé.

Après l'avoir examiné, le médecin ressortit de la chambre, la mine sombre. L'état de M. le duc avait empiré. C'était l'infection dans ses poumons qui était en cause, expliqua-t-il, et non pas le fait qu'il ait pu prendre froid dans son bureau la veille au soir, comme le supposait Angélique. Le médecin aurait voulu le saigner, mais il estimait qu'il n'avait plus assez de forces pour le supporter. S'il n'avait craint d'affoler Angélique, il aurait recommandé de faire venir ses frères.

Elle ne quitta le chevet de son père – le laissant aux bons soins de son valet de chambre – que le temps de gagner sa chambre pour y cacher la bourse dans un tiroir fermé à clé de son bureau, faire sa toilette et se changer. Elle rejoignit son père aussi vite que possible et le trouva dormant profondément, plus brûlant encore que quand elle l'avait laissé, si c'était possible. Il avait beau avoir les lèvres complètement desséchées, il ne buvait pas. Elle remarqua combien ses mains qui reposaient sur les couvertures étaient blanches et maigres. Il avait l'air si vieux, soudain. Elle veilla sur lui sans relâche, toute la journée, alors qu'il peinait à respirer.

Il se réveilla en fin d'après-midi et lui parla quelques instants. Il s'assura qu'elle avait mis la bourse en lieu sûr, baissa les paupières en souriant et s'assoupit de nouveau. Il était près de minuit quand il rouvrit les yeux. Il lui sourit. Il paraissait mieux, bien que la fièvre n'eût pas baissé. Il lui prit la main pour lui baiser les doigts et elle se pencha pour l'embrasser sur la joue.

— Il faut vous remettre, papa. J'ai besoin de vous.

Il hocha la tête, referma les yeux et sombra dans le sommeil. À aucun moment dans la nuit, il ne s'agita. Son visage était paisible, sa main reposait tranquillement dans celle d'Angélique. Et puis, soudain, il cessa de respirer. Elle s'en rendit compte aussitôt, lui baisa le front et essaya de le réveiller avec douceur, mais il n'était plus là.

Pendant soixante-quatorze ans, il avait mené la vie pour laquelle il était venu au monde, il avait pris soin de ceux qui dépendaient de lui et des terres qui lui avaient été confiées ; il avait été un père et un mari merveilleux, le seigneur du domaine de ses ancêtres qu'il avait transmis en parfait état à son fils aîné. Au moment de partir, il avait aussi fait à Angélique un cadeau incroyable.

La jeune fille passa la nuit auprès de son père. Au matin, elle descendit avertir Hobson, lequel envoya un valet à cheval chercher le médecin. Ce dernier ne tarda pas à venir et confirma que Phillip, duc de Westerfield, était mort durant la nuit. Il présenta ses condoléances à Angélique et repartit tandis que la nouvelle se répandait à l'office. Angélique avait l'impression de vivre un mauvais rêve. Elle aida Markham à faire la toilette de son père et à l'habiller. Puis les valets de pied descendirent le corps dans la bibliothèque, où ils l'allongèrent sur un divan. Un autre valet de pied fut dépêché à Londres en voiture à cheval pour porter à Tristan la nouvelle du décès. Angélique resta encore toute la journée au chevet du défunt. De retour à la tombée de la nuit, le valet l'informa que M. le duc serait là au matin. Ce « M. le duc » fit tressaillir le cœur de la jeune fille, mais c'était ainsi : Tristan était désormais duc de Westerfield et maître de Belgrave Castle et du domaine.

Tard dans la soirée, Mme White lui enjoignit d'aller se reposer un peu. La tête lui tourna quand elle suivit la gouvernante pour aller prendre un peu de bouillon. Elle ne se rappelait même pas quand elle avait mangé pour la dernière fois. Son père qu'elle aimait tant n'était plus là. Peu importait ce qui pouvait bien arriver maintenant : elle n'imaginait pas la vie à Belgrave Castle sans lui – ni à Belgrave ni ailleurs. Mille souvenirs affluaient dans son esprit. Voilà qu'elle était orpheline. Elle n'avait pas connu sa mère et venait de perdre son père. Personne ne pourrait jamais le remplacer. Le monde lui semblait soudain bien vide.

À la demande expresse de Mme White, elle se coucha dans son lit, pour la première fois depuis des jours. Épuisée, elle dormit à poings fermés jusqu'au matin, puis fut réveillée par l'arrivée d'une voiture à cheval. Elle entendit les palefreniers qui parlaient fort en tenant les chevaux, les valets qui s'interpellaient et, enfin, la voix de son frère. Il était là. Elle glissa un coup d'œil entre les rideaux juste à temps pour le voir entrer. Il était en grand deuil. La veille, les domestiques avaient placé une couronne mortuaire noire au-dessus de la porte. Elizabeth ne l'accompagnait pas. Il était venu seul. Angélique se hâta de revêtir une robe de deuil noire à col montant, de se coiffer et de rafraîchir son visage défait par le chagrin avant de descendre le retrouver. Tous deux venaient de perdre leur père, et elle tenait à lui témoigner sa sympathie.

Elle trouva Tristan dans la salle à manger, assis au bout de la table, en train de prendre son petit déjeuner tranquillement. Il leva la tête quand elle entra. Et resta de marbre tandis qu'elle l'étreignait. De son côté, elle était choquée qu'il se soit déjà installé à la place de leur père et semble s'y trouver parfaitement à son aise, mais elle ne fit aucun commentaire. Ce siège lui revenait de droit, dorénavant, puisque c'était lui, le seigneur de Belgrave Castle.

— Bonjour, Tristan, dit-elle doucement en s'asseyant à côté de lui. As-tu vu papa ?

Il secoua la tête.

— J'irai après. Je finis de manger d'abord.

Elle hocha la tête sans savoir que dire. Pour sa part, son désespoir était si grand qu'elle aurait eu peine à avaler quoi que ce soit. Et elle était stupéfaite qu'il n'ait pas commencé par aller voir leur père.

» Elizabeth arrive ce soir avec les filles, ajouta-t-il. J'ai prié Hobson de faire préparer les chambres. Edward nous rejoint demain. Nous organiserons les obsèques dimanche.

Il dit cela d'un ton tout à fait neutre, comme s'il s'agissait d'organiser un dîner et non l'enterrement de leur père. Angélique remonta à l'étage, où elle eut la désagréable surprise de trouver plusieurs femmes de chambre en train d'aérer la chambre de son père et de changer les draps. Elle crut d'abord qu'elles se contentaient de remettre un peu d'ordre. Puis elle s'aperçut qu'elles avaient apporté des vases de fleurs de la serre et fait du feu.

— Pourquoi faites-vous tout cela ? s'enquit-elle. C'est inutile.

— Mme White nous a dit de la préparer pour M. le duc et Mme la duchesse, lui répondit Margaret, l'une des femmes de chambre.

Angélique resta interdite, essayant de comprendre ce qu'elle venait d'entendre, ce que cela signifiait.

— Ils vont s'y installer ce soir ? fit-elle dans un souffle.

Son frère aîné ne perdait vraiment pas de temps. Il avait déjà pris la place de son père à table et dormirait dans son lit. Cette idée la frémir. Elle découvrit également que l'on préparait l'une des deux plus belles chambres du château. Pour ses nièces, probablement, supposa-t-elle. D'ordinaire réservée aux dignitaires royaux en visite à Belgrave, la « suite jaune » était bien plus luxueuse que les chambres où ses nièces dormaient habituellement quand elles venaient en visite au château...

Elle se retira dans sa chambre et se laissa tomber dans un fauteuil, où elle resta un moment, tremblante. Puis elle se rappela qu'elle allait devoir se rendre utile et les aider de son mieux à réaliser les changements qu'ils souhaitaient. Mais c'était trop, et trop tôt. Leur père n'était même pas enterré ! Il reposait dans la bibliothèque. Il n'était mort que depuis la veille. Elle prit sur elle pour redescendre et tomba sur son frère qui, l'air grave, ressortait de la pièce après avoir vu leur père.

Il vint à elle.

— Au fait, énonça-t-il, glacial. Elizabeth souhaite que tu t'installes dans une chambre d'amis. Elle tient à ce que les filles se sentent bien ici, or Gwyneth a toujours aimé la vue de ta chambre.

Angélique n'en croyait pas ses oreilles. Cette maison qui avait été la sienne... ne l'était déjà plus. Elle appartenait dorénavant à Tristan, Elizabeth et leurs filles. Elle n'y était plus chez elle. Le changement s'était produit, littéralement, du jour au lendemain. Ce que son père avait craint arrivait déjà.

— Bien sûr. Je vais la lui préparer, répondit-elle docilement. Et la suite jaune est pour Louisa ?

C'était le plus bel appartement du château, Tristan était bien placé pour le savoir : c'était là qu'il dormait, avec Elizabeth, lors de leurs rares et brèves visites à leur père. Elizabeth répétait à qui voulait l'entendre qu'ils s'ennuyaient à la campagne. De toute évidence, cela aussi allait changer.

Angélique songea qu'elle prendrait une des petites chambres au bout du couloir, suffisamment loin d'eux pour y être tranquille et ne pas les déranger. Elle allait remonter quand Tristan ajouta :

— Elizabeth pense que tu seras mieux dans une des chambres du haut.

Le second étage était entièrement occupé par de plus petites chambres moins confortables, dotées de vieux meubles, et qui ne servaient presque jamais. Il y avait une cheminée dans chacune, mais elles étaient froides et pleines de courants d'air. Angélique entrevit le sort qui l'attendait si elle restait à Belgrave. S'installer dans le Cottage comme son père l'avait prévu pour elle dans un avenir plus ou moins lointain lui apparaissait déjà comme la meilleure solution. Elle allait attendre un peu de voir comment les choses se passaient, mais il vaudrait sans doute mieux pour tout le monde qu'elle trouve refuge dans le Cottage.

Bien qu'il soit impossible de vider complètement sa chambre en quelques heures, elle se mit aussitôt au travail, fit de la place dans les armoires pour Gwyneth, libéra une commode et rangea les papiers qui encombraient son bureau. Elle prit la bourse qui contenait toute sa fortune et l'enferma à clé dans un tiroir d'une chambre du haut, une petite pièce encombrée de vieux meubles et d'où l'on ne voyait pas le parc. Au loin, on apercevait la première ferme, car les arbres qui la cachaient à la belle saison étaient nus. Le lac était entièrement gelé. Elle proposerait à ses nièces de faire du patin à glace, après l'enterrement, bien sûr, si elles restaient. Quand retrouverait-elle sa chambre ? Elle allait obéir à Elizabeth tant qu'elle serait là. Il ne servirait à rien de la contrarier. Ils étaient chez eux à Belgrave ; à elle de se plier à leurs règles de son mieux.

Après avoir rangé ses affaires en haut avec l'aide d'une femme de chambre, elle redescendit inspecter les chambres qu'ils s'étaient attribuées. Grâce à l'efficacité de Mme White, elles étaient impeccables. Sur le seuil de celle de son père, elle hésita. Elle n'avait pas le courage d'entrer. Comment Elizabeth supportait-elle l'idée d'y dormir si peu de temps après la mort de son beau-père ? De même, à chaque fois qu'un domestique appelait Tristan « M. le duc », Angélique devait prendre sur elle pour ne pas tiquer. Elle avait bien du mal à le considérer comme le nouveau maître du domaine. Il était plein de dignité et de suffisance, sans une once de la bonté de leur père.

Il projetait de passer la semaine suivant les obsèques avec le régisseur pour se mettre au fait des affaires du domaine. Bien sûr, il en avait souvent discuté avec son père, mais il voulait désormais connaître tous les rouages, jusque dans les moindres détails. Il comptait assurer une gestion responsable – mais différente de celle du précédent duc, qui, selon lui, se laissait trop faire et était trop doux, trop généreux avec ses employés. Angélique avait remarqué par le passé la rudesse avec laquelle son frère s'adressait aux domestiques : il faisait régner la crainte pour mieux les dominer. Il avait également décidé de réduire les dépenses de fonctionnement de Belgrave. C'était un projet qu'il nourrissait depuis longtemps. Son père avait bien trop de domestiques et les payait trop grassement.

Déjà, le comportement du nouveau duc créait un malaise certain à l'office. Il avait passé la journée à fureter partout et à poser mille questions à Hobson sur la marche de la maison. Celui-ci avait fait de son mieux pour ne pas paraître en prendre ombrage. Néanmoins,

Angélique voyait bien que le vieux majordome, si dévoué à son père, était froissé.

En fin d'après-midi, Elizabeth arriva dans un énorme barouche-landau découvert très luxueux, tiré par quatre chevaux noirs menés par deux cochers. Ses filles l'accompagnaient. Elles étaient toutes trois vêtues de noir, en grande toilette, avec ample jupe longue et gants, noirs également. Elizabeth portait un immense chapeau à voilette et une étole de renard couleur aile de corbeau. Les capelines de ses filles provenaient certainement de Paris. Elizabeth ne regardait pas à la dépense. Elle et ses filles étaient toujours à la pointe de la mode.

Les domestiques attendaient dehors pour les accueillir, alignés sur deux rangées. Ils frissonnaient dans leurs vêtements trop légers pour ce froid glacial. Elizabeth ne parut pas s'en soucier et pénétra dans le hall d'un air majestueux, les abandonnant là sans même leur adresser la parole. Puis, parlant suffisamment haut pour que Mme White l'entende, elle remarqua :

— Grands dieux ! Combien de temps va-t-il nous falloir pour rendre cet endroit propre ?

La maison était pourtant impeccable ; Mme White mettait un point d'honneur à ce que le ménage soit fait à la perfection.

Puis Elizabeth passa à côté d'Angélique sans l'embrasser ni lui présenter ses condoléances, tandis que Gwyneth et Louisa la regardaient de haut, à croire qu'elle était devenue totalement insignifiante.

Angélique conduisit néanmoins Gwyneth dans sa suite en lui souhaitant d'y faire un bon séjour. Sa nièce la toisa en riant.

— Je m'y installe pour de bon, tu sais. Tu pourras enlever le reste de tes affaires demain.

Angélique ne dit mot. Elle verrait cela avec Elizabeth. Quelle humiliation, si sa belle-sœur prévoyait de la laisser dans cette petite chambre sinistre et pleine de courants d'air, qui n'avait pas été refaite depuis quarante ans. Elle faillit pleurer en se rappelant que, trois ans plus tôt, pour ses quinze ans, son père avait fait refaire sa suite. Ils avaient rendu visite à un de ses amis à Florence, et, à leur retour, elle avait eu la surprise de trouver ses appartements entièrement redécorés, les murs tendus de satin rose, ses meubles de petite fille remplacés par des pièces françaises achetées à Paris, et toutes ses affaires remises en place.

Les domestiques eux aussi vivaient des moments difficiles. Elizabeth avait amené sa femme de chambre, ainsi qu'une autre pour s'occuper des vêtements de ses filles. En descendant un peu plus tard, Angélique la trouva en train de donner des ordres à Mme White et de modifier le menu du soir. Malgré son talent et sa créativité, Mme Williams allait avoir du mal à tout changer au dernier moment. Elle n'était pas magicienne. Qui plus est, encore bouleversé par le décès du duc, le personnel n'était pas au mieux de son efficacité. Mais peu importait à Elizabeth ce qu'ils éprouvaient. Il fallait que les choses se fassent comme elle le voulait, et tout de suite. Elle prétexta qu'ils avaient l'estomac fragile et ne digéraient pas la cuisine rustique. Mme Williams s'empourpra. Elle s'enorgueillissait de la sophistication de sa cuisine apprise dans les plus grandes maisons londoniennes, et souvent inspirée de recettes françaises. Les plats qu'elle servait n'avaient vraiment rien de « rustique ».

La transition n'allait pas être facile pour le personnel. Hélas, Angélique n'y pouvait rien. Ce n'était plus à elle de tenir la maison et de donner des ordres. Elle-même se sentait à peine tolérée dans ce domaine qui, il y a encore quelques heures, était comme le sien.

Ce soir-là, le dîner lui parut extrêmement pénible. Elizabeth dressa la liste des transformations qu'elle comptait effectuer. Elle avait maints projets de décoration, et quantité de meubles à faire déplacer. Angélique avait la désagréable impression de se tenir sur des sables mouvants. Quant à ses deux nièces, elles s'adressaient aux domestiques avec la dernière grossièreté. Après le dîner, elles montèrent dans leurs chambres sans même dire bonsoir à Angélique. Tristan et Elizabeth ne se montrèrent pas plus aimables : ils se retirèrent dans le salon en lui fermant la porte au nez, arguant qu'ils avaient à discuter d'affaires privées.

Angélique alla passer quelques instants dans la bibliothèque auprès de la dépouille de son père. Elle lui caressa la main et baisa sa joue grise et froide. Puis elle monta dans sa petite chambre du deuxième étage et se mit à pleurer. Elle sanglotait toujours quand on frappa à la porte. C'était Mme White, qui venait voir comment elle allait. Ces changements de chambres avaient fait beaucoup jaser à la table des domestiques. La gouvernante avait également conseillé aux femmes de chambre de rester sur leurs gardes quand sir Edward viendrait, le lendemain. Elles avaient saisi l'allusion et certaines avaient gloussé. Il en avait serré plus d'une dans les coins lors de ses précédents séjours. Une ou deux avaient même été renvoyées après son départ pour avoir cédé à ses avances. Il faut dire que, en dépit de son attitude exécrable, il était fort bel homme.

— Comment vous sentez-vous ? demanda Mme White à Angélique sur un ton plein de sollicitude.

La jeune fille traversait des moments difficiles, entre la perte de son père et l'arrivée de Tristan et de sa famille, qui, de toute évidence, ne la respectaient guère. Tous les domestiques la plaignaient sincèrement. À l'office, les commentaires étaient allés bon train sur l'arrogance et la méchanceté de la nouvelle duchesse.

Angélique hocha la tête et essaya courageusement de sourire à travers ses larmes. Mme White était très maternelle avec elle. Il faut dire qu'elle travaillait déjà à Belgrave lorsque le duc avait épousé en secondes noces Marie-Isabelle, qu'elle avait beaucoup appréciée. La gouvernante avait été l'une des premières à prendre Angélique dans ses bras à sa naissance.

— Rien n'est plus comme avant, dit Angélique prudemment, gênée de se plaindre.

— Il était prévisible que les choses changent... Mais pas aussi vite, c'est vrai, convint Mme White en s'approchant du lit pour lui caresser les cheveux. Ils sont bien pressés de nous faire savoir à tous que, désormais, Belgrave Castle est à eux.

Angélique hocha la tête et la regarda avec reconnaissance. Cette visite lui faisait du bien.

De son côté, Fiona White voyait en Angélique l'enfant qu'elle n'avait jamais eu. Elle avait consacré sa vie au service des autres sans se marier ni fonder de famille. Elle était la fille d'un métayer du domaine ; les siens servaient les ducs de Westerfield depuis des générations. Être promue au poste de gouvernante avait constitué pour elle une réussite importante ; elle en tirait beaucoup de satisfaction et de fierté.

» Ils ne vont pas tarder à se lasser de Belgrave et à retourner à Londres, ajouta-t-elle avec un sourire. Je ne les vois pas rester à la campagne. Ils s'ennuieraient.

Néanmoins, la conversation pendant le dîner donnait à Angélique la désagréable impression qu'ils comptaient au contraire s'installer au château pour un bon bout de temps.

— J'espère que vous avez raison, répondit-elle.

— J'en suis certaine. Tout rentrera bientôt dans l'ordre.

Alors que Mme White regagnait ses quartiers, elle croisa Hobson, qui l'entraîna un peu à l'écart.

— Comment va mademoiselle ? s'enquit-il avec une inquiétude manifeste.

Lui aussi l'avait vue naître et éprouvait pour elle un sentiment presque paternel.

— Elle a de la peine, et il y a de quoi. Son père n'est même pas enterré qu'ils la traitent comme une moins-que-rien.

— Oui... La tournure des événements ne plairait pas du tout à M. le duc, commenta-t-il d'un ton sinistre.

Mais celui qu'il appelait M. le duc n'était plus. Et l'homme qui lui succédait semblait n'avoir pas de cœur, surtout s'agissant de sa sœur cadette.

Cette nuit-là, Angélique resta allongée sur son lit sans dormir, à songer à tout ce qui était arrivé depuis deux jours. Un froid glacial régnait dans la chambre, dont la fenêtre fermait mal et laissait entrer la bise hivernale. Au matin, quand elle descendit, elle était gelée.

Dans la salle à manger, Tristan prenait son petit déjeuner. Il ne lui adressa pas la parole, ne leva même pas le nez de son journal. Elizabeth et ses filles déjeunaient au lit, ce qu'Angélique n'avait jamais fait. Elle avait toujours pris son petit déjeuner dans la salle à manger avec son père, bavardant et riant, parlant des livres qu'ils lisaient, des événements du monde et du programme de la journée.

Quand Tristan se leva de table, il daigna la regarder, mais uniquement pour lui dire de rendre les bijoux de famille que son père pouvait lui avoir donnés, sauf ceux qui avaient appartenu à sa mère. Elle les lui remit une demi-heure plus tard, stoïquement, sans un mot.

Elle passa le reste de la matinée à veiller de son mieux à la bonne marche de la maison et à éviter Elizabeth et ses filles, ce qu'elle parvint à faire jusqu'au déjeuner. Elizabeth avait commandé un menu très élaboré que Mme Williams réalisa à la perfection. Ils n'étaient pas aussi rustauds que l'imaginait sa belle-sœur, songea Angélique avec satisfaction.

Edward arriva peu après, dans une élégante voiture attelée à quatre chevaux rapides. À l'arrière était fixé un étui à épées. Deux de ses meilleurs chevaux suivaient. Ceux de son père étaient bien trop sages à son goût. Or il comptait monter pendant son séjour. Il détestait la vie à la campagne plus encore que son frère et sa belle-sœur, si c'était possible. Il la jugeait ennuyeuse à mourir.

Il ignora complètement Angélique, mais se déclara satisfait des luxueux appartements que lui avait attribués Elizabeth. Il passa le reste de l'après-midi à cheval tandis qu'un flot régulier de voisins venait présenter ses condoléances. Deux valets de pied les accueillaient à la porte d'entrée et deux autres se tenaient dans la bibliothèque auprès de la dépouille du duc, devant laquelle les gens s'inclinaient. Les métayers vinrent également, en habits du dimanche. Ils restaient un long moment devant le père d'Angélique, à chuchoter. Beaucoup d'entre eux pleuraient.

Ce fut une journée épuisante. Le soir, Angélique eut beau se munir de plusieurs briques brûlantes enveloppées dans des serviettes pour se tenir chaud, suspendre des couvertures devant la fenêtre afin d'arrêter les courants d'air et faire du feu dans la cheminée, elle eut presque aussi froid que la nuit précédente.

Le lendemain matin, on célébra les obsèques de son père dans la chapelle du domaine. Le pasteur de la paroisse dit la messe, puis Phillip Latham, duc de Westerfield, rejoignit dans le mausolée familial ses parents, ses grands-parents et ses deux épouses. Nombre de ses amis étaient venus des environs assister à l'office et partagèrent avec la famille le repas qui suivit.

En sortant de table, Angélique était à bout de forces, comme vidée de son sang et de son énergie. Une fois le dernier invité parti, Tristan la pria de le suivre dans la bibliothèque. Edward, qui n'avait cessé de la snober toute la journée avec grossièreté, était monté à l'étage en plaisantant avec ses nièces. Quant à Elizabeth, elle avait convoqué Mme White pour lui dire ce qu'elle pensait des repas du jour et la charger de transmettre ses commentaires à Mme Williams. La duchesse n'était pas satisfaite de la cuisine. Elle allait peut-être devoir faire venir une nouvelle cuisinière de Londres...

— Je souhaitais m'entretenir avec toi, annonça Tristan du ton le plus décontracté du monde, tandis qu'Angélique faisait son possible pour ne pas songer à la dépouille de son père qui reposait dans cette pièce quelques heures plus tôt.

Qu'avait-il à lui dire ? se demanda-t-elle. Voulait-il lui proposer de s'installer dans le Cottage ? Même si ce déménagement avait lieu plus tôt que ne l'aurait souhaité son père, ce n'était peut-être pas une si mauvaise solution, étant donné les circonstances. Elle n'allait pas tarder à tomber malade dans cette chambre glaciale du dernier étage. Qui plus est, elle n'avait même pas la place d'y ranger ses affaires.

» J'ai parlé avec Elizabeth, déclara Tristan. Je devine combien la situation est délicate pour toi. Très franchement, il y a de quoi perturber les domestiques. Père te laissait diriger la maison à sa place. Aujourd'hui, ce n'est plus nécessaire. Elizabeth va tout reprendre en main.

Ces mots lui firent l'effet d'une gifle. La prenait-il pour une incapable, simplement parce qu'elle avait dix-huit ans ? Elle avait pourtant fait ses preuves, depuis plusieurs années.

» Te retrouver ici sans rien à faire risque d'être gênant pour toi, enchaîna-t-il. Quant aux domestiques, nous ne voulons pas qu'ils se sentent pris entre deux feux.

— Ce ne sera pas le cas. Ils savent parfaitement que cette demeure est désormais la vôtre, et que c'est

Elizabeth la maîtresse de maison. Ils ont toujours su que ce moment viendrait. Comme nous tous. D'autant que papa déclinait depuis déjà un long moment.

Maintenant qu'elle y songeait, sa mort était un déchirement, certes, mais en aucun cas une surprise. Elle n'avait pas voulu voir venir la fin, voilà tout.

» Quant à moi, conclut-elle, bien entendu, je ne me mêlerai de rien.

— Précisément. Cela fait partie des sujets dont je voulais te parler.

— Papa pensait que je pourrais à terme m'installer dans le Cottage. Peut-être faudrait-il que j'y aille dès maintenant ? avança-t-elle, hésitante.

— Certainement pas, répliqua-t-il. Une fille de ton âge ne peut vivre seule dans une maison. Du reste, nous avons des projets pour le Cottage. La mère d'Elizabeth est souffrante. L'air de la campagne lui ferait le plus grand bien. Elizabeth veut donc le rénover pour elle. Pour toi, nous avons une autre idée. Comme tu le sais, notre père ne t'a rien laissé. La loi prévoit que tout me revienne. Il avait donc suggéré que je te verse une rente. Mais, franchement, ce serait tout à fait irresponsable de ma part. Père vieillissait ; il arrivait que son esprit batte la campagne. Je ne peux pas me permettre de disperser l'argent nécessaire à la bonne marche du domaine en te versant une rente. Qui plus est, ce serait injuste vis-à-vis de mes filles. Et je suis persuadé que tu ne voudrais pas être un fardeau pour nous.

— Non, bien sûr que non.

Angélique était gênée. Elle ne voyait pas où il voulait en venir, maintenant qu'il avait écarté la possibilité qu'elle s'installe dans le Cottage.

— La triste réalité, ma chère, c'est que les jeunes femmes dans ta situation n'ont guère le choix. Il faut qu'elles travaillent. Généralement, elles deviennent préceptrices et vivent sous la protection des familles qui les emploient. Malheureusement, tu n'as pas les diplômes requis pour enseigner. En revanche, rien ne t'empêche de commencer comme bonne d'enfants et d'évoluer par la suite. Nous voulons t'aider, Elizabeth et moi. Quand père est tombé malade, j'ai vu se profiler la situation dans laquelle nous nous trouvons aujourd'hui, et j'ai parlé de toi à des gens tout à fait charmants. Ils sont prêts à t'accorder une grande faveur en te prenant comme bonne d'enfants.

» Ils vivent dans le Hampshire et ont quatre jeunes enfants. Encore une fois, ils sont très sympathiques. Son père à elle était baron. Certes, son mari n'a pas de titre ; toutefois, ils ont un train de vie très respectable même s'il n'a rien de comparable au nôtre. Et ils sont prêts à te verser un petit salaire pour t'occuper de leurs enfants. À vrai dire, ma chère, tu n'as pas le choix. Je leur ai déjà annoncé que tu acceptais. Et je suis ravi pour toi. Cela me semble la solution idéale pour nous tous. Ils prendront bien soin de toi, je le sais, et tu ne seras pas contrainte de rester ici maintenant que père est parti, ce qui serait désagréable pour toi. Somme toute, je suis persuadé que tu seras très heureuse.

Il lui souriait comme s'il venait de lui faire le plus beau des cadeaux et qu'elle devait lui en être infiniment reconnaissante.

L'espace d'un instant, Angélique crut défaillir. Toutefois, il était hors de question qu'elle lui donne cette satisfaction. Elle se raidit. Leur père avait eu raison de ne pas lui faire confiance. Tristan n'était qu'un traître. Au lieu de subvenir à ses besoins comme il s'y était engagé, il la chassait de chez eux et l'envoyait chez des inconnus... En réalité, Tristan, Elizabeth et Edward l'avaient toujours détestée. Et maintenant qu'elle n'était plus protégée, ils se jetaient sur elle telle une meute de loups.

» Tout est arrangé, assura-t-il – ce dont elle ne doutait pas. Tu n'auras besoin de presque rien : tu peux laisser tes affaires ici, nous les monterons au grenier. Tu les récupéreras peut-être un jour si tu le souhaites, mais j'en doute. Inutile de t'encombrer de toilettes recherchées. Tu porteras une robe simple, comme il sied à une bonne d'enfants, et un tablier lorsque tu travailleras. Nous comptions t'en parler d'ici une semaine ou deux, mais il se trouve que leur nurse actuelle s'en va et qu'ils ont besoin de toi plus tôt que prévu. Cela tombe on ne peut mieux, du reste. Inutile que tu t'attardes ici à pleurer notre père. Chez les Ferguson, tu auras beaucoup à faire ; cela te changera les idées.

Bref, pour lui, tout était parfait. Pourtant, il se rendait forcément compte de ce qu'il lui infligeait, non ? Il la chassait, elle, sa sœur. Il la mettait à la porte sans un sou – croyait-il – pour faire d'elle une domestique. Il se vengeait enfin de tout l'amour qu'elle avait reçu de leur père. Il lui en voulait depuis sa naissance, et voilà qu'il tenait sa revanche. Son heure était venue. Il se débarrassait d'elle sans aucun scrupule.

— Quand souhaitent-ils que je commence ? parvint-elle à articuler d'une voix étranglée.

— Demain. Tu partiras le matin. Tu prendras le petit cabriolet. Pas la voiture de père, bien entendu. Il n'est pas question que tu arrives dans une voiture de maître. Ce serait gênant, maintenant que tu es une employée. Je suis persuadé que tu t'en sortiras très bien, Angélique, et que tu finiras préceptrice. Tu pourras enseigner le français aux enfants.

Il lui en avait toujours voulu de parler une langue étrangère. Lui n'en maîtrisait aucune, faute de s'être donné la peine d'apprendre. Il était jaloux de tout ce qu'elle avait, de tout ce qu'elle était. Depuis dix-huit ans, il attendait le moment de l'en déposséder et il avait enfin le pouvoir de le faire. Le droit des successions, qui le faisait héritier des biens de leur père, lui en offrait la possibilité. Elle comprenait mieux pourquoi son père avait tenu à lui donner cette bourse généreusement garnie avant de mourir. Il avait pressenti une réaction de ce genre.

Hélas, il n'avait pu lui épargner cette humiliation d'être chassée de chez elle et contrainte de devenir bonne d'enfants, domestique au service d'inconnus. Son avenir, son destin devaient lui offrir mieux que cela. Elle avait l'impression d'être réduite en esclavage... Son père, cependant, lui avait bien recommandé de ne pas dépenser son argent tant qu'elle n'y était pas absolument obligée. Elle s'en garderait donc pour le moment. Sans doute serait-elle en sécurité chez ses employeurs... Elle le conserverait donc jusqu'au jour où elle voudrait acheter un toit ou si elle n'avait plus aucun moyen de gagner sa vie.

Pour l'instant, elle était bien trop jeune pour acquérir une maison. Elle ne saurait même pas comment s'y prendre. En attendant, elle n'avait que quelques heures avant de devoir quitter les lieux, ce qui lui laissait à peine le temps de se préparer et encore moins de réfléchir à une autre solution.

» C'est réglé, donc, conclut Tristan en se levant pour indiquer que l'entrevue touchait à son terme. Tu as fort à faire pour préparer tes bagages d'ici demain matin. Inutile de dire au revoir à Elizabeth et aux filles, elles m'ont chargé de te faire leurs adieux.

Ainsi donc, ils la congédiaient, ils la bannissaient purement et simplement. Sa vie à Belgrave n'aurait pu s'achever plus tristement. Elle savait qu'elle ne reviendrait jamais ici. Elle ne reverrait jamais ce château, qui resterait dans son esprit comme un rêve de plus en plus lointain, avec le souvenir de son père et des merveilleux moments qu'ils avaient passés ensemble. Tout cela était révolu. Dépossédée par Tristan et son horrible femme, elle n'avait plus qu'à s'efforcer de survivre dans le monde dans lequel ils la reléguaient. S'étaient-ils imaginé que tout perdre la détruirait ? Elle ne leur ferait pas ce plaisir. Elle allait se battre pour s'en sortir, coûte que coûte.

Elle regarda Tristan monter dans la chambre de leur père. Elizabeth l'attendait sans doute. Il allait pouvoir lui annoncer que « le problème était réglé ». Jamais elle n'avait haï quelqu'un autant que son frère ce soir-là.

Au lieu de le suivre dans l'escalier, elle descendit trouver Mme White. Celle-ci était en train de fermer son petit bureau, voisin de celui de Hobson. Voyant sa mine effarée, la gouvernante comprit tout de suite qu'un malheur était advenu.

— Que se passe-t-il, mon enfant ?

Oublié, le « lady Angélique » ce soir ; elle s'adressait à la petite fille qu'elle connaissait depuis sa naissance.

— Ils me chassent. Ils m'ont trouvé une place de bonne d'enfants, expliqua-t-elle en tremblant.

Mme White ne put dissimuler sa stupéfaction.

— Quoi ? s'exclama Hobson, qui avait tout entendu. Mais c'est impossible ! M. le duc n'aurait jamais permis une chose pareille !

Il était horrifié. Le nouveau duc avait conçu un plan diaboliquement intelligent pour se débarrasser de sa sœur.

— Ils vont changer d'avis, fit Mme White dans l'espoir de la réconforter. À un moment ou un autre, ils vont vous faire revenir.

C'était très peu probable, elle le savait. Il n'y avait chez Tristan aucune bonté. Quant à la duchesse, c'était une femme au cœur dur, égoïste et cupide.

Angélique s'écroula dans les bras de la gouvernante. Hobson se détourna. Les larmes roulaient sur les joues du vieil homme. Hélas, il ne pouvait rien faire pour aider cette pauvre petite, qui allait se retrouver confrontée pour la première fois au monde extérieur.

— Ça va aller, murmura-t-elle courageusement.
— Vous nous donnerez de vos nouvelles, n'est-ce pas ? lui fit promettre Mme White.
— Bien sûr. Je vous écrirai dès mon arrivée. Et vous, m'écrirez-vous ? demanda Angélique d'un air suppliant.
— Vous savez bien que oui.

Elles s'étreignirent de nouveau, puis Angélique monta préparer ses affaires pour sa nouvelle vie. Dans ses malles, elle rangea quelques-unes de ses belles toilettes et des robes de tous les jours, ses livres et ses trésors les plus chers. Parmi ceux-ci, un petit portrait de son père et une miniature de sa mère peinte sur ivoire. Elle remplit un carton à chapeaux de ses coiffes les plus simples et y ajouta un éventail qui avait appartenu à sa mère. Le reste de ses affaires, et notamment de magnifiques robes, elle dut se résoudre à les laisser là. Jamais elle ne pourrait tout emporter.

Quand elle eut terminé, mille pensées se bousculaient dans son esprit qui l'empêchèrent de fermer l'œil. Elle passa la nuit étendue dans son lit, dans cette chambre glaciale, avec l'impression que la guillotine l'attendait au matin. Elle songea alors aux ancêtres de sa mère... Eux avaient réellement connu ce triste sort.

Elle prit le petit déjeuner à l'office, de si bonne heure que les domestiques n'étaient pas encore tous levés. Au moment de partir, Hobson et Mme White l'accompagnèrent jusqu'au petit cabriolet à la manière de parents attentionnés. Ils la regardèrent s'éloigner dans le brouillard du matin, les larmes aux yeux. Comment le duc et la duchesse allaient-ils expliquer sa soudaine disparition ? ne laissaient-ils de se demander. Ni eux ni Angélique ne virent Tristan, qui se tenait posté à la fenêtre de sa chambre, affichant un air satisfait. Il avait réussi. La fille de la catin française était partie. Enfin, Belgrave et toutes ses terres étaient à lui. Il avait attendu ce moment depuis si longtemps.

Angélique, fille du duc de Westerfield, admira une dernière fois sa demeure qui se découpait sur le ciel du matin. Secouée par les cahots de la route qui la menait vers le Hampshire, elle contemplait avec un mélange de crainte, de dignité et de courage l'avenir qui l'attendait. Elle tenait la bourse de son père serrée dans une mallette qui ne la quittait pas. Elle le remercia une nouvelle fois intérieurement pour le cadeau inestimable qu'il lui avait fait. Même si, pour le moment, elle était incapable de deviner ce que la vie lui réservait, elle était bien déterminée à tracer sa route.

Ce matin-là, Belgrave Castle fut étrangement silencieux, comme dépourvu de vie et d'âme. Pour tous ceux qui y travaillaient, c'était l'aube de jours bien sombres, sans leur cher duc et sa fille. Lorsqu'on leur demanda où elle était, Hobson et Mme White se contentèrent de répondre qu'elle était partie, sans donner plus de détails. Quant à Tristan Latham, le nouveau duc de Westerfield, il garda le silence le plus complet sur ce sujet. Mais les domestiques de Belgrave Castle, qui travaillaient avec un brassard noir, le cœur lourd et les yeux rougis, comprirent qu'ils portaient le deuil à la fois du père et de la fille. Angélique, qu'ils aimaient tant, n'était plus là. Ils ne la reverraient jamais, c'était certain. Son frère avait tout orchestré à la perfection.

3

C'était Wilfred, le plus jeune cocher de Belgrave, qui avait été chargé de conduire Angélique du Hertfordshire jusque dans le Hampshire, en passant par St. Albans. À Slough, ils s'arrêtèrent dans une taverne, où ils mangèrent des saucisses et burent du cidre avant de reprendre la route. Seule à une table dans un coin pendant que Wilfred et les deux valets de pied se restauraient avec les palefreniers dans l'écurie, elle n'était pas à l'aise. C'était la première fois de sa vie qu'elle se rendait seule quelque part. Et puis, l'avenir était si incertain... Comment imaginer qu'elle allait se retrouver livrée à elle-même dans le vaste monde, sans protection ? Qu'elle allait quitter cet univers à part, protégé, des maîtres de Belgrave Castle pour devenir domestique ? Elle connaissait un peu la vie à l'office pour avoir tenu la maison de son père, mais de là à se douter que cette existence allait devenir la sienne...

Angélique n'avait jamais été du genre à se donner de grands airs. Néanmoins, tout chez elle trahissait sa naissance et son éducation. Malgré la simplicité de sa mise, de sa façon de parler et de se mouvoir, ses manières étaient celles d'une jeune fille noble. Elle avait revêtu pour le voyage une robe noire très discrète et n'avait emporté que ses tenues les plus sobres. Cependant, c'étaient bien celles d'une dame, pas celles d'une bonne d'enfants. Ce noir n'était pas celui du service, c'était le noir du deuil d'un proche.

Angélique versa bien des larmes pendant le trajet. Elle avait perdu non seulement son père adoré, mais tout ce qui faisait sa vie jusqu'à présent. Recroquevillée au fond de la voiture, elle tentait de se raccrocher aux dernières bribes de ce à quoi elle avait été habituée. Tout son monde s'était écroulé en quelques jours, ainsi que l'avaient souhaité Tristan et Elizabeth. Edward était certainement au courant de leur plan machiavélique. Étaient-ils tous en train de fêter son départ, à Belgrave ? Seuls les domestiques devaient la regretter. Désormais, ils allaient devoir obéir à Tristan et Elizabeth, des êtres froids, exigeants, mesquins et sans cœur.

Ils atteignirent Alton, dans le Hampshire, en fin d'après-midi. Le jour déclinait, les premiers flocons de neige tombaient. Ils voyageaient depuis onze heures. Le trajet avait été long pour les chevaux également. Heureusement, ils avaient pris une paire rustique, qui avaient moins besoin de se reposer que des animaux plus racés. Tristan ayant donné à Wilfred des indications précises, ils n'eurent aucun mal à trouver la maison. C'était déjà ça. Il s'agissait d'un joli manoir au parc bien entretenu. C'était la demeure de gens riches, même si l'ensemble n'avait rien de comparable avec Belgrave Castle. De construction assez récente, le bâtiment laissait deviner une fortune également nouvelle. Tristan avait laissé entendre que Mme Ferguson avait épousé son mari pour son argent. Elle était issue de la petite noblesse et son père avait dilapidé ses biens en faisant de mauvaises affaires. Ainsi Ferguson s'était-il marié avec elle pour son statut social, et elle avec lui, pour sa richesse et la vie qu'il pouvait lui offrir.

La maison avait quelque chose de chaleureux et d'accueillant. Un valet de pied sortit et leur indiqua de faire le tour pour se présenter à la porte de service. Wilfred avait supposé qu'Angélique serait accueillie à la grande entrée avec ses bagages. Il ignorait ce qu'elle venait faire ici. Tout ce qu'il savait, c'était qu'elle devait y séjourner un certain temps. Il imaginait sans doute que les Ferguson étaient des amis chez qui elle venait prendre quelques vacances pour se remettre du décès de son père. Il voulut expliquer qu'Angélique était une invitée, mais le valet de pied insista pour qu'ils se présentent côté domestiques.

— Je suis vraiment désolé, mademoiselle, fit Wilfred à mi-voix d'un air gêné. Ce balourd tient à ce que nous passions par-derrière. Je peux vous raccompagner jusqu'à la grande porte, proposa-t-il en arrêtant le cabriolet.

Un groom vint à la tête des chevaux pendant qu'il descendait.

— Ne vous en faites pas, Wilfred. Ce ne sera pas nécessaire.

C'est alors qu'un second valet de pied très élégant, en livrée impeccable, sortit et les toisa avant de pointer le doigt vers la porte de service.

— Vous pouvez entrer, dit-il à Angélique. Mme Allbright nous a prévenus de votre arrivée. On va bientôt dîner.

Il ne fit pas un mouvement pour aider Wilfred à porter les bagages. Il lui indiqua même de les laisser dehors ; Angélique s'en occuperait plus tard. Wilfred regarda sa jeune maîtresse avec l'air de n'y rien comprendre. Pourquoi la traitait-on comme une domestique et non comme la dame qu'elle était ? Elle lui sourit gentiment et hocha la tête.

— Ne vous en faites pas, lui enjoignit-elle. Quelqu'un m'aidera.

Elle se voulait rassurante, mais il n'était pas convaincu. Il ne trouvait pas ces gens très aimables ni très accueillants. Ce jeune valet revêche et empesé la traitait comme une servante.

— Ça va aller, répéta-t-elle.

Elle souhaitait qu'il s'en aille le plus vite possible, sans attirer l'attention sur elle.

— Vous êtes sûre ?

— Oui, j'en suis sûre. Merci de m'avoir conduite jusqu'ici.

Le cocher devait passer la nuit dans un pub des environs. Il semblait bien connaître le secteur.

En le regardant monter sur le siège, faire faire demi-tour à la voiture et repartir par là où ils étaient arrivés, Angélique eut l'impression que Belgrave lui était une dernière fois arraché. Elle sentit un sanglot lui gonfler la gorge. Elle dut rassembler toutes ses forces pour le maîtriser.

Un instant plus tard, elle suivait le valet de pied à l'office. La salle était grouillante de monde. Bien que la maison fût beaucoup plus petite, il semblait y avoir presque autant de personnel qu'à Belgrave Castle. Les livrées flambant neuves des valets étaient tape-à-l'œil. Plusieurs d'entre eux portaient même une perruque poudrée. À Belgrave, cet accessoire était réservé aux visites des membres de la famille royale.

Tandis qu'Angélique observait tout cela les yeux ronds, une grande femme aux traits anguleux et aux cheveux gris s'approcha d'elle. Elle avait le visage d'un oiseau et l'air d'une gardienne de prison. Son trousseau de clés à la ceinture indiquait on ne peut plus clairement sa fonction.

— Je suis Mme Allbright, la gouvernante, dit-elle sans l'ombre d'un sourire. Je présume que vous êtes la nouvelle nurse, Angela Latham ?

— Je m'appelle Angélique, rectifia-t-elle poliment.

Cette femme la terrifiait, mais elle était bien décidée à ne pas le laisser paraître.

— Ça fait étranger, commenta la gouvernante d'un ton réprobateur.

— Oui, c'est français.

— Cela va plaire à Mme Ferguson, fit-elle d'un ton pincé. Nous allons passer à table. Une femme de chambre vous montrera votre chambre tout à l'heure. Ce ne sera que pour ce soir. Ensuite, vous vous installerez dans la nursery avec les enfants, mais la nurse actuelle ne s'en va que demain. Vous prendrez sa chambre. Il paraît que vous avez beaucoup de bagages, ajouta-t-elle en fronçant les sourcils. Je me demande pourquoi vous avez apporté tout ça ici. Sachez que vous porterez la robe que Mme Ferguson dédie aux bonnes d'enfants. Elle est assez simple. Vos affaires personnelles, vous ne pourrez les mettre que lorsque vous aurez congé – une demi-journée par mois si les enfants ne sont pas malades.

Angélique n'essaya même pas de lui expliquer que les trois malles, le coffret et la boîte à chapeaux étaient tout ce qu'il lui restait de son ancien monde. Elle avait emporté quelques affaires de son père, les livres qu'ils lisaient ensemble et des petits souvenirs personnels. Dans le coffret, elle serrait précieusement son argent et les bijoux de sa mère. Elle se débrouillerait pour caser tout cela dans sa chambre minuscule – car il y avait fort à parier que celle-ci ne serait pas grande.

L'office était propre et spacieux, et la cuisinière, efficace. Elle s'activait sans relâche avec l'aide de trois filles de cuisine. Angélique compta autour de la table vingt employés, qui tous travaillaient à l'intérieur de la maison. Quelqu'un lui indiqua une chaise libre sur laquelle elle s'assit. Pendant que l'on servait le dîner, elle regarda autour d'elle. Il y avait de la nourriture en abondance et tout le monde se servit généreusement, l'air occupé, affamé et pressé.

— Ils donnent une grande partie de campagne ce week-end, lui expliqua sa voisine. Il y a beaucoup à faire. Chasse aujourd'hui, grande réception ce soir à laquelle ils ont aussi convié des amis du voisinage. Ils reçoivent beaucoup, surtout à Londres. Mais tu n'y iras pas souvent. En général, ils laissent les enfants ici quand ils partent en ville. Je m'appelle Sarah, au fait. Je suis une des femmes de chambre de l'étage. Attention à Mme Allbright. C'est une terreur. Elle est capable de te renvoyer en un clin d'œil, chuchota-t-elle.

— La nurse actuelle a été congédiée ? s'enquit Angélique avec inquiétude.

— Non, elle rentre simplement en Irlande. Et elle n'est pas mécontente de partir d'ici. Les enfants sont infernaux.

Angélique hocha la tête et se présenta à son tour. Sarah lui sourit, puis la présenta aux autres. Le majordome principal, M. Gilhooley, présidait, son second à côté de lui. En face, Mme Allbright surveillait son petit monde telle la principale d'un pensionnat. Malgré cela, et bien qu'ils n'aient pas le temps de s'attarder à table, il régnait une atmosphère sympathique. Toutefois, Angélique était trop tendue pour avaler quoi que ce soit. Aussi se contenta-t-elle d'observer.

La femme de chambre de Mme Ferguson prenait des airs de sainte-nitouche pour flirter avec le majordome adjoint. M. Gilhooley mit fin à leur manège avec une remarque cinglante. La gouvernante et lui s'entendaient visiblement comme larrons en foire pour leur tenir la bride courte à tous. Ils ne plaisantaient pas sur la discipline.

— Où travaillais-tu, avant de venir ici ? lui demanda Sarah en sortant de table.

Angélique hésita un instant avant de répondre, puis décida de livrer une version légèrement modifiée de la vérité.

— Nulle part. C'est ma première place, fit-elle timidement.

— Quel âge as-tu ?

— Dix-huit ans.

Coiffée et vêtue très simplement, elle faisait peut-être encore moins...

— C'est chou. Moi, j'en ai vingt-six. Je fais ce métier depuis dix ans. Avec un des palefreniers, poursuivit-elle sur un ton de conspiratrice, nous sortons ensemble. Nous nous marierons dès que nous aurons mis assez d'argent de côté. Bientôt, j'espère.

Angélique lui sourit. C'était touchant. La fille de feu le duc de Westerfield prenait peu à peu conscience que la vie n'était pas rose pour tous. Manque d'argent, pénibilité du travail... Se marier, avoir des enfants n'allait pas de soi. Il fallait le mériter, économiser parfois pendant des années.

— Vous ferez la connaissance de Nanny Ferguson demain matin, lui annonça Mme Allbright, tandis que les valets de pied et les majordomes s'apprêtaient à servir les invités à l'étage.

Comme il était de coutume, on appelait les nurses et les femmes de chambre par le nom de la personne au service de laquelle elles étaient, et non par le leur.

» Le petit déjeuner est servi à 6 heures, ajouta-t-elle sur son ton de directrice d'école. Ne soyez pas en retard. Bon... Sarah va vous montrer votre chambre, Nanny Latham.

Angélique savait que, dès le lendemain, quand elle prendrait son service, elle deviendrait à son tour Nanny Ferguson et le resterait jusqu'au jour de son départ. Sans rien dire, elle monta plusieurs étages à la suite de Sarah, laquelle en profita pour lui parler de leurs maîtres.

— Monsieur, ça va, fit-elle à mi-voix. Il serait bien un peu coureur, mais ce n'est pas le pire. Dans ma dernière place, il fallait que je ferme la porte de ma chambre à clé tous les soirs. Méfie-toi du frère de madame, par contre. C'est un démon. Un beau démon, cela dit, si on a envie de ce genre d'aventure. Mais alors, gare à Mme Allbright ! Si elle t'attrape, c'est la porte immédiatement, et sans recommandation.

— Oh ! Je ne ferai jamais une chose pareille ! se défendit Angélique, horrifiée. Et madame, comment est-elle ?

— Très gâtée. Il lui offre tout ce qu'elle veut. Elle a des vêtements et des bijoux magnifiques. Je ne comprends pas pourquoi elle a des enfants : elle ne les voit jamais. Normalement, tu devras les descendre le dimanche pour le thé, sauf qu'elle trouve toujours une excuse pour annuler. Elle dit qu'ils sont tout le temps malades et qu'elle a peur de la grippe. Et tes parents à toi, où sont-ils ?

Angélique inspira profondément avant de répondre.

— Je... je viens de perdre mon père. Et ma mère est morte à ma naissance... Je suis orpheline, maintenant.

— Je suis désolée, dit Sarah avec sincérité.

Elles étaient arrivées à la chambre où elle passerait la nuit avant de s'installer dans la nursery. La pièce était minuscule, plus même que ce à quoi Angélique s'était attendue. Elle ne contenait qu'un petit lit et un coffre, ainsi qu'une cuvette pour la toilette, des draps rêches, une couverture et une seule serviette pliées sur le matelas. Si la maison semblait récente et moderne, ce n'était pas le cas de la partie où logeaient les domestiques. Cette pièce faisait la moitié de la plus petite chambre de service de Belgrave. Mme Ferguson se préoccupait bien peu du confort de son personnel.

» La chambre de la nurse est un peu plus grande, reprit Sarah pour la rassurer. Mais pas beaucoup. Et il y a un petit salon agréable dans la nursery où tu pourras te tenir le soir – enfin, s'ils dorment. D'après Bridget, le bébé fait ses dents, il pleure toute la nuit. Elle n'est pas fâchée de s'en aller.

Angélique hocha la tête non sans se demander comment elle allait faire. Elle n'avait aucune idée de la façon dont on élevait des enfants. Il n'y en avait pas dans son entourage. Les seuls qu'elle voyait étaient ceux des métayers, quand elle leur rendait visite, mais leurs parents ne les laissaient guère l'approcher de peur qu'ils ne la dérangent ou salissent sa robe. Elle s'aventurait donc dans l'inconnu. Allait-elle être de taille à relever le défi ?

Sarah partit vaquer à ses travaux et Angélique redescendit chercher ses bagages. Elle dut faire trois allers et retours dans l'escalier, car personne ne lui proposa de l'aider. Le dernier voyage effectué, elle n'avait plus la force que d'aller chercher un broc d'eau, de faire sa toilette et de se coucher. Cependant, elle resta des heures allongée dans son lit sans trouver le sommeil, à se demander ce qu'allait lui apporter le lendemain. Pourvu qu'elle parvienne à accomplir la tâche qui était la sienne et fasse bonne impression… Jamais elle n'aurait imaginé se retrouver un jour à la place d'une domestique. Elle s'efforça de ne pas y songer et finit par glisser dans le sommeil. Elle se réveilla en sursaut à plusieurs reprises au cours de la nuit, craignant d'avoir manqué l'heure du lever. Elle se leva finalement à 5 heures, se débarbouilla, s'habilla et se coiffa dans la chambre glaciale. À 6 heures pile, conformément aux ordres de la gouvernante, elle était à l'office.

Une fille de cuisine lui servit une tasse de thé. Avant qu'elle ait eu le temps d'avaler quoi que ce soit, une femme de chambre vint l'informer qu'elle était attendue chez les enfants et qu'elle devait la suivre. Elles empruntèrent l'escalier de service jusqu'au deuxième étage et se retrouvèrent devant la nursery. Un bébé pleurait. Une grosse porte en bois s'ouvrait sur un long couloir dont le plancher était recouvert d'un tapis, et qui donnait des deux côtés sur des chambres de domestiques. Mme Allbright était logée à cet étage, ainsi que la femme de chambre de Mme Ferguson, la cuisinière et les femmes de chambre les plus haut placées dans la hiérarchie. Presque tout l'étage était occupé par la nursery, un petit salon et des chambres. Un escalier beaucoup plus élégant descendait au premier étage. Les domestiques n'avaient pas le droit de l'emprunter. Il était réservé aux membres de la famille s'ils décidaient de monter jusqu'ici.

Angélique frappa à la porte de la nursery. Le bébé pleurait si fort que personne ne l'entendit. Elle frappa encore plusieurs fois et finit par ouvrir la porte. Elle se retrouva face à une jeune femme rousse au visage semé de taches de rousseur qui essayait de consoler le bébé, tandis que deux autres enfants étaient pendus à ses jupes et qu'un petit d'environ deux ans, grimpé sur la table, lançait des jouets partout dans la pièce. Le chaos le plus total régnait. L'espace d'un instant, Angélique fut tentée de s'enfuir. Il devait bien exister un métier plus facile que celui-ci.

— Bonjour, je suis Angélique ! dit-elle en haussant la voix pour couvrir le tohu-bohu.

Le bébé hurlait de plus belle en se frottant les oreilles. La jolie rousse en uniforme se tourna vers elle.

— Tu es la nouvelle nurse ? demanda-t-elle, pleine d'espoir.

— Oui. Je peux t'aider ?

— Fais descendre Rupert de la table, la pria-t-elle avec un sourire avant de déposer le bébé dans son berceau, ce qui eut pour effet de faire redoubler le volume de ses pleurs.

Elle s'approcha d'Angélique, qui prenait le bambin en chemise de nuit sur la table. Dès qu'elle l'eut posé à terre, il partit en vacillant, sur ses jambes mal assurées, cherchant à leur échapper. Elles rirent de bon cœur. Les deux autres enfants s'étaient tus et regardaient Angélique. Simon avait quatre ans ; Emma, toute blonde et bouclée, trois ; Rupert, deux, et Charles, le bébé, six mois.

— Bienvenue chez les fous !

Angélique sourit en s'efforçant de dissimuler sa nervosité.

— Sarah est montée me voir, hier soir, poursuivit la jeune nurse avec un fort accent irlandais. Elle me dit que c'est ton premier poste. Tu es bien courageuse. Ils n'avaient que deux enfants quand je suis arrivée. Jamais je n'aurais imaginé qu'ils allaient en avoir deux autres si vite. » D'un naturel chaleureux, Bridget ne se laissait pas démonter par l'agitation des enfants. « Je suis leur cinquième nurse. Comme je viens d'une famille nombreuse, le bruit et l'agitation me dérangent moins que d'autres.

— Je regrette que tu partes, dit Angélique sincèrement – à la manière d'une dame bien plus que d'une domestique, se rendit-elle compte.

— Ne regrette rien, c'est pour ça que tu as la place, répliqua Bridget en riant avant de l'étudier de plus près. Tu es de la haute, pas vrai ?

Elle en avait déjà vu, de ces jeunes filles de bonne famille qui, à la suite d'un revers de fortune, se retrouvaient forcées de travailler. Mais elles étaient souvent issues de la petite aristocratie terrienne. Angélique, quoique aimable et ouverte, lui faisait l'effet d'être un cran au-dessus.

Angélique ne répondit pas à sa question. Elle espérait ne pas avoir l'air trop snob. Dans tous les cas, rien ne permettait de deviner qu'elle était fille de duc, et elle avait bien l'intention de ne le dire à personne. Cela ne servirait qu'à lui attirer des inimitiés... Il fallait qu'elle se fonde le plus possible dans la masse.

Alors que Bridget lui servait une tasse de thé, le bébé se tut ; la nurse sourit.

— Merci, mon Dieu, fit-elle. Le pauvre petit fait ses dents. Il a très mal. Pour Rupert, ajouta-t-elle en désignant le bambin de deux ans, ça a été pareil. Alors dis-moi, quelle idée folle t'amène ici pour t'occuper de quatre enfants alors que c'est ta première place ?

— J'ai été recommandée par un ami des Ferguson. Je suis obligée de travailler.

— Nous sommes tous obligés de travailler, ici, fit valoir Bridget avec bonne humeur. Moi, je rentre à Dublin pour quelques mois, histoire d'aider ma sœur qui a eu des jumeaux. Ensuite, j'irai travailler à Londres. La campagne, c'est trop calme pour moi, et les Ferguson n'emmènent presque jamais leurs enfants en ville.

Elles s'assirent un instant pour boire leur tasse de thé, puis Bridget irait préparer le petit déjeuner dans l'office de la nursery. Les autres repas, confectionnés par la cuisinière, leur étaient montés sur un plateau.

— J'ai toujours vécu à la campagne, dit Angélique. Je m'y plais.

— Alors tu seras heureuse ici, assura Bridget. Tout du moins, si tu arrives à faire en sorte que ces petits monstres se tiennent un peu mieux. Il y a bien Helen, la femme de chambre de la nursery, mais il te faudrait une autre nurse pour t'aider. Quatre, c'est bien trop pour une seule personne. Enfin, d'ici un an, quand Simon fêtera son cinquième anniversaire, il quittera la maison pour aller en pension à Eton. Ils ne les prennent pas avant. Sa mère a hâte de l'envoyer là-bas. Si tu tiens jusque-là, ça te déchargera un peu. À condition que madame n'ait pas d'autre gamin. On ne sait jamais, avec elle. C'est M. Ferguson qui veut des enfants – même s'il ne vient jamais les voir non plus. Elle, ça n'a pas l'air de la déranger. Il faut dire qu'elle les fait aussi facilement qu'une fille de ferme au coin du champ.

Angélique était étonnée. Ainsi Mme Ferguson préférait-elle les chevaux et la vie mondaine aux enfants, mais elle n'avait pas renoncé pour autant à en avoir. Et son mari, ravi, la gâtait pour la remercier de lui donner des fils.

» Tu ne la verras pas souvent par ici, continua Bridget. On descend les gosses le dimanche pour le thé. Elle les supporte environ dix minutes, puis elle demande qu'on les éloigne.

Ce n'était pas la vision qu'avait Angélique de la maternité, même si sa belle-sœur, Elizabeth, était un peu du même genre que Mme Ferguson : elle ne s'était intéressée à ses filles que lorsqu'elles avaient été assez grandes pour commencer à entrer dans un monde plus adulte.

» Nous devons avoir une robe pour toi, ajouta Bridget. Regarde dans le placard. Mais tu es très menue. Tu pourras toujours la reprendre pour la mettre à ta taille. Je te laisse mes uniformes, bien sûr, mais ils vont être beaucoup trop grands pour toi !

Elle rit. Nettement plus grande qu'Angélique, elle était gironde, avec des hanches larges et une poitrine généreuse. La tenue des nurses se composait d'une longue robe grise, d'un long tablier blanc amidonné que Bridget disait changer trois fois par jour, ainsi que d'une coiffe à ruchés et de manchettes, blanches elles aussi. Elle était moins austère et un peu plus simple que la robe noire de la gouvernante et des femmes de chambre.

» Le soir, quand j'ai passé la journée à leur courir après, je suis complètement dépenaillée. La femme de chambre de la nursery m'aide à m'occuper du linge des petits là-haut.

Bridget se mit en devoir de lui expliquer leur emploi du temps. Les enfants faisaient la sieste le matin et l'après-midi. Ils se réveillaient de bonne heure, déjeunaient à midi et prenaient un copieux goûter dînatoire à 17 h 30, puis un fruit avant de se coucher. Ils aimaient bien qu'elle leur lise des histoires.

» Je ne lis pas très bien, avoua-t-elle franchement, mais cela leur suffit. Et quand il y a un mot que je n'arrive pas à déchiffrer, j'invente. Ils sont trop jeunes pour s'en rendre compte.

Angélique se réjouit d'avance de leur faire la lecture. Depuis toujours, elle adorait lire. Voilà au moins une chose qu'elle pourrait faire avec eux avec plaisir.

— Quand pars-tu ? s'enquit-elle, encore nerveuse.

— Après le déjeuner.

— Tu vas leur manquer, fit-elle en se rappelant sa propre détresse quand sa nurse s'en était allée.

— Oh, cela ne durera qu'un jour ou deux. Ils vont très vite s'habituer à toi. Ils sont trop petits pour se souvenir de moi longtemps. Tu rencontreras Mme Ferguson demain. Tu es attendue dans la bibliothèque pour le thé, avec les enfants. Helen, la femme de chambre de la nursery, te montrera comment les habiller. Madame aime qu'ils soient joliment mis pour pouvoir les exhiber devant ses amis. Et monsieur adore les bouclettes d'Emma. Il faut les brosser jusqu'à ce qu'elles soient bien brillantes, même si ça la fait pleurer. Si tu la descends avec les cheveux emmêlés, ça va barder.

Sur ce, elle se leva. Il était l'heure du petit déjeuner des enfants. Elle disposait d'un fourneau pour préparer leur bouillie d'avoine. Un pot de lait attendait sur un bloc de glace. Elle fit des tartines de beurre et de confiture. Elle était en train de disposer le tout sur la table quand Helen entra. D'emblée, celle-ci parut se méfier d'Angélique. Elle travaillait ici depuis deux ans et avait espéré la place de nurse, mais elle avait appris qu'on lui avait préféré une jeune fille du même âge qu'elle, recommandée par des relations des Ferguson. Elle voyait donc Angélique comme une rivale et ne comptait pas lui faciliter la tâche. Qui plus est, cette dernière avait des manières aristocratiques qui ne seyaient pas à une domestique.

— Il faudra que tu l'aides, que tu lui expliques tout ce qu'elle doit savoir, la sermonna Bridget. Pas d'entourloupettes ni de blagues pour la mettre en difficulté. Tout le monde doit bien commencer un jour, et elle va avoir besoin de ton aide, ajouta-t-elle gentiment.

Helen hocha la tête et regarda de nouveau Angélique, qui semblait encore intimidée. La petite Emma s'approcha d'elle, l'observa une minute, puis grimpa sur ses genoux avec sa poupée dans les bras. Sa masse de bouclettes blondes était à croquer, en effet.

Après le petit déjeuner, Bridget montra à Angélique comment débarbouiller les enfants et les habiller. Une heure après son arrivée, tout était en ordre dans la nursery. Les petits avaient mangé, les lits étaient faits, et le bébé, qui venait de se réveiller, ne pleurait pas pour le moment. Il sourit en tendant les bras à Bridget, qui le prit au moment où Rupert lançait un cheval de bois à la tête d'Emma mais manquait sa cible. Elle leur sortit des jouets et s'assit avec le bébé sur les genoux. Elle le changea et l'habilla. À l'évidence, tout cela représentait énormément d'organisation et de travail. Et il fallait avoir des yeux derrière la tête pour surveiller les quatre bambins en permanence. Helen s'occupait du linge et de la vaisselle, mais pas des enfants, tâche exclusivement dévolue à la nurse. Comment Bridget faisait-elle ? Ce devait être une magicienne dotée de dix mains... Son expérience d'une famille nombreuse devait lui être bien utile.

— Méfie-toi du frère de Mme Ferguson. Il est redoutable.

— Il paraît, dit Angélique en souriant. Sarah m'a prévenue. Il avait une sacrée réputation dans la maison – sans doute méritée.

— Au printemps dernier, pendant qu'il séjournait ici, il a jeté son dévolu sur une femme de chambre. C'est un charmeur. Quand cela s'est su, madame l'a renvoyée. Elle va accoucher dans deux mois, mais personne n'en parle. Elle est rentrée chez ses parents, qui travaillent dans une des fermes. Le bébé sera joli, c'est sûr, mais elle ne reprendra pas sa place ici, et ils ne lui feront pas de lettre de recommandation. Alors, fais attention : s'il commence à te tourner autour, ferme ta porte à clé la nuit. M. Ferguson ne t'embêtera pas, lui. À ce qu'il paraît, il aurait des petits à-côtés en ville, quand sa femme reste ici. Je ne crois pas que ça la gêne. Elle est trop occupée à dépenser son argent pour s'en soucier. Et elle aussi aime bien reluquer les messieurs quand ils ont du monde.

Angélique commençait à se faire une drôle d'image de ce couple, qui se trompait mutuellement et ne se souciait pas de ses enfants. Très gâtée, Mme Ferguson avait consenti à cette mésalliance pour la fortune de son mari. Ce n'était vraiment pas le genre de gens qu'Angélique admirait. Leur monde lui semblait superficiel. Elle avait l'impression de vies gâchées. Son père, lui, était d'une tout autre trempe.

Finalement, elle ne s'étonnait pas qu'ils soient amis avec son frère et sa belle-sœur. Tristan lui aussi aimait cette vie vide, faite d'apparences et de frivolité. Et en un sens, Mme Ferguson lui paraissait être une version plus jeune d'Elizabeth. D'après Bridget, elle avait vingt-cinq ans – et son mari, neuf de plus. Ce n'était pas une patronne difficile tant qu'on ne la contrarierait pas, qu'on la flattait à l'occasion et que l'on tenait ses enfants à distance d'elle. La tâche ne paraissait pas bien difficile – mais elle était épuisante.

Les deux nurses bavardèrent toute la matinée. Bridget lui expliquait le plus de choses possible. Comme il faisait mauvais, elles restèrent à l'intérieur. Par beau temps, en revanche, Bridget descendait dans les jardins. Angélique lut une histoire aux enfants, que seuls les deux grands écoutèrent. Puis Helen arriva avec les plateaux du déjeuner. C'était un repas copieux, composé de poulet et de légumes, d'une glace et d'un fruit.

— Mme Ferguson veut qu'on donne moins à manger à Emma qu'aux garçons pour qu'elle ne grossisse pas, la prévint Bridget. Mais je lui donne quand même du dessert, la pauvre petite. Pas question de la priver, quoi qu'en dise sa mère. C'est certain qu'elle a une jolie silhouette, madame, surtout pour une mère de quatre enfants. Il paraît que son corset est serré à l'étouffer. D'après sa femme de chambre, il arrive qu'elle s'évanouisse quand on le lace. Sa taille doit avoir la grosseur de mon bras.

Vu la silhouette de Bridget, ce n'était pas impossible... Angélique sourit. Elle avait de la sympathie pour cette fille chaleureuse et ouverte. Elle n'espérait qu'une chose : se débrouiller aussi bien qu'elle, être aussi efficace et à l'aise dans son travail. Pour l'instant, elle avait du mal à y croire. Une vague de panique la submergea lorsque Bridget rassembla ses affaires pour partir. La larme à l'œil, celle-ci dit au revoir aux enfants et les serra dans ses bras l'un après l'autre, avant de se retourner vers Angélique.

— Bonne chance, lui dit-elle. J'espère que tout se passera bien pour toi ici. Ils sont parfois ridicules, mais ils ne sont pas méchants. C'est une bonne place. S'ils passaient plus de temps à Londres avec les enfants, je reviendrais chez eux.

— Tu descends dire au revoir à Mme Ferguson ? s'enquit Angélique.

La jeune fille avait hâte de la rencontrer, après tout ce que Bridget lui avait dit d'elle.

— Non. Elle m'a fait ses adieux la semaine dernière. Elle n'est pas du genre sentimental. Elle s'intéresse surtout à elle-même. De toute façon, elle sait qu'elle retrouvera toujours une autre nurse. N'oublie pas ça : nous sommes facilement remplaçables. Alors ne bâcle pas ton travail, sinon elle te renverra aussi rapidement qu'elle t'a engagée.

— Je ferai attention, promit Angélique avec sérieux.

Elle prit soudain conscience que, dans son malheur, elle avait beaucoup de chance d'avoir cet emploi. Tristan aurait pu lui trouver bien pire. Cela lui aurait été égal, du moment qu'elle quittait la maison.

Bridget l'embrassa et disparut. Angélique mit les enfants au lit pour la sieste, tandis que Helen débarrassait les plateaux et les envoyait en bas par le monte-plat. Le bébé fut le plus difficile à calmer, mais il finit par rester sagement dans le berceau avec son biberon. Quelques minutes après, il dormait.

Angélique ouvrit le placard, sélectionna les deux uniformes les plus petits et demanda à Helen de surveiller les enfants pendant qu'elle se dépêchait de descendre à la lingerie pour essayer de les mettre à sa taille. En bas, elle trouva les lingères et la femme de chambre de Mme Ferguson qui lavaient les affaires de leur patronne en bavardant. Elles levèrent la tête et parurent surprises de la voir.

— Excusez-moi de vous déranger, fit-elle d'un ton hésitant. Il faut que je reprenne ces robes. Auriez-vous du fil gris et une aiguille ?

Mildred, la lingère en chef, lui fit un grand sourire et lui prit les robes des mains.

— Je vais te le faire, si tu veux. Tu es la nouvelle nurse, c'est ça ?

— Oui, je m'appelle Angélique.

Mildred secoua la tête d'un air réprobateur tout en attrapant sur une étagère une aiguille, un fil et un dé à coudre. Angélique lui indiqua les modifications à faire.

— Madame ne voudra pas qu'on t'appelle par ton prénom, ici. Ce sera Nanny Ferguson, lui rappela la lingère.

Devant l'air penaud de la jeune fille, elle sourit et ajouta :

— Mais je suis très contente de faire ta connaissance.

Elle se leva et plaça les robes grises devant Angélique pour comparer avec sa silhouette, posa des épingles ici et là pour marquer les retouches à faire et lui promit que les robes seraient prêtes le lendemain matin.

— Comment ça se passe, à la nursery, pour l'instant ? s'enquit-elle avec intérêt.

— J'avoue que c'est un peu impressionnant, fit Angélique. Bridget est partie il y a une heure. C'est ma première place. Je n'ai jamais eu à m'occuper de quatre enfants.

Elle balbutia tout cela dans un souffle, ce qui fit rire les autres.

— Je crois que je n'en serais pas capable, dit la femme de chambre de Mme Ferguson, une certaine Stella. Surtout ces petits monstres, souligna-t-elle en gloussant. Ils épuisent leur mère en cinq minutes. Heureusement que je n'ai pas eu d'enfants. Tu as été présentée à Mme Ferguson ?

— Non, pas encore. Je suis arrivée hier soir.

— De Londres ? s'enquit une des lingères.

— Non, du Hertfordshire. J'ai l'impression que la propriété est très belle...

— Leur maison de Londres l'est encore plus, affirma fièrement Stella. Je préfère largement la ville, mais les enfants sont mieux à la campagne. Elle veut qu'ils restent ici. C'est plus sain.

Angélique hocha la tête. Il était grand temps qu'elle remonte à la nursery. Elle prit congé et sortit. Quel dommage qu'elle ne puisse pas prendre les repas avec ces jeunes femmes... Elle aurait bien aimé lier un peu connaissance avec les autres. Au lieu de cela, elle allait passer le plus clair de son temps isolée avec ses petits protégés. Heureusement, il y avait Helen. Cela lui faisait au moins un adulte à qui parler.

Dans la petite bibliothèque, elle dénicha quelques livres qu'elle avait adorés, petite, et qu'elle avait envie de lire aux enfants. Puis elle s'en fut chercher ses bagages dans la petite pièce où elle avait dormi et les traîna avec peine jusqu'à sa chambre dans la nursery. C'était tout juste s'il y avait la place pour tout mettre, mais elle empila ses malles et glissa sous le lit le coffret qui renfermait les bijoux de sa mère et l'argent de son père – autrement dit, sa sécurité matérielle et tout son avenir.

— Pourquoi as-tu pris autant d'affaires ? demanda Helen. Tu ne mettras jamais tous ces habits.

Du reste, nota Angélique à voix haute, il n'y avait même pas de miroir dans la chambre. Ce à quoi Helen lui répondit que Mme Ferguson estimait que ni les nurses ni les cuisinières n'en avaient besoin.

Lorsque les enfants se réveillèrent, Angélique leur fit la lecture. Elle apprit ensuite à Simon et à Emma à jouer à un jeu qu'elle avait trouvé dans le placard, puis elle leur donna un bain. Elle dut porter elle-même l'eau pour remplir la baignoire, aidée par Helen. Après le bain, Helen apporta les plateaux du repas du soir. La journée avait filé à toute vitesse. Elle mit les enfants au lit à 19 heures et leur lut encore une histoire malgré sa fatigue. Le lendemain serait une journée importante. Elle devait descendre les enfants dans la bibliothèque et faire la connaissance des Ferguson. Elle attendait cette rencontre avec une certaine curiosité.

Après avoir lu un moment dans le petit salon de la nursery à la lumière d'une chandelle, elle se glissa entre les draps de son lit non sans se demander ce que lui réservait l'avenir. Aujourd'hui, la fille du duc de Westerfield était devenue Nanny Ferguson. Comment deviner quel destin serait le sien ensuite ?

4

Préparer les enfants pour leur entrevue avec leurs parents prit à Angélique plus longtemps qu'elle n'avait imaginé, même avec l'aide de Helen. Celle-ci garda le bébé dans ses bras pendant qu'Angélique habillait les trois autres avec la plus grande élégance. Elle brossa longuement les boucles d'Emma pour les faire briller avant de lui attacher les cheveux avec un ruban rose. Elle prit ensuite Charles dans ses bras pour l'habiller tout en jouant avec lui. Le bébé ne cessa de gazouiller tandis qu'elle lui mettait une ravissante robe blanche et un gilet, blanc également. Il pesait son poids, songea-t-elle en le portant dans l'escalier tout en donnant la main à Emma. Les enfants étaient surexcités de descendre voir leurs parents. D'autant que, comme il n'avait cessé de pleuvoir, ils étaient de nouveau restés enfermés toute la journée.

Il tardait à Angélique de visiter les jardins et le parc. Il y avait même un labyrinthe, d'après ce que Helen lui avait dit. Certes, l'ensemble ne devait pas être aussi vaste que Belgrave Castle, mais les Ferguson s'enorgueillissaient de posséder l'une des plus jolies propriétés du Hampshire.

En passant la porte de service de l'étage principal, Angélique fut éblouie par un énorme lustre dont toutes les bougies étaient allumées. Il faisait déjà sombre dehors et le scintillement des cristaux rendait un effet spectaculaire. Le mobilier du grand hall se composait de pièces anglaises et françaises, et des toiles de maître ornaient les murs. Un chemin de couloir rouge courait tout du long. Au fond, songea Angélique, c'était davantage un décor – certes grandiose – qu'un foyer chaleureux.

Un brouhaha lui parvenait de la bibliothèque. Elle se dirigea vers le bruit et découvrit dans la pièce au moins une vingtaine de personnes qui parlaient et riaient, certaines jouant aux cartes. Elle resta sur le seuil avec les enfants à se demander laquelle de ces dames élégantes était leur mère. Emma courut vers elle la première. Une ravissante jeune femme en robe de velours bleu se leva. Les deux garçons se jetèrent dans ses jupes tandis que, tenant la main de sa fille, elle posait sur Angélique un regard bleu glacé.

Selon la mode du moment, Stella avait arrangé les cheveux acajou de sa maîtresse en une montagne de boucles perchée sur le sommet de sa tête. Elle portait des saphirs aux oreilles et une énorme broche assortie à la taille. Elle était à couper le souffle. Angélique fit la révérence – non pas à cause de son rang, qui était insignifiant, mais parce qu'elle était désormais une domestique et que cette femme l'employait.

— Vous êtes la petite Latham, n'est-ce pas ? lui demanda-t-elle avec hauteur.

Les enfants l'abandonnèrent pour se précipiter vers leur père, dont ils étreignirent les deux jambes. Il était très grand, blond avec des cheveux raides, très beau et, à l'évidence, très riche.

— Votre cousin m'a dit le plus grand bien de vous, assura Eugenia Ferguson plus aimablement. Cela fait plusieurs mois qu'il vous annonce.

Angélique crut qu'elle avait mal entendu.

— Mon cousin ? répéta-t-elle en toute innocence, d'un air ébahi.

Elle n'avait pas de cousins, ou alors très éloignés, tel le roi George – mais elle doutait fortement que Sa Majesté l'ait recommandée à cette femme.

— Eh bien, M. le duc de Westerfield, voyons. Tristan Latham. Il me dit que vous êtes une parente éloignée et une fille charmante.

Angélique resta bouche bée. Son propre frère l'avait fait passer pour une cousine ! Mais oui, bien sûr, c'était plus respectable que d'essayer de placer sa sœur comme bonne d'enfants... Et le pire, c'était d'apprendre qu'il l'avait annoncée des mois plus tôt, attendant son heure, tandis que leur père déclinait, pour se débarrasser d'elle... Voilà pourquoi il avait pu l'envoyer ici aussi vite après sa mort. N'empêche, elle n'en revenait pas...

— Ah... Tristan. Bien sûr.

— Son épouse et moi-même sommes très liées. À Londres, nous ne nous quittons pas.

Angélique hocha la tête tout en essayant de garder un œil sur les enfants. Ceux-ci, toujours agrippés à leur père, faisaient les intéressants devant les invités.

— Je vous suis très reconnaissante de la chance que vous m'offrez, madame, dit-elle poliment.

En revanche, elle en voulait terriblement à son frère d'avoir comploté contre elle en prévision de la mort de leur père – une mort qu'il avait peut-être même attendue avec impatience pour hériter de Belgrave, du titre, du domaine et de la fortune familiale.

Quant à Eugenia, il lui plaisait d'employer la cousine désargentée d'un duc, et plus encore que ce dernier lui soit redevable d'avoir aidé une jeune parente dans le besoin. Lorsqu'elle lui avait demandé pourquoi il ne la prenait pas à son service, il lui avait répondu que ce serait trop gênant pour elle d'être domestique chez des membres de sa propre famille. Il avait assuré à Eugenia qu'elle était bien élevée, qu'elle savait se tenir et qu'elle pourrait même enseigner le français aux enfants. Sa mère était en effet une Française d'extraction modeste, que son cousin éloigné avait épousée ; leur fille était aujourd'hui orpheline et sans le sou.

Angélique aurait sans doute été horrifiée d'entendre qualifier sa mère de femme « d'extraction modeste » alors qu'elle était apparentée au roi de France, ce qui faisait d'Angélique une parente du monarque actuel, Charles X, ainsi que de George IV d'Angleterre, par son père.

Quoi qu'il en soit, Eugenia était satisfaite. Une nurse issue de l'aristocratie, cela lui plaisait. C'était prestigieux. Elle avait toujours été chagrinée que son père ne soit que baron, et pair à vie, ce qui signifiait que le titre n'était pas transmissible. Et Harry Ferguson était un roturier. Mais sa fortune compensait largement son absence de quartiers de noblesse.

Lorsque Angélique traversa la pièce pour aller délivrer leur père des enfants, Eugenia la trouva très comme il faut. Elle susurra à l'oreille d'une amie que la nurse était une cousine pauvre du duc de Westerfield. Angélique faillit bien se retourner et affirmer haut et fort qu'elle était sa sœur et non sa cousine, qu'il l'avait chassée de Belgrave Castle quelques jours seulement après la mort de son père. Mais elle ne dit rien, récupéra les deux garçons, le bébé toujours dans ses bras, et s'avisa qu'Emma avait la bouche pleine de bonbons chipés dans une coupe en argent à l'insu de sa mère.

— Vous pouvez les remonter, maintenant, lui dit Harry Ferguson avec un soulagement manifeste. Vous êtes la nouvelle nurse, c'est cela ?

Elle hocha la tête et fit la révérence.

Eugenia ne protesta pas quand Angélique s'éclipsa avec sa petite troupe. Les enfants non plus ne furent pas étonnés par la brièveté de la visite : ils y étaient habitués. Ils avaient dû passer à peine plus de dix minutes dans la bibliothèque, exactement comme l'avait annoncé Bridget. Et ils ne reverraient pas leurs parents avant une semaine. Angélique avait beau savoir que c'était la norme dans beaucoup de familles, elle eut de la peine pour eux. Ils étaient privés de tant de choses essentielles...

Soudain, elle se sentit une étrange obligation de compenser ce manque, notamment vis-à-vis de Simon, qui allait quitter la maison dans moins d'un an pour aller en pension. À quatre ans, c'était encore un tout-petit. Se retrouver pensionnaire à cinq ans, cela lui semblait pire encore que ce qu'elle venait de vivre à dix-huit ans. Au moins, elle avait grandi dans l'amour de son père. Jamais il ne se serait séparé d'elle à cet âge-là. C'était bien trop tôt pour quitter son foyer, songea Angélique, navrée pour le petit.

Pour aider les enfants à se calmer après l'excitation de cette visite, elle leur lut une histoire. Ils avaient l'air d'aimer ça, surtout Emma qui se blottissait contre elle tout en demandant tristement où était Bridget. La jeune Irlandaise s'était occupée d'eux pendant deux ans ; à l'échelle de leur vie, c'était très long. Elle avait été l'être le plus proche d'eux.

— Elle est allée voir sa sœur, expliqua Angélique.

Elle ne voulait pas leur promettre qu'ils allaient la revoir, car c'était peu probable. Elle se jura de tout faire pour les consoler. Même si elle ne comptait pas rester ici sa vie entière, elle ferait de son mieux.

Elle les mit en chemise de nuit l'un après l'autre, sans avoir besoin d'appeler Helen à l'aide – ce dont elle fut très fière. Elle déposa Charles dans son berceau, puis coucha Rupert, lequel se releva deux fois pendant qu'elle bordait Emma puis Simon. Elle rattrapa Rupert et le remit au lit. Les deux plus petits dormaient dans la même chambre ; Simon et Emma avaient chacun la leur.

— Vous viendrez si je fais un cauchemar ? fit Emma d'un ton suppliant.

Angélique le lui promit et l'embrassa pour lui souhaiter une bonne nuit. Elle laissa leurs portes entrouvertes comme ils le lui avaient demandé et alla dans le petit salon de la nursery se détendre avec un livre. Tout compte fait, songea-t-elle avec étonnement, la journée s'était bien déroulée. Malgré leur exubérance, les enfants étaient mignons. Elle se remémorait la visite à leurs parents quand Sarah frappa doucement et entra.

— Tu as fini ? Comment ça s'est passé, alors ? demanda-t-elle joyeusement en s'asseyant en face d'elle.

— Plutôt bien. Nous sommes descendus à la bibliothèque pour le thé. Mme Ferguson est une vraie beauté...

Sarah hocha la tête.

— C'est vrai, mais elle est si froide... et si imbue d'elle-même. Moi, c'est M. Ferguson que je trouve bel homme, remarqua-t-elle en souriant. Il aurait pu trouver une épouse plus agréable. Mais je crois qu'il est impressionné par le titre de son père. Pourtant, cela ne lui sert pas à grand-chose, et elle lui coûte les yeux de la tête. Si tu voyais les robes que Stella descend à la lingerie... Elle les fait venir de Paris. Ce que j'aimerais porter une robe comme cela un jour !

La jeune femme joignit les mains contre son cœur, puis reprit :

» On a parlé de toi, à table, ce soir. Dommage que tu ne puisses pas dîner avec nous quand les enfants dorment. Helen pourra peut-être les garder, de temps en temps. Histoire que tu puisses prendre le dessert et une tasse de thé avec nous.

— J'aimerais bien..., soupira Angélique.

Elle allait finir par se sentir seule, dans la nursery, avec Helen pour toute compagnie adulte. D'autant que leurs relations ne s'étaient pas encore franchement réchauffées. Qui plus est, elle s'était sentie à l'aise dans l'atmosphère animée qui régnait à l'office et à la cuisine. Cela lui rappelait Belgrave et les domestiques qu'elle avait toujours côtoyés. Rien que d'y songer, la nostalgie la gagna. Comment allaient Hobson, Mme White, Mme Williams et tous les autres ? Elle allait écrire à Mme White dès le lendemain, se promit-elle. Pour lui donner de ses nouvelles et lui raconter comment se passaient ses débuts ici.

Les deux jeunes femmes continuèrent de bavarder ainsi pendant une demi-heure, puis Sarah alla se coucher. Angélique lut un peu avant de l'imiter. Bridget l'avait prévenue que Charles se réveillait tous les matins avant 6 heures. La nuit allait être courte. Cependant, il était agréable de profiter du calme de ce petit salon, le soir, après toute une journée passée à courir après les enfants. Et ce, même si ces derniers lui semblaient plus sages que ce que les autres le lui avaient laissé entendre. C'était des petits, et ils étaient quatre, ce qui créait nécessairement beaucoup d'agitation.

Le lendemain, il faisait beau et froid. Angélique descendit les enfants au jardin après le petit déjeuner. Ils coururent et se défoulèrent. Elle risqua un œil dans le labyrinthe, mais ne s'aventura pas plus loin de crainte de ne pas retrouver le chemin de la sortie. Le parc était magnifique, découvrit-elle en poussant le landau de Charles dans les allées.

Quand ils rentrèrent par la cuisine, les enfants avaient les joues rougies par l'air glacé. Tout le monde s'extasia, en particulier devant Emma, et la cuisinière leur donna un biscuit à chacun. Les préparatifs du déjeuner étaient en cours et cela sentait délicieusement bon. Des gâteaux qui seraient servis plus tard dans la journée cuisaient dans le four. Les invités repartaient le lendemain, pour le plus grand soulagement du personnel. Ces parties de chasse qui remplissaient la maison pendant trois ou quatre jours représentaient beaucoup de travail. Trois de ces dames avaient amené leur femme de chambre, mais les autres comptaient sur celles de la maison pour les aider à s'habiller. Il y avait également plus de chambres à faire, des repas plus élaborés et plus copieux à préparer... Le valet de chambre de l'un des invités prenait tous les domestiques de haut et les agaçait prodigieusement avec ses airs dédaigneux.

Pendant les quelques minutes qu'ils passèrent dans la cuisine, Angélique se rendit compte que le majordome, M. Gilhooley, ne la quittait pas des yeux. Il l'observait encore quand ils sortirent de la pièce pour remonter à la nursery. L'homme était d'une froideur intimidante. Certes, elle se rappelait avoir vu Hobson se comporter de la même manière à Belgrave pour impressionner de jeunes domestiques. Néanmoins, elle avait l'impression que M. Gilhooley était particulièrement désagréable avec elle.

Tout compte fait, ce n'était pas plus mal qu'elle ne puisse prendre ses repas à l'office, si c'était pour recevoir ce genre de regards. Quant à Mme Allbright, la gouvernante, elle n'avait pas la chaleur humaine de Mme White, loin s'en fallait. Cependant, Angélique n'avait jamais été sous les ordres de cette dernière, cela faisait peut-être toute la différence. D'ailleurs, elle avait souvent observé à Belgrave que les nouvelles têtes étaient dans un premier temps tenues à distance. Aujourd'hui, la nouvelle, c'était elle.

L'absurdité de la situation l'aurait presque fait rire. Que dirait son père s'il la voyait ainsi, en uniforme ?

Angélique imaginait d'ici sa fureur contre Tristan. Sa tristesse, bien sûr. Mais peut-être aussi sa fierté : car c'est avec courage et bonne grâce qu'elle faisait face à ses déboires.

Après le déjeuner, les enfants firent la sieste. Elle les laissa sous la surveillance de Helen et descendit boire une tasse de thé à la cuisine. Quand elle passa devant le petit bureau de M. Gilhooley, il lui fit signe d'entrer.

— Trouvez-vous la nursery à votre convenance ? s'enquit-il d'un ton cérémonieux.

Cependant, il semblait s'en soucier réellement. Puis il baissa la voix et, d'un ton de conspirateur, ajouta :

» Je veux que vous sachiez... J'ai travaillé chez votre père autrefois, à Belgrave. Je tiens à vous présenter mes condoléances. C'était un homme exceptionnel.

— Oui, convint-elle tristement. Il me manque terriblement. C'est tout récent.

— Je ne sais pas ce qui vous amène ici, mademoiselle...

Elle tiqua devant la façon dont il s'adressait à elle. Il ne fallait surtout pas que les autres apprennent qu'elle était issue de la noblesse, que son père portait un titre du plus haut rang. Elle ne voulait pas se distinguer. Pour vivre et travailler ici dans de bonnes conditions, mieux valait qu'elle se fonde dans la masse.

— Je ne souhaite pas que vous m'appeliez ainsi, monsieur Gilhooley. Cela ne ferait que compliquer les choses. Les autres domestiques pourraient me prendre en grippe pour cette seule raison. Il est inutile qu'ils sachent qui était mon père. Tout cela appartient au passé, désormais.

— Hum, très bien. J'ignore pour quelle raison vous êtes ici, mais cela ne doit pas être facile, pour vous, fit-il avec sympathie.

Toute sa froideur s'était dissipée.

— Plus rien ne m'étonne, vous savez. Mais je dois dire que c'est moins dur que je ne l'imaginais. Tout le monde est très gentil avec moi.

— Vous me voyez ravi de l'entendre. Si je peux faire quoi que ce soit...

Il la regarda dans les yeux, mais elle secoua la tête. Elle ne voulait surtout pas de traitement de faveur. Elle devait faire son travail, comme les autres.

» Les Ferguson sont-ils au courant ? reprit-il.

Il respectait son souhait de rester anonyme et ne l'en estimait que davantage. Mais comment diable s'était-elle retrouvée ici, dans cette situation ? Elle était bien jeune pour un tel bouleversement.

— Non, répondit-elle. C'est mon frère qui m'a trouvé cette place et il leur a dit que nous étions cousins éloignés. C'est mieux ainsi. Je vous en prie, ne dites rien à personne, monsieur Gilhooley, répéta-t-elle d'un ton suppliant.

— Certainement, puisque c'est ce que vous souhaitez. Même si j'imagine le choc que cela ferait à M. et Mme Ferguson de découvrir que la fille d'un duc vit sous leur toit et s'occupe de leurs enfants...

Cela leur plairait peut-être, songea-t-il après réflexion.

— Le passé est le passé, fit-elle valoir en ravalant les larmes qui menaçaient de la submerger. Mon frère, sa femme et ses filles sont à Belgrave. Je n'y ai plus ma place.

Le majordome écoutait, plein de commisération. Il y avait quelque chose de louche dans cette histoire, surtout si le duc la faisait passer pour une cousine au lieu de dire que c'était sa sœur. D'un autre côté, comment aurait-il pu justifier le fait de placer sa sœur comme bonne d'enfants sans avoir l'air d'un mufle ? Gilhooley commençait à comprendre.

— La vie prend parfois des détours mystérieux, mademoiselle, dit-il avec douceur. Je suis certain que vous rentrerez chez vous un jour.

La gorge trop serrée pour articuler le moindre mot, elle hocha la tête. Il lui tapota la main. Elle avait au moins un allié ici, en plus de Sarah. Hobson serait content de savoir qu'un ancien majordome de Belgrave l'avait prise sous son aile. Pour elle aussi, c'était réconfortant. Elle se leva. Elle s'était absentée de la nursery plus longtemps que prévu.

— Il faut que je remonte ! lança-t-elle avec un regard chargé de gratitude.

— Revenez nous voir, à l'occasion.

— C'est promis. Mais avec les enfants, je n'ai pas le temps de m'ennuyer.

Cela le fit rire.

— Je n'en doute pas, mademoiselle. J'espère en tout cas que vous serez heureuse ici.

Ce qu'il lui souhaitait avant tout, cependant, c'était de rentrer chez elle, à Belgrave Castle. Comment son frère avait-il pu la placer comme domestique ? C'était pratiquement criminel...

À la nursery, Helen l'attendait avec impatience.

— Qu'est-ce qui t'a pris si longtemps ?

— Excuse-moi. M. Gilhooley souhaitait me parler et je n'ai pas pu m'échapper plus vite.

— Qu'est-ce qu'il te voulait ? demanda la femme de chambre d'un ton soupçonneux.

— Il se trouve qu'il a connu mon père.

Elle regretta aussitôt ses paroles.

— Ton père était majordome aussi ? Ou valet de pied ?

— Ni l'un ni l'autre, répondit Angélique d'un ton égal. Ils se connaissaient, c'est tout.

Fort à propos, Charles commença à s'agiter dans son berceau, et Angélique put échapper à l'interrogatoire de Helen. Les autres enfants ne tardèrent pas à se réveiller. Ils passèrent l'après-midi à jouer dehors, et Simon monta son poney. Son père vint aux écuries lui aussi, mais leur fit signe de loin seulement, ne daignant pas s'approcher pour leur dire bonjour. Il profitait de ce qu'Eugenia se reposait pour prendre l'air.

La vie se poursuivit tranquillement. Angélique s'habituait aux enfants. Il n'était pas toujours facile de jongler avec les quatre, certes. Cependant, elle découvrait avec étonnement que cette tâche lui plaisait et qu'elle se sentait utile, ce qui faisait passer le temps plus vite. Ces petits avaient besoin que quelqu'un s'occupe d'eux et éveille leur intérêt pour la vie. Bientôt, elle commença à leur enseigner le français. Emma apprenait à une vitesse stupéfiante. Simon n'avait pas les mêmes facilités, mais il faisait de réels progrès. Ils savaient déjà beaucoup de mots et plusieurs chansons.

Les Ferguson avaient passé tout le mois de décembre à Londres, de réceptions en soirées mondaines. Ils rentrèrent l'avant-veille de Noël. Tout fiers, les enfants leur montrèrent le sapin dressé dans le grand hall, qu'ils avaient aidé à décorer.

Il avait beaucoup neigé la semaine précédente, ce qui avait permis à Angélique de faire un bonhomme de neige avec eux. Elle débordait d'idées pour les occuper. Peut-être parce que son enfance à elle n'était pas si lointaine que cela. Quoi qu'il en soit, elle avait grandi d'un coup ces derniers temps. Vivre et travailler chez des inconnus, s'occuper de leurs enfants et devoir s'entendre avec les domestiques de la maison, tout cela l'avait fait mûrir plus que tout ce qu'elle avait vécu jusqu'à présent.

Le matin de Noël, lorsque les Ferguson reçurent leurs enfants pour leur offrir leurs cadeaux, ils avaient une grande nouvelle à leur annoncer : ils allaient avoir un petit frère ou une petite sœur d'ici quelques mois ! Angélique en fut tout aussi surprise, bien sûr. Eugenia lui expliqua qu'à la naissance du bébé, en mai, une nurse spécialisée dans les nouveau-nés viendrait pour un mois. Après quoi Angélique devrait s'occuper de cinq enfants au lieu de quatre, pour quelques mois en tout cas.

À quoi bon engager une seconde bonne d'enfants, puisque Simon partirait à Eton à la fin de l'été et qu'elle se débrouillait parfaitement avec les quatre ? Eugenia n'avait pas la moindre idée du travail que cela représentait. Elle n'avait du reste aucune envie de le savoir, sans doute, puisqu'elle ne passait jamais plus de quelques minutes avec eux. Elle assura donc à Angélique qu'elle s'en tirait à merveille et lui offrit un petit cadeau de Noël avant de les congédier bien vite, car les premiers invités du déjeuner arrivaient.

De retour à la nursery, Angélique aida les enfants à ouvrir leurs cadeaux. Simon avait reçu un jeu auquel il voulut jouer avec elle, Rupert un ours en peluche qu'il transporta partout avec lui dans les jours qui suivirent, Emma une nouvelle poupée et Charles un hochet en argent qu'il se fourra aussitôt dans la bouche. Tous ravis de leurs cadeaux, ils regardèrent Angélique ouvrir le sien. C'était une paire de gants de cuir gris très élégants, assortis à son uniforme, qui lui seraient bien utiles pour promener les enfants. Ils lui allaient à la perfection. Mme Ferguson avait bien choisi.

En janvier, les Ferguson décidèrent exceptionnellement d'emmener les enfants passer deux semaines à Londres. Cette perspective réjouissait Angélique. Il y aurait tant à faire avec eux, dans la capitale ! On se mit en route par une matinée glaciale, Helen, Angélique et les enfants dans le *road coach* familial, et Mme Ferguson dans un barouche-landau semblable à celui du frère d'Angélique. M. Ferguson prit son luxueux coupé de ville. Une autre voiture les suivait avec les bagages.

Le voyage enchanta Simon ; le petit garçon adorait observer les chevaux. Emma, elle, fut malade pendant presque tout le trajet. Quant aux deux petits, ils dormirent plusieurs heures, bercés par le balancement de la voiture, Charles dans les bras d'Angélique. À l'arrivée à Londres, les domestiques leur réservèrent le meilleur accueil. Ils étaient ravis de voir les enfants et de faire la connaissance d'Angélique, à qui ils firent visiter la maison. Sise dans Curzon Street, celle-ci était très grande et richement décorée.

Angélique découvrit que les Ferguson recevaient ou sortaient tous les soirs. Elle comprenait maintenant pourquoi Eugenia s'ennuyait dans le Hampshire. Elle menait en ville une vie des plus enviable, entourée d'amis, sortant au théâtre, à l'opéra ou au ballet. Harry aussi semblait heureux à Londres. Il faisait des affaires dans la City et se rendait régulièrement à son club, où il retrouvait ses compagnons de jeu ou de dîner.

Le dimanche après-midi, les Ferguson reçurent du monde pour le thé, et Angélique fut priée d'amener les enfants, comme à la campagne. Aidée par deux femmes de chambre, elle leur mit leurs plus beaux vêtements. Mais alors qu'elle entrait dans le salon, elle eut un choc. À quelques mètres d'elle se tenaient Tristan et Elizabeth, qui la regardèrent sans broncher, comme s'ils ne la connaissaient pas. Gênée, ne sachant trop que faire, la jeune fille s'apprêtait à les saluer quand Tristan s'éloigna et Elizabeth lui tourna le dos pour parler à une dame de sa connaissance.

C'est alors qu'Eugenia attira leur attention sur elle, d'une manière affreusement embarrassante.

— Vous ne reconnaissez pas votre cousine, dans son uniforme de nurse ? demanda-t-elle à Tristan. Vous aviez raison, en tout cas : c'est une bonne d'enfants formidable. Elle enseigne même le français à Simon et Emma.

Tristan feignit la surprise et adressa un hochement de tête froid à sa sœur, comme s'il voulait donner l'impression d'à peine la connaître. De toute évidence, M. le duc de Westerfield n'était pas ravi de se voir associer par un lien de parenté à une nurse.

— En effet, lâcha-t-il, glacial, je ne l'avais pas vue.

Elizabeth ne dit rien et se contenta de lui jeter un regard chargé de haine. Tous deux auraient visiblement préféré qu'elle sorte de leur vie à tout jamais. Sans doute la croyaient-ils dans le Hampshire quand ils avaient accepté l'invitation des Ferguson. Autrement, ils ne seraient probablement pas venus.

Quelques minutes plus tard, Mme Ferguson priait Angélique de remonter avec les enfants ; ils avaient passé suffisamment de temps au salon. Ce petit quart d'heure, toutefois, avait donné à Angélique l'occasion d'observer son frère et sa belle-sœur. Elizabeth portait une très belle robe, mais celle d'Eugenia était plus élégante encore. Trop jeunes pour être invitées à une réception d'adultes, ses nièces n'étaient pas là. Elle entendit simplement Elizabeth dire que Gwyneth serait présentée à la cour en juillet. C'était la fameuse saison qu'elle-même n'avait jamais eue – ni eu envie d'avoir – et que, maintenant, elle ne connaîtrait jamais. Toutes ses chances de rencontrer un mari de son milieu s'étaient envolées quand Tristan lui avait refusé sa protection et l'avait chassée.

Ce dernier ne fut pas mécontent de voir Angélique quitter la pièce. Il espérait ne plus la revoir. La surprise avait manifestement été tout aussi désagréable pour

Elizabeth, qui était très pâle et ne dit pas un mot quand sa belle-sœur passa à côté d'elle.

Angélique, de son côté, était bouleversée par cette rencontre. Depuis deux mois, elle se demandait si son frère regrettait de l'avoir traitée comme il l'avait fait, ou s'il le regretterait un jour. Désormais, elle avait la réponse. Non seulement il l'avait reniée, mais il ne voulait visiblement plus avoir affaire à elle. Si elle mourait, il en serait sans doute soulagé. Cette pensée la fit frémir. Elle se rappela ses yeux quand il avait fait semblant de ne pas la voir. Pour eux, elle n'existait plus. Elle n'était plus qu'un fantôme du passé, elle était aussi morte que leur père.

Ce qu'elle craignait depuis son départ se confirmait : elle ne reverrait jamais sa maison. Les dix-huit premières années de sa vie ne seraient bientôt plus qu'un souvenir de plus en plus lointain. Elle était seule au monde.

5

Les Ferguson décidèrent de rester à Londres jusqu'en février. Ils voulaient profiter le plus possible du tourbillon mondain avant les couches d'Eugenia et la naissance du bébé en mai. Contrairement à leur habitude, ils gardèrent les enfants auprès d'eux. Angélique se plaisait beaucoup plus à Londres qu'elle ne l'aurait cru.

Cela lui faisait un drôle d'effet de songer que, cette année, elle aurait passé son premier hiver dans le monde si elle avait débuté l'été précédent, ce qui n'aurait pas manqué si son père avait été en bonne santé. Elle aurait été présentée aux familles importantes de la bonne société ainsi qu'à la cour, elle aurait rencontré tous les beaux partis et aurait été courtisée sans aucun doute. Son nom aurait suffi à beaucoup, sans même parler de la fortune de son père. Et peut-être serait-elle tombée amoureuse d'un jeune homme bien sous tous rapports.

Au lieu de quoi, déshéritée par son frère, elle était devenue domestique. Le monde qui aurait dû être le sien était désormais hors de sa portée. Son avenir s'en trouvait irrémédiablement transformé. Tristan la condamnait au mieux à une mésalliance. Il la privait de la vie à laquelle sa naissance la promettait. Il détruisait son présent et son avenir.

Angélique était plus que jamais reconnaissante à son père de lui avoir assuré de quoi subvenir à ses besoins si nécessaire. Et elle comptait bien tenir sa promesse de ne toucher à cet argent qu'en cas d'absolue nécessité. À vrai dire, la question de son avenir la préoccupait. Qu'allait-il advenir d'elle ? Dans l'immédiat, elle pouvait rester chez les Ferguson – mais cela ne durerait pas éternellement. Ils n'étaient pas tendres et ne se sentaient manifestement pas liés par les responsabilités traditionnelles des employeurs envers leurs domestiques. Harry Ferguson était bien trop nouveau riche pour simplement les connaître. Sa femme, elle, considérait ceux qui la servaient plus comme des commodités que des êtres humains.

Angélique ne pouvait donc pas compter sur eux. Lorsque leurs enfants seraient grands et que les garçons seraient partis à Eton, on la congédierait. Si le bébé à naître était une fille, peut-être la garderaient-ils un peu plus longtemps – mais pas indéfiniment. Elle avait à peu près cinq ans devant elle, s'ils étaient jusque-là satisfaits de ses services. Le fait qu'Eugenia puisse se vanter d'avoir comme nurse la cousine éloignée d'un duc ne suffirait pas si elle se lassait d'elle pour une raison ou une autre. Après ce que lui avait fait son frère, Angélique était bien placée pour savoir que rien n'était acquis et que la vie pouvait se trouver bouleversée du jour au lendemain.

Durant leur séjour à Londres, Angélique promena les enfants au parc tous les jours, ce qui lui donna l'occasion de bavarder avec les autres nurses qu'elle y rencontrait. La plupart étaient plus âgées. Et celles qui avaient la charge d'autant d'enfants étaient aidées par une bonne ou une femme de chambre...

Elle découvrit qu'il existait dans le monde des nurses toute une hiérarchie dictée par l'importance et le titre des familles qui les employaient. Elles se présentaient d'ailleurs le plus souvent par le nom de celles-ci. Elle-même devait se faire appeler Nanny Ferguson. Non seulement

Tristan l'avait privée de sa vie et de son univers, mais il lui avait pris jusqu'à son identité.

Elle écrivit deux fois à Mme White et eut la joie de recevoir plusieurs lettres d'elle accompagnées des salutations de Hobson, de Mme Williams et de plusieurs femmes de chambre. Angélique, dans ses lettres, leur parlait des enfants, des Ferguson, de son travail et elle leur disait combien elle se plaisait à Londres, combien la maison était belle. Certains la jugeaient vulgaire parce qu'elle était neuve. Certes, il lui manquait la majesté de Belgrave, conférée par des siècles de tradition, mais la jeune fille en appréciait le côté pratique et le confort moderne. Pour elle, tout cela était nouveau.

Elle raconta également à Mme White qu'elle avait vu son frère et Elizabeth, qu'ils l'avaient d'abord ignorée, puis saluée du bout des lèvres, la faisant passer pour une cousine éloignée.

Mme White en fut scandalisée.

— Cette pauvre petite est seule au monde, dit-elle à Hobson le soir où elle reçut la lettre.

Le vieux majordome songea à la peine que tout cela aurait fait à son père et eut les larmes aux yeux. Markham, le valet de chambre, venait de présenter sa démission sous prétexte de prendre sa retraite sur le continent. À Hobson, il avait avoué qu'il ne supportait plus de servir le nouveau duc, surtout sachant ce qu'il avait fait à mademoiselle. Tristan n'avait rien fait pour le retenir, évidemment. Markham était trop dévoué à son père. D'ailleurs, il préférait quelqu'un de plus jeune.

Mme White écrivit à Angélique qu'il y avait eu beaucoup de changements dans la maison depuis son départ. La duchesse avait déplacé tous les meubles et commandé de nouvelles pièces à Londres. Elle avait fait changer les tentures et recouvrir les sièges existants, et acheté à Vienne un lustre grandiose. Elle dépensait sans compter pour donner à Belgrave un faste qu'il n'avait jamais connu. Elle avait également emmené ses filles à Paris pour leur faire faire des robes, ainsi que plusieurs pour elle-même. Il leur fallait des toilettes adaptées à leur rang pour les bals qu'elle donnerait au château dès le printemps. Ils comptaient bien mener grand train dans leur nouvelle demeure.

Angélique lisait ses lettres le cœur serré. Les transformations que Tristan et Elizabeth faisaient subir à sa maison et qui lui semblaient bien vulgaires la peinaient. Ils avaient attendu ce moment toute leur vie et s'en donnaient à cœur joie.

À Londres, Eugenia avait bien trop à faire pour voir ses enfants. À la mi-février, toutefois, son mari tint à ce qu'elle regagne le Hampshire avec eux. Elle était enceinte de six mois et demi. Elle avait beau se corseter impitoyablement, son état se voyait bien trop pour qu'elle puisse rester en ville et continuer à sortir dans le monde. Elle partit à regret, non sans avoir supplié son époux de lui permettre de rester. Il répliqua que ce serait trop inconvenant. D'ailleurs, les gens commençaient déjà à en parler. Elle obtempéra donc et retourna à la campagne.

Verrait-elle davantage ses enfants, puisqu'elle n'avait rien d'autre à faire ? se demanda Angélique. La réponse fut négative. Elle invita ses amies à dîner ou à jouer aux cartes. Sa mère vint également faire un séjour. C'était une femme assez quelconque, fille d'un riche marchand, qui avait épousé le père d'Eugenia pour son titre et son argent. Elle était tout aussi arrogante et prétentieuse que sa fille et ne s'intéressait pas plus qu'elle à ses petits-enfants. Angélique s'en occupait donc seule. Elle s'était beaucoup attachée à eux. Emma parlait déjà très bien le français. C'était charmant.

M. Ferguson ne rentra dans le Hampshire que six semaines après sa famille, début avril, malgré les demandes pressantes de sa femme, laquelle se déclarait sur le point de devenir folle d'ennui. Il arriva de Londres avec des amis. À l'office, les rumeurs allaient bon train sur les fêtes qu'il avait données à Londres et les femmes qu'on y avait vues. Mieux valait qu'Eugenia, qui était d'un tempérament notoirement ombrageux, ignore les incartades de son mari. Il n'aurait pas été bon qu'elle se mette en colère si près de l'arrivée du bébé.

La mère d'Eugenia prit congé sitôt Harry rentré. Ces deux-là n'avaient guère d'atomes crochus. Une semaine après son retour, M. Ferguson repartit avec ses amis faire la tournée des parties de campagne des propriétés des environs. Eugenia passa le mois suivant à se promener dans le jardin, se reposer et attendre la naissance du bébé. Autant dire qu'elle se languissait et enviait les sorties de son époux.

— Si seulement ce bébé voulait bien se dépêcher de naître, dit-elle un jour à Angélique d'un air d'ennui et d'agacement mêlés.

Elle était tombée sur eux tandis que la jeune fille et les enfants revenaient du petit lac où ils étaient allés regarder les canards et les cygnes.

— Il ne va plus tarder, madame, assura-t-elle poliment.

Depuis leur retour dans le Hampshire, Eugenia avait énormément grossi. Elle ne se corsetait plus et affirmait qu'elle n'arrivait même plus à dormir la nuit. Il faisait une chaleur inhabituelle pour la saison. Les enfants passaient leur temps dehors avec Angélique. Simon montait son poney. Charles, qui commençait à marcher, la faisait courir du matin au soir.

Une autre nurse viendrait à la naissance du bébé pendant un mois, ainsi qu'une nourrice – Eugenia trouvant l'allaitement répugnant. Angélique aurait fort à faire après le départ de la seconde nurse, et ce jusqu'à l'entrée de Simon à Eton, en septembre. Le pauvre petit redoutait déjà ce moment. Hélas, il n'avait pas le choix. C'était une obligation attachée au statut social de ses parents.

Fin avril, Maynard, le frère d'Eugenia, vint en visite. Il avait dit à celle-ci qu'il avait besoin de se reposer, loin de Londres ; en réalité, il fuyait le dernier scandale auquel il était mêlé. Il avait séduit une très jeune fille, et le père de la demoiselle, un banquier, l'avait découvert. On en parlait dans toute la ville. D'autant que Maynard avait d'abord fait la cour à la sœur aînée, entrée dans le monde l'année précédente, puis avait reporté ses attentions, en secret, sur la cadette, qui n'avait que quinze ans. Le père avait eu vent de leurs rendez-vous clandestins par une femme de chambre. Il était fou de rage et avait menacé d'appeler la police. L'aînée, elle, avait le cœur brisé.

Maynard avait préféré quitter la capitale quelque temps. Il devait se rendre chez des amis dans le Derbyshire la semaine suivante et s'arrêtait chez Eugenia en attendant. Il serait de retour à Londres en juin, pour la saison mondaine.

— Que deviens-tu ? lui demanda sa sœur, tandis qu'ils s'installaient tous deux dans des chaises longues sur la terrasse.

Ils buvaient de la citronnade ; celle de Maynard était arrosée de rhum. Eugenia avait renoncé pour le moment aux boissons fortes qui, disait-elle, la rendaient malade. Elle ignorait tout des derniers cancans de Londres, et notamment les méfaits de son frère.

— Pas grand-chose, assura-t-il en sirotant son rafraîchissement, le regard perdu dans le jardin. On s'ennuie, en ville, à cette période de l'année.

— Je parie que tu as fait des bêtises, répliqua-t-elle en souriant. Je la connais ?

Elle avait une certaine indulgence pour ce petit frère, son cadet de deux ans.

— J'espère que non ! lança-t-il en riant. Ce n'était qu'un petit flirt. Rien de sérieux. Mais je me suis bien amusé.
— Avec la femme d'un d'autre ?
— Bien sûr que non, jura-t-il de son air le plus innocent. Une très jolie demoiselle.
— Et alors ?
— Son père l'a mal pris ; elle est assez jeune. Ce n'était pas bien méchant, pourtant.
— Maynard, tu es une terreur. Vas-tu jamais te décider à grandir ? le morigéna-t-elle en riant.
— Surtout pas ! Ce ne serait pas drôle.
— Tu as raison. Bien se tenir, c'est assommant. Il me tarde de retourner à Londres après la naissance. Je ne compte pas rester ici longtemps.

Il sourit. Au fond, ils se ressemblaient – si ce n'est que lui ne voulait surtout pas avoir autant d'enfants. Il ne comprenait pas ce qui poussait Eugenia à en faire sans arrêt. Ce devait être le souhait de son beau-frère, pas de sa sœur.

Il lui raconta les dernières liaisons et autres scandales londoniens, puis elle monta se reposer dans sa chambre. Lui alla se promener dans le parc, où il eut la surprise de tomber sur Angélique, qui sortait du labyrinthe avec les enfants.

Le petit Charles était sanglé dans une poussette – il n'était pas question qu'il lui échappe et se perde dans le dédale des buissons...

— Oh, excusez-moi, fit-elle en redressant sa coiffe.

Elle l'avait presque percuté en sortant du labyrinthe. Il la considéra avec étonnement. Jamais il n'avait vu une femme aussi jolie, songea-t-il. Avec quelle grâce elle s'écartait de son chemin, en rougissant, et rassemblait les enfants autour d'elle !

Angélique se demanda qui était cet homme. Elle ignorait même que madame attendait des hôtes. Il était curieux qu'elle reçoive dans son état, à quelques semaines à peine de la naissance.

— Je vous en prie, fit-il poliment, l'étudiant avec intérêt.

Ce devait être la nouvelle nurse. Elle était d'une beauté saisissante. Ses traits fins étaient ciselés à la perfection. À sa façon de parler, il sut tout de suite que c'était une jeune fille de bonne famille.

» Je ne savais pas que mes neveux et ma nièce avaient la chance d'avoir une aussi charmante nurse, ajouta-t-il d'un ton aguicheur. Il faut que je vienne les voir plus souvent.

Elle ne sourit pas. Déjà, elle avait deviné de qui il s'agissait et se rappelait les mises en garde qu'on lui avait faites contre lui. Elle esquissa une révérence et baissa les yeux.

— Bonne journée, monsieur, dit-elle en s'éloignant.

— Peut-être pourrais-je vous rendre visite à la nursery ? insista-t-il.

Derrière la poussette, comme prête à lui rouler dessus, Angélique le regarda froidement et dit, du ton le plus sérieux :

— Les enfants vont prendre leur bain et dîner. Ensuite, ce sera l'heure de les coucher.

Elle regretta aussitôt ce dernier détail. Cela signifiait que les enfants seraient au lit de bonne heure et que la voie serait libre. Elle s'éloigna, inquiète.

— À tout à l'heure, lui lança-t-il d'un ton suggestif.

De retour à la nursery, elle raconta l'incident à Helen.

— Que vais-je faire, s'il monte ici ce soir ?

Elle était aux cent coups. Il n'y avait pas à se tromper sur les intentions de Maynard. Elle les avait clairement lues dans sa façon de la regarder.

— Il est dangereux, confirma Helen en secouant la tête. Tu as entendu parler de la fille des fermiers. Quinze ans. Une gamine. Elle a accouché la semaine dernière. Ses parents sont désespérés. Bien sûr, il ne s'occupera jamais du bébé.

Pour Maynard, cela n'avait été qu'une agréable distraction lors de son dernier séjour dans le Hampshire. Depuis, il n'avait pas donné signe de vie à la fille alors qu'il savait qu'elle était enceinte, puisque son père lui avait écrit à l'automne. Maynard ne lui avait pas répondu. Quant à M. Ferguson, il disait qu'il ne pouvait rien faire, qu'il n'avait aucun pouvoir sur son beau-frère.

» Ferme bien la porte de la nursery à clé ce soir, ajouta Helen.

La relation entre les deux jeunes femmes était devenue bien plus cordiale au cours des derniers mois, même si Angélique restait plus proche de Sarah, la femme de chambre qui l'avait prise sous son aile à son arrivée. De temps à autre, Helen gardait les enfants pour qu'Angélique puisse descendre dîner avec les autres à l'office. C'était toujours un plaisir et M. Gilhooley était ravi de la voir. Il savait par la gouvernante qu'elle s'en sortait bien.

Angélique et Helen firent dîner les enfants, puis Angélique les baigna. Ensuite, elle leur fit la lecture. Elle avait trouvé pour Simon et Emma un livre en français qui leur plaisait beaucoup. C'était l'histoire d'un petit garçon qui perdait son chien et... le retrouvait à la fin.

Les jours rallongeaient. Il faisait encore clair quand elle les coucha. Elle bavarda quelques minutes avec Helen dans le petit salon, puis celle-ci alla dans sa chambre. Comme convenu, Angélique ferma à double tour la porte d'entrée de la nursery. Le regard que le frère d'Eugenia avait posé sur elle cet après-midi en disait long sur ses intentions. Il n'hésiterait pas à prendre ce qu'il voulait.

Pendant qu'Angélique couchait les enfants, Maynard dînait en tête à tête avec sa sœur, Harry demeurant encore quelques jours chez leurs amis. Ces derniers habitaient suffisamment près pour qu'il puisse revenir aussitôt si le bébé s'annonçait. Eugenia était donc particulièrement heureuse d'avoir la compagnie de son frère. Cela lui faisait un peu de distraction.

— Tu ne m'avais pas dit combien ta nouvelle nurse était ravissante, lui reprocha-t-il. Quand est-elle arrivée ?

Ces propos firent tiquer Eugenia, même si la beauté d'Angélique était indéniable. D'autres l'avaient déjà soulignée – mais sans ce regard lascif qu'elle lisait dans les yeux de son frère et qui n'avait rien de nouveau pour elle.

— Je ne me souviens pas. Avant Noël. Mais, s'il te plaît, mon cher Maynard, abstiens-toi. Elle est parfaite avec les enfants et je ne voudrais pas qu'elle s'en aille, surtout juste avant l'arrivée du bébé – ni qu'elle en ait un à son tour d'ici neuf mois. Trouve-toi quelqu'un d'autre pour te distraire, le pria-t-elle d'un air sévère mais avec une lueur amusée dans les yeux. Cela dit, tu ne sais pas tout. Figure-toi que c'est une cousine éloignée de Tristan Latham. Sa mère était française. Et elle est orpheline.

— La cousine du duc de Westerfield ? Voilà qui est intéressant. Et si elle est à moitié française, elle ne doit pas être aussi guindée que tu l'imagines.

— À ta place, je n'en serais pas si sûr. Elle est très jeune. Et même s'il n'a pas l'air d'y être très attaché, je suis convaincue que Latham n'aimerait pas qu'elle commence à pondre des bâtards à droite et à gauche. Elle est très bien élevée. Sa mère avait beau être de basse extraction, comme il l'affirme, elle a des manières tout à fait aristocratiques. Donc, trouve-toi quelqu'un d'autre, et évite aussi mes femmes de chambre, si possible. Cela fait trop d'histoire et Harry est contrarié.

Maynard fut sur le point de lui répondre que son mari ne se gênait pas pour en faire autant, mais se ravisa.

— Et comment l'as-tu dénichée, cette nurse ?

— Le duc et la duchesse me l'ont envoyée. Ils lui cherchaient du travail, et l'Irlandaise que j'avais voulait partir. Cela n'aurait pu mieux tomber. J'attendais déjà le bébé quand elle est arrivée mais je me suis bien gardée de le lui dire.

— La cousine du duc... C'est tout de même très amusant... et attirant. D'autant qu'elle est bien jolie. Elle a failli m'écraser, tout à l'heure, avec la poussette de Charles. Charmante.

Il sourit. Sa sœur lui jeta un regard faussement réprobateur.

— Si tu la fais fuir, tu auras affaire à Harry, répéta-t-elle. Il sera furieux. Ton incartade avec la fille de ferme a déjà été assez délicate. Le bébé est né la semaine dernière.

— Je l'ignorais et je m'en moque, répliqua-t-il avec la plus grande indifférence tandis qu'un valet de pied lui resservait du vin. Celle-ci, c'est une autre histoire. Les filles comme elle n'ont jamais de vie. Elles sont trop bien pour épouser de simples domestiques, et les hommes de notre milieu ne veulent pas d'elles au prétexte qu'elles sont sans le sou et réduites à travailler. On ne peut pas épouser une bonne.

— Non, en effet. Ni la séduire. Et ce n'est pas une bonne, c'est une nurse. Elle deviendra sans doute gouvernante, un jour. Peut-être même restera-t-elle chez nous. Nous verrons.

— Oh, tout ceci est assommant. Il va donc falloir que je retourne à Londres pour m'amuser un peu, lâcha-t-il en souriant.

— Oui, moi aussi ! Si ce satané bébé voulait bien se dépêcher un peu ! Harry voudrait que ce soit encore un garçon.

— Pourquoi ? Il en a déjà trois.

— J'imagine qu'il veut constituer une armée à lui tout seul. Il a peut-être l'intention de s'associer avec eux, plus tard. Il dit qu'on ne peut avoir confiance qu'en sa famille.

— C'est possible, après tout. Père pense la même chose – sauf quand il s'agit de moi. Et là-dessus, il a raison : je n'ai absolument pas le sens des affaires.

— Moi non plus. Harry n'arrête pas de se plaindre de mes dépenses – mais il le fait si gentiment...

— Tu as bien de la chance, commenta son frère en regardant le luxe qui régnait dans la pièce. Il me faudrait une femme qui ressemble à ton mari, avoua-t-il.

— Dans ce cas, arrête de courir après les filles de ferme et les nurses. Même celles qui sont cousines avec un duc. Qui sait ? tu rencontreras peut-être une gentille fille cet été, à Londres. Une mignonne petite qui viendra de faire son entrée dans le monde et dont le père sera extrêmement riche.

— C'est ce qu'il me faut, oui. Père dit que je dépense trop. Que c'est rasant !

Eugenia se leva.

— Je te laisse déguster seul ton cigare et ton porto, dit-elle. Je suis désolée, mais l'odeur du cigare me rendrait malade. Je monte me coucher. À demain matin, mon frère chéri. Je t'en prie, sois sage ce soir.

Elle l'embrassa sur la joue. Un instant plus tard, il alluma son cigare. C'était un des moments de la journée qu'il préférait. Dommage que Harry ne soit pas là pour en profiter avec lui. N'empêche, il était bien. Quand il eut fini, il passa quelques minutes dans le salon à se demander que faire. Finalement, il monta l'escalier en riant sous cape. Il passa devant le premier étage, où se trouvait sa chambre, et continua de grimper jusqu'au deuxième, celui de la nursery, dont il trouva la porte close. Il n'était pourtant que 21 h 30...

Angélique leva les yeux de son livre. Elle avait entendu un grincement et voyait maintenant bouger la poignée. Maynard – ce ne pouvait être que lui – essayait d'entrer. Il s'acharna sur la poignée quelques instants, sans succès, puis frappa doucement. Elle retint sa respiration.

Il frappa de nouveau.

— Vous êtes là ? demanda-t-il tout bas. Je sais que vous êtes là. Ouvrez donc la porte, que nous puissions parler un peu.

Elle n'allait pas tomber dans ce piège grotesque. Elle resta rivée à son fauteuil, sans dire un mot.

— Ne soyez pas ridicule, fit-il valoir. Amusons-nous donc un peu. Je suis sûr que les enfants dorment et que vous vous ennuyez autant que moi. Ouvrez. Laissez-moi entrer.

Il insista longuement. Enfin, de guerre lasse, il donna un coup de pied dans la porte et s'en alla. Angélique resta figée encore quelques minutes, au cas où il aurait feint un départ et guetté sa réaction. Enfin, elle entendit son pas dans l'escalier. Ouf, il redescendait.

Elle poussa un soupir de soulagement. Heureusement que les autres l'avaient prévenue. Elle n'imaginait que trop bien ce qui se serait passé. Il aurait pu la forcer, ou en tout cas la persuader, à force de cajoleries, de faire une chose qu'elle aurait regrettée. Malgré son innocence, elle n'était pas dupe du manège de ce goujat. Les hommes dans son genre, qui abusaient de malheureuses jeunes filles, la dégoûtaient.

Maynard, de son côté, était furieux. Pour qui cette nurse se prenait-elle ? Elle se donnait de grands airs et faisait la vertueuse au prétexte qu'elle était vaguement cousine avec un duc ? Il se resservit un verre de la carafe de sa chambre et le but en contemplant le feu. Cette porte fermée à clé l'avait grandement contrarié. Il but encore deux verres et s'endormit dans son fauteuil en maudissant cette garce de nurse. S'il avait pu, il lui aurait bien donné une leçon pour la remettre à sa place. Mais il ne pouvait pas. Elle avait été prudente.

6

Maynard partit le lendemain matin en quête d'aventures plus divertissantes.

— Nous nous retrouverons à Londres en juillet, promit-il à sa sœur. C'est bien trop calme pour moi, ici.

— Et pour moi donc, renchérit-elle tristement, désolée de le voir s'en aller.

Elle ne lui demanda pas ce qu'il avait fait la veille au soir. Ce départ hâtif lui laissait supposer qu'il n'avait pas poursuivi Angélique de ses assiduités. Autrement, il serait resté encore un jour ou deux. Elle en fut soulagée : elle ne pouvait pas se passer de sa nurse maintenant et elle ne voulait pas que son frère sème la pagaille dans sa vie.

Harry rentra peu après, accompagné de toute une bande d'amis. Il lui promit que ceux-ci ne resteraient pas longtemps, mais elle fut agacée par la présence dans le groupe de plusieurs femmes très séduisantes. Ainsi, fit-il valoir, elle allait avoir de la compagnie. Certes, mais elle n'était pas en état de rivaliser avec elles pour le moment. Décidément, elle se sentait comme prisonnière chez elle. Il lui tardait que tout cela prenne fin. Jamais elle n'avait été aussi grosse ; ce devait être encore un garçon.

Leurs hôtes restèrent toute une semaine. Après quoi, ils partirent, et Harry avec eux. Eugenia ne pouvait pratiquement plus se lever. Un après-midi, alors qu'Angélique descendait à la lingerie pour donner une robe à repriser, elle passa devant la chambre d'Eugenia, dont la porte était entrouverte. Sa maîtresse était couchée, appuyée contre ses oreillers, en larmes. On aurait dit qu'elle cachait un énorme ballon sous sa robe de chambre de dentelle.

— Puis-je faire quelque chose pour vous, madame ? s'enquit la jeune fille. Désirez-vous un verre de thé froid ?

Voyant que Stella n'était pas dans la chambre, elle cherchait à se rendre utile.

— Non. Tout ce que je veux, c'est que ce calvaire prenne fin. C'est insupportable.

Manifestement, elle n'en pouvait plus. Ce qui n'était guère étonnant si l'on songeait qu'elle allait donner naissance à son cinquième enfant en cinq ans.

— Je me moque de ce que Harry dira : c'est terminé, je n'aurai pas d'autre enfant.

— Il paraît que l'on oublie tous les côtés pénibles, une fois l'accouchement passé, fit valoir Angélique innocemment.

— Eh bien, moi non, répliqua-t-elle en fronçant les sourcils.

Ses grossesses étaient faciles, certes, mais l'empêchaient de mener la vie qu'elle voulait. Et puis, plus rien ne lui allait. Ces derniers jours, elle avait encore grossi. Elle ne pouvait plus porter que des négligés de dentelle. Quand elle s'en était plainte à son mari, il avait ri et était reparti chez des amis, la laissant seule et cloîtrée chez elle.

— Aimeriez-vous voir les petits, cet après-midi ?

Eugenia secoua la tête.

— Non. Ils font trop de bruit.

Angélique hocha la tête. Elle ne savait que dire d'autre.

» J'irai peut-être marcher un peu au bord du lac, reprit sa maîtresse. Je dois bien pouvoir trouver quelque chose à me mettre. Aidez-moi à me lever.

Angélique obtempéra, puis descendit pendant qu'Eugenia se traînait jusqu'à son vestiaire. Dans la lingerie, les femmes de chambre échangeaient potins et nouvelles du voisinage. Stella repassait une robe de chambre de Mme Ferguson. L'étoffe était si grande qu'elle aurait pu servir de tente pour une garden-party, lança une lingère sur un ton moqueur. Par chance, on était le 1ᵉʳ mai. L'accouchement n'allait plus tarder.

— Je viens de la voir. Elle n'a pas l'air bien, remarqua Angélique avec compassion.

Elle la plaignait même. Ces derniers temps, Eugenia semblait vraiment désarmée et malheureuse. Elle n'était même pas excitée par l'arrivée imminente du bébé ; il lui tardait seulement de s'en libérer. De la fenêtre de la nursery, Angélique la vit se traîner dans le parc d'une démarche presque comique. Elle n'y resta pas longtemps...

Le soir même, elle croisa dans l'escalier une femme de chambre qui avait les bras chargés de draps et de serviettes. Elle lui annonça que le travail avait commencé. Mme Ferguson avait perdu les eaux une heure plus tôt et le médecin venait d'arriver.

— J'ai hâte de savoir si c'est un garçon ou une fille ! s'exclama Angélique. Dis-lui que je pense bien à elle et que je suis certaine que tout se passera bien.

— J'espère qu'on ne va pas me demander de rester. Je n'ai jamais vu de naissance. Ma mère ne veut pas tant que je n'aurai pas moi-même eu un enfant.

Elle n'avait que seize ans.

— Le médecin est-il venu avec une infirmière ?

— Deux.

— Dans ce cas, ils ne devraient pas avoir besoin de toi.

La fille monta porter les linges aux infirmières et Angélique se hâta de descendre retrouver Sarah à l'office.

Tout le monde s'affairait. On avait préparé un plateau de thé et une collation pour le médecin et les infirmières. Apparemment, il allait se passer un peu de temps avant que les choses sérieuses commencent, mais ils se tenaient prêts. On avait également appelé la nourrice.

Mme Ferguson avait demandé qu'on ne prévienne pas son mari tant que le bébé n'était pas né. Inutile qu'il attende à la maison : cela l'ennuierait et elle ne voulait pas de lui à son chevet. De toute manière, le médecin ne l'aurait pas permis. Ce n'était pas un spectacle pour un homme.

— Comment est-elle ? s'enquit Sarah comme elles s'asseyaient avec leur tasse de thé. Tu l'as vue ?

— Pas depuis cet après-midi. J'ai seulement croisé la petite qui montait les draps et les serviettes. La pauvre, elle avait l'air bien mal, aujourd'hui.

— La dernière fois, Stella était avec elle. Il paraît que le bébé est sorti tout seul, en quelques minutes. Elle a à peine poussé un petit cri. Il n'empêche : si c'était moi, j'aurais sacrément peur.

Autour de la table, chacune y allait de ses histoires d'accouchement – les siennes ou celles d'autres femmes. Angélique les trouvait héroïques. Elle n'était pas pressée d'avoir des enfants, pour sa part. Elle n'y avait même jamais songé jusqu'à maintenant. Il faut dire qu'elle n'avait jamais approché d'aussi près une femme enceinte. Cela lui paraissait tout sauf simple.

Stella descendit bientôt pour demander du thé pour Mme Ferguson.

— Les douleurs commencent, expliqua-t-elle. Et elle a très soif.

La cuisinière posa sur le plateau une assiette de biscuits tout juste sortis du four.

— C'est pour lui donner des forces. Comment va-t-elle ?

— Bien. Le médecin pense que ce sera fait avant le matin. La dernière fois, cela n'a pas mis longtemps. C'est tout juste si on a eu le temps d'installer les draps en dessous d'elle, et le petit Charlie était là, à nous regarder. Elle a été très courageuse, mais elle est beaucoup plus grosse, cette fois. Ce ne sera peut-être pas aussi facile, comme a dit l'infirmière. Allez, je vais lui porter son thé.

Elle sortit. Bientôt suivie par Angélique, qui remonta à la nursery et raconta les événements à Helen.

— Je parie que c'est encore un garçon, déclara celle-ci. Elle est si grosse... Pour Emma, elle avait moins pris.

— On va le savoir d'ici peu, répondit Angélique qui avait du mal à cacher son excitation. J'espère que quelqu'un montera nous prévenir.

— Certainement.

Helen avait des affaires à repriser et Angélique se mit à lire. Elles étaient plusieurs à aimer la lecture, dans la maison, et se prêtaient des livres.

Dans sa chambre, Eugenia se plaignait d'avoir mal au dos. Les douleurs étaient atroces, bien plus que dans son souvenir des autres naissances. Se pouvait-il qu'elle ait oublié, si vite... Non, ils étaient tous nés très facilement. Il faut dire que Simon était arrivé deux semaines en avance, Emma était plus petite, et pour Rupert et Charles, elle n'avait eu aucune difficulté non plus. Celui-ci lui paraissait énorme. Il prenait tant de place que chaque douleur semblait lui briser le dos. Les infirmières l'avaient aidée à chercher une position plus confortable mais cela ne changeait rien.

Lorsque le médecin l'examina, elle hurla de douleur. Il avait l'air inquiet. Le bébé ne semblait pas descendre du tout. Pourtant, les douleurs étaient devenues intenses très rapidement. Le travail n'avait débuté que depuis deux heures, mais, la dernière fois, dans ce laps de temps, Charles était né, se souvint Stella. Cette fois, ce n'était plus du tout la même chose. À l'évidence, la nuit allait être longue.

Le médecin lui suggéra d'essayer de marcher un peu avec l'aide des infirmières pour déclencher un mouvement, mais elle souffrait tellement qu'elle fut incapable de se lever et se laissa retomber sur son lit en criant.

— Il me déchire ! dit-elle en sanglotant. Cela n'a jamais été comme cela avant.

— C'est différent à chaque fois, affirma-t-il pour la rassurer. Ce bébé-ci est très gros.

Il écouta le cœur et parut satisfait.

— Le cœur du bébé bat bien fort.

— Cela m'est égal ! Sortez-le.

— Il arrive, annonça-t-il calmement comme une série de contractions la reprenait, vague après vague, chacune plus forte que la précédente, jusqu'à lui couper le souffle.

Eugenia était d'une pâleur extrême. Les infirmières ne la quittaient pas des yeux. Le médecin l'examina de nouveau et hocha la tête.

— Cela avance.

— Je crois que je suis en train de mourir, lâcha-t-elle, affolée. Ce bébé va me tuer...

Comment échapper à cette douleur atroce ? Chaque fois que les contractions la reprenaient et la broyaient comme dans un étau, elle voyait trente-six chandelles et pensait mourir.

— Il ne va pas vous tuer, Eugenia, promit le médecin d'un ton apaisant. Il faut travailler un peu plus dur, cette fois. Tous les deux ensemble.

Il l'examinait régulièrement, avec beaucoup d'attention. Elle semblait étourdie par les douleurs. Dans la chambre, personne ne parlait plus. La tension avait gagné les infirmières elles-mêmes. Stella était presque aussi pâle que sa maîtresse. Deux heures s'écoulèrent encore, ponctuées par les cris d'Eugenia. L'évolution était d'une lenteur atroce. Néanmoins, le médecin, absolument concentré sur ce qu'il faisait, répétait que le bébé descendait. À minuit, au bout de six heures de travail, il commençait à voir sa tête. Eugenia était blanche comme un linge. Il lui annonça que l'enfant avait les cheveux bruns et lui enjoignit de pousser.

Une heure supplémentaire s'écoula sans qu'il se passe rien. La douleur était toujours aussi forte et les progrès aussi lents. Eugenia poussait si fort qu'elle se mit à vomir. Une infirmière lui présentait un bassin sous le menton tandis que l'autre et Stella lui soutenaient les jambes. Le médecin surveillait le bébé qui se rapprochait de lui à chaque poussée, remontait un peu et s'arrêtait. Il ne pouvait rien faire qu'attendre et exhorter sa patiente à continuer.

Plusieurs fois, elle faillit abandonner. Et puis, soutenue par leurs encouragements à tous, elle essayait de nouveau. Il n'était bon ni pour la mère ni pour l'enfant que l'accouchement dure aussi longtemps. Le médecin le savait, mais il n'avait aucun moyen d'accélérer le processus. Il ne pouvait que faire confiance à la nature. Enfin, Eugenia poussa un hurlement plus déchirant que tous les autres et la tête du bébé affleura. Il était presque là ! Mais elle paraissait sur le point de s'évanouir et continuait de crier qu'il lui brisait le dos. Cela devenait inquiétant. Le médecin l'encouragea encore.

— Nous y sommes presque, Eugenia. Poussez plus fort, maintenant.

Il fallait que ce bébé sorte le plus vite possible. La mère était à bout de forces.

— Je ne peux pas... je ne peux pas... laissez-moi mourir...

— Allez ! Maintenant !

Eugenia fit un dernier effort. Cette fois, la tête du bébé sortit et il poussa un cri. La mère se laissa retomber sur les oreillers en pleurant et vomit de nouveau. Le médecin l'exhorta à pousser encore tandis qu'il aidait à passer les épaules puis le reste du corps. Eugenia sanglotait, criait, mais le bébé était né.

— Mon dos... mon dos..., répétait-elle encore.

Le médecin coupa le cordon et emmaillota le bébé avant de le passer à une infirmière. C'était un beau et gros garçon qui poussait des cris vigoureux. Eugenia pleurait toujours. Le médecin la considéra avec inquiétude. L'accouchement avait été d'une difficulté inhabituelle pour un cinquième.

— Eugenia, dit-il avec douceur, le bébé va bien. C'est un garçon superbe.

Mais elle se remit à crier en se tordant de douleur. Le médecin palpa son ventre, qu'il trouva encore gonflé. Après un examen plus approfondi, il annonça :

— Ce n'est pas fini.

Alors qu'il s'était attendu à délivrer le placenta, il avait senti une autre tête. Il s'efforça d'expliquer à Eugenia ce qui se passait.

— Il y a un deuxième bébé. Vous allez avoir des jumeaux !

Les infirmières le regardèrent avec surprise. Stella, elle, semblait sous le choc.

— Il va falloir pousser à nouveau, Eugenia, lança-t-il sur le ton de l'urgence.

— Non ! Je ne peux pas ! gémit-elle en vomissant derechef.

Elle hurla de plus belle. Le second bébé, plus petit, sortit plus vite et glissa aisément dans les mains du médecin. C'était une fille. En la voyant, tout le monde poussa des cris de triomphe, sauf sa mère qui était presque inconsciente tant elle avait souffert. Les yeux clos, elle tremblait de tout son corps. Elle saignait abondamment et avait le teint grisâtre. Son état était préoccupant. Le médecin n'avait entendu battre qu'un cœur ; les bébés devaient être l'un derrière l'autre. Bien entendu, cela expliquait pourquoi elle était si grosse et pourquoi l'accouchement avait été si difficile. Elle avait fait le double de travail. D'autant que les deux enfants étaient de taille et de poids normal.

Une fois que les infirmières l'eurent nettoyée, le médecin exerça une compression sur son utérus pour réduire le saignement. Les deux placentas furent évacués dans les temps. Malgré tout, sa vie semblait ne tenir qu'à un fil. Ils la veillèrent toute la nuit. Grâce à des gouttes que le médecin lui administra, elle finit par arrêter de pleurer et par s'endormir. Toutefois, elle ne trouva un sommeil paisible qu'à l'aube. La nuit avait été bien longue. Il en profita pour lui faire des points de suture là où elle avait été déchirée par le premier des jumeaux.

Elle se réveilla vers 9 heures. Son dos lui faisait toujours atrocement mal ; elle avait l'impression d'avoir été battue comme plâtre. Cependant, elle saignait moins, son cœur battait à un rythme normal et elle n'avait pas de fièvre. Il n'y avait pas de complication à craindre pour le moment. Néanmoins, elle n'avait même pas la force de s'asseoir dans son lit. Elle avait les yeux cernés et injectés de sang, les lèvres grises et sèches. Elle avait perdu beaucoup de sang.

— Souhaitez-vous voir vos bébés ? lui proposa une infirmière. Ils sont magnifiques.

— Pas maintenant, répondit-elle faiblement, avant de refermer les yeux.

Elle tremblait encore. Jamais elle n'avait rien vécu d'aussi épouvantable. Elle se jura de ne plus jamais avoir d'enfants. Elle en serait incapable. Toute la nuit, elle avait cru mourir ; par moments, elle l'avait même souhaité.

Ces accouchements difficiles ébranlaient sérieusement les mères, le médecin le savait par expérience. Il allait falloir du temps à Eugenia pour s'en remettre. Heureusement, elle était jeune et en bonne santé : elle récupérerait complètement. Déjà, ses jours n'étaient plus en danger, ce dont il n'aurait pu jurer la veille au soir. De même, ils auraient pu perdre l'un des bébés, voire les deux. Eux aussi avaient été mis à l'épreuve.

Le médecin laissa aux infirmières le soin de lui administrer régulièrement des gouttes et quitta le chevet d'Eugenia à 10 heures. Il était là depuis seize heures et semblait bien fatigué lui aussi. Stella sortit de la chambre avec lui.

— Vous pouvez prévenir M. Ferguson, indiqua le médecin.

— Est-elle en danger, docteur ?

— Non. On redoute toujours l'infection, bien sûr, surtout après un accouchement difficile, mais il n'y a aucun signe inquiétant. Il faut qu'elle se repose et qu'elle se remette physiquement et moralement. Je reviendrai la voir cet après-midi. Dans l'intervalle, les infirmières surveilleront que la fièvre ne monte pas. Cela se passe souvent ainsi, quand il y a des jumeaux.

Stella était encore sous le choc de ce à quoi elle avait assisté. Elle était heureuse d'avoir été là pour aider sa maîtresse de son mieux. Mais rien n'avait pu la soulager, la pauvre.

— Et son dos ? Ça va aller ?

— Mais oui. Il n'y a pas eu de dégâts. Simplement, les bébés appuyaient sur la colonne vertébrale en descendant. C'est tout à fait normal. Il n'y avait pas lieu de s'inquiéter. Je suis persuadé qu'elle va vite être sur pied. Mais je veux qu'elle reste au lit deux ou trois semaines au moins. Davantage si elle se sent faible. Et pas de visites pendant un mois.

Stella hocha la tête et le raccompagna. Un valet de pied ouvrit la porte au médecin. De son côté, elle alla avertir une femme de chambre de la naissance de jumeaux. Tout le personnel se réjouit – bien davantage que leur propre mère, laquelle ne voulait même pas les voir tant ils l'avaient fait souffrir.

Stella descendit ensuite à l'office boire une tasse de thé, sachant qu'Eugenia allait dormir plusieurs heures et que les infirmières veillaient sur elle. Elles allaient dormir à tour de rôle sur un lit de camp dressé dans le vestiaire et se relayer ainsi à son chevet jour et nuit pendant plusieurs semaines.

— Comment cela s'est-il passé ? s'enquit Mme Allbright dès qu'elle entra.

— Horriblement mal, répondit franchement Stella en se laissant tomber sur une chaise. J'ai bien cru qu'elle allait mourir.

— Espérons que cela n'arrive pas, dit une fille de cuisine d'un air sombre. C'est arrivé à ma cousine. Et à la femme de mon frère.

En effet, c'était fréquent.

— Mais non, affirma Mme Allbright d'un ton net, Mme Ferguson ne va pas mourir. Elle a mis au monde des jumeaux. Il est normal qu'elle ait souffert. Il va falloir que nous prenions bien soin d'elle.

Pendant que les autres bavardaient avec animation autour de la table, Mme Allbright interrogea discrètement Stella.

— Cela a vraiment été si horrible que cela ? Les fois précédentes, tout s'était déroulé si aisément...

— Pas cette fois, confirma Stella d'un air grave. Je n'ai jamais rien vu d'aussi épouvantable. Elle est en piteux état.

— Elle va vite se remettre, assura Mme Allbright, confiante. Elle est jeune.

Stella hocha la tête et ne tarda pas à monter dans sa chambre pour se reposer un peu à son tour.

Harry Ferguson arriva après le dîner. Pressé de voir ses bébés, il monta l'escalier quatre à quatre, excité comme un gamin. La nurse des nouveau-nés, la nourrice et les jumeaux avaient été installés dans une grande chambre près de la leur. Il entra et vit chacune des deux femmes avec un petit endormi dans les bras. Il les contempla, jubilant, et caressa tout doucement leurs doigts minuscules. La petite fille était rousse et avait un visage parfait. Elle ressemblait beaucoup à sa grande sœur. Quant au garçon, il était brun et extrêmement grand. On lui aurait donné trois mois. C'était deux très beaux enfants ; il était très content d'Eugenia et de lui-même.

Cela lui faisait deux filles et quatre fils. La famille parfaite. Maintenant, il était pressé de voir sa femme. Elle s'éveilla à demi en l'entendant entrer et parler à l'infirmière. Il s'approcha du lit, tout sourire, et fut horrifié de l'état dans lequel il la trouva. On lui avait fait sa toilette mais elle avait les cheveux emmêlés, les yeux enfoncés dans la tête et elle était d'une pâleur effrayante.

— ... jour, Harry, fit-elle d'une voix pâteuse,... horrible... jamais recommencer... jamais... pas d'autre bébé...

Elle ne pouvait sans doute penser à rien d'autre. Du reste, en la voyant, il devinait combien elle avait dû souffrir. Un instant, il se sentit coupable, mais sa joie reprit vite le dessus.

— Ils sont magnifiques, assura-t-il. Je suis désolé... mais ils sont si beaux... Tu as bien travaillé.

Elle hocha la tête, les larmes aux yeux.

— ... fini...

— D'accord, répondit-il doucement tandis que l'infirmière les laissait en tête à tête.

Si elle y tenait, il se contenterait de six enfants. Il en avait toujours voulu six... Avec des jumeaux, c'était parfait.

— Je t'aime énormément, fit-il comme elle se rendormait.

Il retourna dans la chambre voisine pour admirer les bébés encore une fois. La petite fille se réveillait et posa sur lui un regard perplexe avant de bâiller. Son frère dormait à poings fermés. Harry ne resta pas longtemps. Il descendit dans la bibliothèque et se servit un verre qu'il but à la fenêtre en contemplant ses terres et en songeant aux petits. Il était reconnaissant à Eugenia de lui avoir donné deux beaux enfants de plus. La vie était belle.

7

La nouvelle de la naissance des jumeaux ravit Angélique et Helen. Les enfants, quant à eux, étaient surexcités d'avoir un frère et une sœur et voulaient les voir. Angélique dut leur expliquer qu'il fallait les laisser se reposer quelques jours.

— Pourquoi ? voulut savoir Emma. C'était fatigant de venir ici ? Ils ont fait un grand voyage ? Et maman, on peut la voir ?

Quand Angélique lui répondit que sa maman était épuisée et devait dormir, la petite fille fut déçue.

— C'est maman qui est allée les chercher ?

Ils étaient trop jeunes pour avoir fait spontanément le lien entre l'augmentation du tour de taille de leur mère et l'arrivée d'un bébé ; et rien ne leur avait été expliqué.

Leur père monta les voir à l'heure du dîner et leur apprit que leur petit frère et leur petite sœur s'appelaient George et Rose et qu'ils pourraient les voir très bientôt. Il leur dit qu'ils étaient tout petits et que, pendant plusieurs jours, ils n'allaient faire presque que dormir. Leur maman allait bien, ajouta-t-il, mais elle avait des choses à faire. Il ne voulait pas qu'ils la voient en si piteux état. Cela n'aurait fait que les inquiéter – comme cela l'inquiétait lui-même. Mieux valait attendre qu'elle soit remise.

Le lendemain, Eugenia avait déjà un peu meilleure mine. Elle s'assit dans son lit et but un peu de thé. Les deux infirmières étaient très attentionnées et elle suivait à la lettre les recommandations du médecin, lequel lui avait prescrit beaucoup de repos. Elle n'avait d'ailleurs aucun mal à obéir : elle se sentait si faible que, si elle s'était levée, elle serait sans doute tombée.

Elle reprit peu à peu des forces et des couleurs au cours des jours qui suivirent. Lorsque les bébés eurent une semaine, Angélique fut autorisée à descendre avec les quatre enfants pour les voir. Les jumeaux étaient bien réveillés. Vêtus d'une petite robe de laine avec bonnet et chaussons assortis, ils étaient bien chaudement emmaillotés. La nurse et la nourrice en tenaient chacune un et veillaient à ce que les enfants ne les touchent pas. Les quatre aînés les fixaient d'un regard impressionné. Angélique s'émerveilla de leur beauté. Ils étaient absolument parfaits.

— Je peux en porter un ? demanda Emma avec intérêt en s'approchant de Rose.

La nurse lui expliqua qu'il fallait attendre que les bébés soient un peu plus grands, mais que, bientôt, ils viendraient dans la nursery avec eux. La petite Rose regardait déjà sa grande sœur, écoutait le son de sa voix.

— Pourquoi il y en a deux ? voulut savoir Simon. D'habitude, il n'y en a qu'un.

Ce n'était pas logique. La dernière fois, il n'y avait eu que Charles. Et la fois d'avant, que Rupert.

— On nous en a donné un en plus, répondit Angélique.

— Personne ne voulait de l'autre ? C'est pour ça qu'on l'a eu ? s'enquit-il en fronçant les sourcils.

— Ton papa et ta maman voulaient les deux, assura-t-elle en souriant. Comme cela, maintenant, vous êtes six.

Simon hocha la tête. Là, il comprenait.

Ils restèrent une demi-heure dans la chambre, puis sortirent jouer dans le jardin. Emma déclara que Rose était très jolie.

— Elle te ressemble beaucoup, dit Angélique. Sauf qu'elle est rousse.

— Elle aura des boucles, elle aussi ?

— On ne sait pas encore. On verra bien.

À partir de là, ils rendirent une visite quotidienne aux jumeaux. Simon s'en lassa rapidement, parce qu'ils dormaient tout le temps. Rupert et Charles, eux, étaient trop jeunes pour s'y intéresser. Emma, en revanche, était enchantée d'avoir une petite sœur et captivée par le fait qu'il y ait deux bébés alors que Simon continuait de trouver cela idiot. Pour lui, c'était comme une erreur de livraison d'une boutique. On leur avait envoyé deux bébés au lieu d'un.

Trois semaines après l'accouchement, les enfants furent enfin autorisés à voir leur mère. Elle était allongée sur une méridienne dans sa chambre, encore très pâle et fatiguée. Heureux de la retrouver, ils lui dirent qu'ils aimaient beaucoup leur petit frère et leur petite sœur.

— Vous vous sentez mieux, maman ? demanda Emma poliment. Vous êtes remise de votre voyage ?

Eugenia la regarda sans comprendre.

— On m'a dit que vous étiez très fatiguée parce que vous étiez allée les chercher très loin.

— Oui, très loin, confirma sa mère en souriant. Mais je vais mieux, maintenant.

Angélique et elle échangèrent un sourire et un regard entendus, puis les petits allèrent jouer dehors. Il faisait un temps magnifique depuis la naissance des jumeaux. La visite des enfants n'avait pas duré plus de cinq minutes ; pour Eugenia, c'était amplement suffisant.

Les jumeaux avaient un mois quand elle descendit pour la première fois déjeuner dans la salle à manger avec son mari. Elle sortit prendre un peu l'air sur la terrasse, puis remonta se coucher. Harry partait à Londres le lendemain et elle prévoyait de le rejoindre d'ici quelques semaines. La saison mondaine n'allait pas tarder à commencer : elle ne voulait pas en manquer une miette. Elle avait promis à Elizabeth Latham d'assister au bal de Gwyneth fin juin. Pourvu qu'elle ait retrouvé sa silhouette d'ici là ! Depuis qu'elle remettait des corsets que Stella lui laçait de plus en plus serré, elle avait l'impression de redevenir elle-même.

Ils avaient acheté un deuxième landau de façon que les nurses puissent sortir Rose et George ensemble. Les petits dormaient paisiblement pendant que les grands jouaient autour d'eux, non sans venir régulièrement leur jeter un coup d'œil.

Courant juin, les amies d'Eugenia lui rendirent visite, pressées elles aussi de découvrir les jumeaux. Leur mère s'était enfin décidée à les prendre dans ses bras. Elle allait si mal après la naissance qu'elle avait refusé de les voir pendant deux semaines. Mais Harry en parlait avec tant d'enthousiasme qu'elle avait fini par demander qu'on les lui amène. Elle les avait portés quelques minutes chacun avant de les renvoyer quand ils avaient commencé à pleurer, disant qu'il fallait les nourrir. Les nouveau-nés, si petits et si fragiles, la mettaient toujours mal à l'aise. Elle craignait de les casser, comme des poupées de porcelaine. Néanmoins, elle passait volontiers les voir de temps à autre.

Sa préoccupation numéro un restait sa ligne, toutefois. Comme après chaque grossesse, elle se contraignit à peu manger, de sorte qu'elle ne tarda pas à perdre du poids. Lorsqu'elle retourna à Londres fin juin, sept semaines après leur naissance, elle était très belle. Certes, sa silhouette demeurait un peu plus voluptueuse qu'avant, mais elle était charmante. Bien entendu, elle laissa les jumeaux dans le Hampshire, avec les quatre aînés. La ville, avec tout ce bruit et cette agitation, n'était vraiment pas un endroit pour les nourrissons. Les domestiques de la maison de Curzon Street furent déçus de ne pas les voir. Cependant, Harry les avait avertis qu'ils ne viendraient pas cette fois-ci.

À Londres, Eugenia se sentit revivre. Après ces longs mois d'ennui puis de convalescence à la campagne, elle avait l'impression de sortir de prison. Heureusement, comme l'avait prédit le médecin, elle avait recouvré ses forces, ce qui ne l'empêchait pas de dire à toutes ses amies qu'elle n'avait jamais rien vécu de pire de toute sa vie et qu'il n'était pas question qu'elle recommence.

De son côté, Angélique passait de plus en plus de temps avec les bébés. Elle voulait apprendre à les connaître, s'habituer à eux avant qu'ils rejoignent les autres enfants dans la nursery au mois d'août, quand ils seraient sevrés et que la deuxième nurse et la nourrice s'en iraient. Helen avait été avertie qu'elle devrait aider Angélique à s'occuper des six enfants pendant un mois, jusqu'au départ de Simon à Eton. Eugenia continuait à soutenir qu'il n'y avait pas besoin d'une seconde nurse. Pour Sarah, c'était de la folie. Comment Angélique allait-elle faire pour s'occuper toute seule de cinq enfants, dont deux nourrissons ?

— Il faudrait que tu sois une pieuvre, pour y arriver, fit-elle valoir avec ironie.

— La nurse qui s'occupe d'eux dit qu'ils sont très faciles, assura Angélique.

S'occuper de bébés allait être pour elle une nouvelle expérience. Mme Ferguson affirmait qu'elle en était capable et disposait de toute sa confiance. En tout cas, Angélique adorait les porter dans les bras. Même si elle ne l'avouait pas, elle avait – comme Emma – un faible certain pour Rose, la bien nommée. La petite fille ressemblait à un bouton de rose alors que George était déjà un solide petit bonhomme.

Eugenia et Harry ne manquèrent pas un bal. Ils ne revinrent dans le Hampshire que fin juillet, lorsque la saison londonienne fut achevée. Ils se rendirent ensuite à Bath pour prendre les eaux. Ils y restèrent tout un mois, Eugenia ayant déclaré en avoir grand besoin après ce qu'elle avait subi.

Début septembre commencèrent les préparatifs du départ de Simon pour Eton. Dans ses bagages, Angélique mit ses livres préférés, une couverture qu'il aimait particulièrement, son oreiller, ainsi que l'ours en peluche avec lequel il dormait depuis sa naissance. Il était trop petit pour s'en passer, surtout loin de chez lui. Depuis quelques jours, le garçonnet pleurait souvent dans les bras d'Angélique ; elle lui disait d'être courageux, et il le lui avait promis.

Pourvu que les autres garçons ne se moquent pas de lui et ne lui prennent pas son ours en peluche... Bah, il s'en trouverait certainement parmi eux avec lesquels il allait se lier d'une amitié qui durerait la vie entière. Et tous ceux qui entraient en première année auraient le même âge que lui : cinq ans. C'était vraiment une classe de bébés, songea-t-elle. Et c'était bien tôt pour être pensionnaire... Cependant, c'était l'usage : l'admission des garçons dans cette prestigieuse école était un symbole fort attaché à leur statut social.

L'après-midi de la veille de son départ, Angélique emmena Simon dire au revoir à ses parents. Son père lui serra la main, sa mère l'embrassa, et ils lui enjoignirent d'être sage et de bien travailler. Le soir, à la nursery, Angélique le serra dans ses bras plus fort et plus longuement que d'habitude. Tout en se gardant de lui laisser voir combien elle était triste pour lui et combien il allait lui manquer.

Le lendemain matin, il faisait un temps magnifique. Elle le fit lever de bonne heure. Les valets de pied étaient venus prendre ses bagages la veille au soir et les avaient déjà chargés. Son père l'envoyait à Windsor dans leur plus belle voiture, avec un cocher. Il y avait cinq heures de voyage. La cuisinière lui avait préparé un panier de pique-nique pour le trajet : il avait tout ce qu'il lui fallait. Angélique l'étreignit une dernière fois. Il pleurait à chaudes larmes. Ses parents n'étaient même pas sortis pour lui dire au revoir. Elle continua d'agiter la main jusqu'à ce que la voiture ait disparu.

Dans la nursery, deux couffins avaient été installés pour les jumeaux. Angélique était fort occupée, mais s'en sortait malgré tout, aidée par Helen, qui se montrait extrêmement serviable. En permanence, l'une ou l'autre avait au moins un bébé dans les bras. George et Rose s'étaient bien adaptés à la vie à la nursery.

Emma adorait sa petite sœur. Jamais elle n'était jalouse. Elle aurait bien joué avec elle toute la journée, comme avec une poupée, mais Angélique veillait à ce qu'elle la laisse tranquille et soit toujours très douce avec elle. Les deux garçons étaient encore trop petits et trop brusques pour tenir un bébé. En revanche, Angélique faisait asseoir Emma par terre pour les lui mettre dans les bras tour à tour. Ainsi, ils ne tomberaient pas de trop haut si jamais elle les lâchait.

Angélique eut un peu de mal à s'habituer à l'absence de Simon. Ce dernier avait une forte personnalité, les caractéristiques d'un fils aîné. Attentif à sa sœur, protecteur vis-à-vis des autres, il se conduisait déjà à cinq ans en petit homme et s'adressait à Angélique d'un air entendu qu'elle trouvait irrésistible. Il lui manquait. Pourvu qu'il soit heureux à l'école...

En novembre, la jeune fille se rendit compte avec stupeur qu'elle était chez les Ferguson depuis un an. Par moments, il lui semblait qu'elle venait d'arriver. D'autres fois, au contraire, elle avait l'impression d'être là depuis des années. Fallait-il qu'elle s'interroge sur son avenir ? Son travail lui plaisait et elle le faisait bien. Pour tout dire, elle aimait ce métier de nurse. Elle s'était attachée aux enfants, y compris aux jumeaux.

Elle n'avait aucune envie de vivre ailleurs, si ce n'est à Belgrave, bien entendu, sauf que cela ne serait jamais possible. Il lui arrivait parfois de se demander si elle devait chercher à faire quelque chose de plus important de sa vie ou se décider à acheter une maison avec l'argent de son père... Non, il était encore trop tôt pour cela, lui semblait-il. Elle se sentait plus en sécurité sous la protection des Ferguson.

D'autant qu'il n'était pas désagréable de travailler pour eux. Ils lui laissaient beaucoup de latitude dans l'éducation des petits. Eugenia ne montait jamais les voir ni prendre un repas avec eux. Elle se contentait de les faire descendre, rarement plus de quelques minutes et jamais plus d'une fois par semaine. Toutes les décisions ou presque incombaient donc à Angélique.

Si elle avait voulu exercer le métier de nurse toute sa vie, cette place aurait été la meilleure dont elle puisse rêver. Cependant, ce n'était pas le cas. C'était une curieuse existence : élever les enfants des autres – quand bien même on les aimait de tout son cœur –, en vivant dans une maison qui n'était pas la sienne, et ne le serait jamais. Tant que cela durerait, elle n'aurait pas de vie à elle.

Les autres domestiques songeaient-ils parfois à cela, se demandaient-ils ce qu'ils faisaient là ? Elle n'osait pas leur poser la question. Il faut dire qu'ils étaient préparés à cette vie de service depuis l'enfance. Pas elle. Elle se prenait à rêver à son indépendance future, se demandait ce que c'était que de mener son existence à son idée, de prendre soi-même ses décisions. Elle ne parlait de tout cela qu'avec Sarah, car elle savait que son amie voulait se marier un jour et avoir des enfants.

Bien sûr, les Ferguson la protégeaient, mais elle renonçait à beaucoup de choses en restant chez eux. Les années allaient passer sans qu'elle s'en aperçoive et, un jour, elle serait vieille. En la chassant de Belgrave, son frère ne l'avait pas seulement privée d'un toit. Il l'avait condamnée à une vie de domesticité. Était-ce désormais son destin ?

Ou emprunterait-elle un jour un autre chemin ? Elle n'avait pas le temps d'y réfléchir. Cependant, il suffisait qu'un des enfants l'appelle au milieu de la nuit parce qu'il avait fait un cauchemar pour qu'elle se rende compte que, dans l'immédiat, sa place était ici.

Simon rentra de pension pour Noël. Il avait beaucoup grandi et était très mince. Angélique douta qu'ils le nourrissent suffisamment, à Eton. Surtout, il avait un regard triste d'enfant abandonné. Elle l'enveloppa donc de tout son amour et de toute son énergie durant son séjour. Pour Noël, elle lui offrit un gilet qu'elle avait tricoté elle-même – une femme de chambre lui avait appris la technique. Elle demanda au petit garçon où était passé son ours. Il lui expliqua que, à Eton, on lui avait dit de le laisser dans sa malle. Qu'il était grand, maintenant, et qu'il n'en avait plus besoin.

Il ne la quitta pas des vacances. La veille du départ, il sanglota désespérément dans ses bras en la suppliant de le garder auprès d'elle.

— Je ne peux pas, Simon, répondit-elle, la gorge serrée. Tes parents souhaitent que tu ailles à Eton.

— Dites-leur que je serai très sage toute ma vie.

— Tu dois apprendre des choses, te faire des amis.
— Je ne veux pas d'amis. Je vous ai, vous. Resterez-vous toujours à la maison ?

Il lui posait les questions qu'elle s'était posées elle-même et auxquelles elle n'avait pas davantage de réponse. Elle décida de ne pas lui mentir, cela n'aurait pas été juste.

— Je ne sais pas. Cela dépendra de ce que veulent tes parents. Un jour, vous serez grands, tous les six.

Cela arriverait plus tôt qu'il ne l'imaginait. Ses frères iraient à l'école au même âge que lui. Les filles aussi seraient peut-être envoyées en pension, du reste, mais plus tard.

— Pourquoi on ne peut pas rester là ? fit-il tristement.

— Parce que les garçons comme toi vont dans des écoles comme Eton, et c'est bien ainsi.

Là, elle n'était pas certaine de lui dire la vérité. Elle aurait préféré le garder à la maison et lui faire la classe elle-même ou que ses parents engagent un précepteur comme son père l'avait fait pour elle. Sauf que les parents de Simon menaient une tout autre vie, et qu'elle était une fille. Ses frères avaient été pensionnaires, eux aussi, mais un peu plus tard. Edward avait détesté cela et n'avait pas eu de bons résultats. Tristan, au contraire, adorait l'école et le pensionnat.

Simon était malheureux comme les pierres en montant en voiture le lendemain matin. À nouveau, ses parents lui avaient dit au revoir la veille au soir. En voyant son petit visage triste à la vitre tandis que les chevaux démarraient, Angélique eut l'impression de le trahir.

Elle remonta à la nursery le cœur gros et prépara le petit déjeuner. Emma toussait et avait l'air fiévreuse. Elle n'allait pas la sortir aujourd'hui, décida-t-elle. Tant pis pour la séance de patinage sur la mare gelée. Elle promit à la fillette de l'emmener un autre jour, puis sortit prendre l'air avec Rupert et Charles, tandis que Helen gardait Emma. Celle-ci avait été recouchée et dormait déjà à poings fermés, sa poupée préférée à côté d'elle.

— Envoie quelqu'un me chercher si ça ne va pas, lança en partant Angélique à Helen, qui avait un jumeau dans chaque bras.

Il faisait trop froid pour George et Rose, mais les deux grands garçons avaient besoin de se défouler. Elle dévala l'escalier derrière eux, non sans espérer qu'Emma irait mieux à son réveil. En attendant, elle s'efforçait de ne pas trop songer à Simon, tout seul dans la voiture qui l'emmenait au pensionnat. Eugenia n'avait sans doute pas ce genre de soucis. Elle était bien trop occupée à planifier les menus pour ses amis qui arrivaient de Londres le soir même. Ses enfants étaient très loin de ses pensées.

8

Lorsque Angélique rentra avec les garçons, son visage la picotait et elle avait les mains gelées, mais ils s'étaient bien amusés. Les deux petits étaient infatigables ; par chance, elle avait autant d'énergie qu'eux.

— Je ne sais pas comment vous faites avec tous ces petits, dit la cuisinière en lui tendant un biscuit au gingembre tout juste sorti du four.

— Helen m'aide beaucoup, assura la jeune fille en prenant un gâteau.

Mme Williams lui faisait les mêmes, à Belgrave, quand elle était petite ; leur saveur particulière fit affluer les souvenirs d'enfance.

En remontant, Angélique alla directement voir Emma qui, d'après Helen, ne s'était pas réveillée depuis qu'ils étaient sortis. Elle la trouva encore plus chaude qu'auparavant et commença à s'inquiéter. Elle resta quelques minutes à son chevet avant de retourner surveiller les garçons qui jouaient dans le petit salon de la nursery. Puis elle prit Rose pour la changer, tandis que, son biberon bu, George dormait dans les bras de Helen.

Rose n'allait pas tarder à vouloir le sien. C'était une petite fille joyeuse et plus facile que son frère, lequel s'était mis récemment à souffrir de coliques et se réveillait souvent la nuit. Il arrivait qu'Angélique doive se relever trois fois pour s'occuper de lui. Rose, elle, dormait d'un trait pour ne rouvrir les yeux que le lendemain matin, en gazouillant, tout sourire. Angélique aurait aimé continuer à jouer avec elle, mais elle se faisait du souci pour Emma.

Elle se hâta de nourrir Rose, puis retourna voir sa grande sœur. Celle-ci s'agitait dans son lit et se mit à pleurer.

— J'ai mal, dit-elle dans un souffle rauque avant d'être prise d'une quinte de toux terrifiante.

Angélique la fit asseoir et lui donna une gorgée d'eau avant de poser la main sur son front brûlant. Plus elle pleurait, plus elle toussait. Il lui fallut bien cinq minutes pour reprendre son souffle et pouvoir se recoucher. Angélique lui promit de revenir très vite et alla dans le petit salon demander à Helen de prêter l'oreille en son absence.

— Où vas-tu ?
— Je voudrais faire appeler le médecin.

Cette toux, ces yeux brillants et cette fièvre, tout cela ne lui disait rien qui vaille. Pas besoin d'être infirmière pour se rendre compte que la petite était très malade. C'était soudain puisque, la veille, en se couchant, elle semblait se porter comme un charme.

Angélique descendit au premier et tomba sur Stella qui sortait de la chambre d'Eugenia.

— Si j'étais toi, je n'irais pas la voir maintenant, lui conseilla son amie à mi-voix. Elle est de mauvaise humeur. Elle n'aime pas la façon dont je l'ai coiffée, ajouta-t-elle en levant les yeux au ciel.

— Je n'ai pas le choix, répondit Angélique. Il faut appeler le médecin pour Emma.

— À tes risques et périls, fit Stella en hochant la tête. Elle m'a lancé une pantoufle à la tête au moment où je sortais.

Eugenia se mettait facilement en colère, surtout contre sa femme de chambre quand elle trouvait qu'une robe ne lui allait pas bien, qu'une reprise était trop visible, qu'elle avait mal repassé un vêtement ou que son corset n'était pas assez serré. Elle restait aussi belle qu'avant les jumeaux, mais sa taille avait légèrement épaissi, or elle ne voulait surtout pas que cela se voie. Stella s'était efforcée de lui faire comprendre le plus diplomatiquement possible qu'il y avait une limite à la tension que pouvaient subir les lacets sans se rompre.

Angélique avança sur la pointe des pieds jusqu'au vestiaire d'Eugenia et frappa discrètement.

— Oui ? Vous êtes revenue réparer votre bêtise ? lança-t-elle d'un ton querelleur, croyant que c'était sa femme de chambre.

— Excusez-moi, madame, dit Angélique en entrant.

Elle ne vit rien à redire à la coiffure élaborée d'Eugenia.

— Que faites-vous ici ? s'exclama cette dernière, surprise.

— Emma n'est pas bien. Elle a de la fièvre et une vilaine toux.

— Eh bien, vous n'avez qu'à lui donner du thé avec du miel. Et si vous y tenez absolument, il y a le sirop que le médecin nous a laissé quand Rupert a été malade. Ce doit être la même chose.

— Il n'avait pas de fièvre, madame, fit valoir Angélique. Je crois qu'il faudrait faire venir le docteur.

— Ne soyez pas ridicule ! Pour un rhume ? Ils sont sans arrêt malades, de toute façon. Ne la laissez pas s'approcher des jumeaux, par contre : ils sont trop petits pour attraper quelque chose.

— Je crains que ce soit plus qu'un rhume, madame, insista-t-elle.

— Vous n'êtes pas médecin. Où est passée Stella ? Je lui ai dit de venir me recoiffer. Que fait-elle ?

— Elle ne va pas tarder, assura Angélique calmement. J'aimerais vraiment appeler le Dr Smith.

— Il ne faut pas le déranger avec les enfants sauf en cas d'absolue nécessité. Autrement, on le ferait venir à chaque fois qu'ils éternuent.

— Emma a beaucoup de fièvre, madame, et elle aboie comme un chien quand elle tousse.

— Que c'est inélégant de dire une chose pareille ! répliqua Eugenia avec un regard noir. Voyons ce qu'il en sera d'ici quelques jours. Si elle est plus mal demain, prévenez-moi. Le pauvre homme ne peut pas courir la campagne pour chaque enfant qui s'enrhume. Demain, il n'y paraîtra plus, j'en suis certaine. Vous savez bien comment sont les enfants.

Depuis quatorze mois qu'Angélique s'occupait d'eux nuit et jour, oui, elle commençait à en avoir une petite idée... Or Emma n'était jamais malade. Quoique d'apparence délicate, elle était plus résistante que les garçons. Son état n'en était que plus inquiétant.

» Remontez vous occuper d'elle, lui ordonna Mme Ferguson. Comment vont les jumeaux ?

Elle ne les avait pas vus depuis plusieurs semaines.

— Très bien, madame.

Angélique sentit son cœur se serrer. Que pouvait-elle faire ? Eugenia ne songeait même pas à monter voir par elle-même ce qu'il en était. Elle avait horreur que les enfants soient malades et redoutait d'attraper leurs microbes. Angélique fit une dernière tentative.

— J'aimerais vraiment que le Dr Smith la voie...

Eugenia eut l'air près de lui jeter une chaussure à la tête, à elle aussi.

— Je vous ai dit de ne pas le déranger ! Le sujet est clos, n'en parlons plus. Allez me chercher Stella !

Et que l'on n'ennuie pas le Dr Smith avec un enfant enrhumé.

— Bien, madame, fit Angélique, les dents serrées.

Stella revint sur ses entrefaites. Elle semblait tendue. Elle devait savoir ce qui l'attendait : coiffer et recoiffer sa maîtresse autant de fois qu'il le faudrait pour qu'elle soit satisfaite.

— Ah, vous voilà, vous, lui jeta cette dernière d'un ton exaspéré.

Elle congédia Angélique, qui sortit, non sans échanger un regard entendu avec Stella. Angélique était désolée pour son amie, mais surtout très inquiète pour Emma. Une boule d'angoisse lui vrillait le ventre. Le père de la petite aurait-il lui aussi pris son état à la légère ? Sans doute. De toute manière, il était à Londres et ignorait que sa fille était malade. En remontant, Angélique la trouva plus mal encore. La fièvre avait monté ; elle gémissait dans son lit.

Elle resta auprès d'elle et pria Helen de s'occuper des autres. Elle lui rafraîchit le front avec un linge humide et lui chanta des berceuses après lui avoir donné une cuillerée du sirop indiqué par sa mère. Le médicament ne fit guère d'effet sur la toux. Cependant, une demi-heure plus tard, elle dormait à nouveau. Angélique ressortit de la chambre pour s'occuper des autres petits.

Les jumeaux avaient déjeuné et faisaient la sieste. Mais la journée allait être longue s'il fallait jongler entre ces quatre-là et la petite malade.

— Alors, qu'a-t-elle dit ? demanda Helen quand elles s'assirent ensemble pour souffler une minute.

— De ne pas l'appeler ; que ce n'était qu'un rhume.

— C'est plus grave que ça. Elle n'a pas arrêté de tousser quand tu n'étais pas là.

Angélique se désolait de l'attitude d'Eugenia. Celle-ci ne consentait que très rarement à appeler le médecin pour ses enfants car elle estimait que leurs maladies étaient imaginaires, passagères ou insignifiantes... En tout cas, elles ne requéraient pas les services d'un médecin, qu'il fallait réserver aux adultes.

Rupert et Charles dînèrent de bon appétit. Il y avait au menu du ragoût de bœuf, des pommes de terre et les biscuits au gingembre. Un repas roboratif, parfait pour cette fin de journée d'hiver. Angélique descendit ensuite chercher du bouillon et du thé au miel pour Emma.

— Je reviens tout de suite, promit-elle.

La cuisine était une vraie ruche. Ce soir, Eugenia recevait du monde d'une propriété voisine. La cuisinière et les filles de cuisine avaient prévu de la soupe, du poisson, un cochon de lait et, enfin, un dessert très sophistiqué. Elles avaient encore fort à faire. Angélique prépara donc elle-même un plateau pour Emma.

— Ils n'ont pas aimé le ragoût ? demanda la cuisinière par-dessus son épaule tout en transférant délicatement une sole sur un plat.

— Si, ils l'ont dévoré. Mais Emma est malade. Je vais lui donner un peu de bouillon.

— Pauvre petit chat. Je lui ferai porter du dessert, ainsi qu'aux garçons, après le dîner.

Emma but un peu de bouillon et avala quelques pommes de terre ainsi qu'une bouchée de toast mais vomit presque aussitôt. Angélique passa la fin de la journée à son chevet à la veiller, lui chanter des chansons, lui tenir la main ou lui mouiller le front. À la tombée de la nuit, la petite dormait profondément.

Helen s'était occupée des autres tout l'après-midi et les avait mis au lit avant d'aller se coucher à son tour, épuisée. Elle avait moins d'énergie qu'Angélique pour suivre leur rythme et moins d'idées pour les occuper. Comme ils étaient déjà sortis le matin, elle n'avait pas voulu les emmener dans le parc, où elle avait peur de les perdre. Angélique, elle, ne se laissait jamais déborder. Elle savait très bien y faire avec les enfants. Ils l'aimaient et la respectaient, de sorte qu'ils lui obéissaient presque tout le temps.

Elle passa la nuit dans un fauteuil auprès d'Emma, tout habillée. Elle ne voulait pas la quitter, fût-ce le temps de se changer. Au matin, la petite n'allait pas mieux – mais pas plus mal, de sorte qu'Angélique n'osa pas retourner voir sa mère.

Ils se traînèrent ainsi encore une journée. Comme il pleuvait, les garçons ne pouvaient pas sortir. Angélique nourrit les bébés, organisa des jeux pour les deux grands et envoya Helen à la cuisine chercher du bouillon pour Emma, puis du riz. À l'heure du dîner, il lui sembla que l'état de la fillette s'était dégradé. La fièvre avait augmenté et la petite disait avoir mal à la tête et partout. Elle déglutissait avec difficulté et toussait horriblement. Angélique décida de retourner affronter sa mère le lendemain matin.

La nuit fut agitée. Emma semblait de plus en plus faible. À 8 heures, Angélique descendit frapper à la porte de Mme Ferguson. C'était audacieux, mais elle était trop inquiète pour attendre. Emma ne montrait pas le moindre signe d'amélioration.

Elle toqua doucement, d'abord, puis avec plus d'insistance. Eugenia finit par répondre.

— Qu'y a-t-il ? demanda-t-elle d'une voix endormie, contrariée d'avoir été tirée du sommeil.

— C'est Angélique, madame, répondit celle-ci depuis l'autre côté de la porte. J'insiste, je crois qu'il faut faire venir le médecin pour Emma.

— Va-t-elle plus mal ?

— J'en ai l'impression. En tout cas, son état ne s'améliore pas, et elle est vraiment très malade.

Il y eut un long silence, comme si Eugenia hésitait. Angélique attendait sa réponse avec angoisse.

— Nous verrons demain matin. Je suis sûre qu'elle va se remettre toute seule.

Comment pouvait-elle le savoir ? Elle ne l'avait même pas vue ! Angélique aurait voulu tambouriner à la porte en hurlant, mais parvint malgré tout à garder son calme.

— Il me semble vraiment, madame, que...

Elle plaidait la cause de sa petite protégée, les larmes aux yeux. Et si l'enfant mourait de la grippe ? Angélique l'aimait, peut-être davantage que sa propre mère.

— Ce sera tout, Angélique ! cria sèchement Eugenia.

Angélique s'éloigna en pleurant. Elle avait les mains liées. Impossible d'appeler le médecin sans le consentement de la mère...

Elle passa la journée au chevet de la petite malade. Dans la soirée, Emma se mit à délirer. Angélique ne pouvait plus attendre. Elle savait que M. Ferguson était rentré de Londres. Peut-être parviendrait-il à faire entendre raison à sa femme ou s'inquiéterait-il davantage du sort de sa fille ?

Elle descendit alors qu'ils étaient à table avec des invités. Elle attendit à la porte de la salle à manger, les jambes en coton, prête à demander au premier valet de pied qui passerait de leur transmettre le message. C'est alors que Gilhooley l'aperçut. Elle lui expliqua la situation.

— Vous ne pouvez pas entrer, déclara-t-il sévèrement en fronçant les sourcils.

— Je le sais. Mais vous, voulez-vous bien les avertir ? Je pense vraiment qu'il faut appeler le médecin maintenant. Cela ne peut plus attendre.

Il hocha la tête et baissa la voix pour lui répondre.

— Je vais prendre sur moi de l'envoyer chercher. Si madame se fâche, j'en endosserai la responsabi-

lité. Si je vous suis bien, cette enfant est très malade. Anormalement malade.
— Oui, confirma-t-elle.
Enfin, quelqu'un prenait au sérieux ses avertissements.
— Très bien. J'envoie un valet d'écurie chez le médecin tout de suite.
— Merci, monsieur Gilhooley ! chuchota-t-elle avec une reconnaissance infinie. Je l'attends dans la nursery.
— C'est bien, mon petit, répondit-il sur le même ton.
Après avoir lancé le service du plat suivant, il descendit à l'office accomplir sa mission.
Angélique se hâta de remonter à la nursery. Le médecin arriva à peine une demi-heure plus tard. Infiniment soulagée de le voir, elle le remercia d'être venu aussi vite et lui décrivit les symptômes d'Emma.
— Pourquoi ne m'avez-vous pas fait venir plus tôt ? demanda-t-il, contrarié.
Ce qu'il venait d'entendre ne lui plaisait pas du tout. Il craignait la scarlatine, ou pire. Il voulut savoir si Emma avait eu des convulsions ; ce n'était pas le cas. Il craignait néanmoins la contagion et s'inquiétait pour les autres enfants, en particulier les jumeaux.
— Mme Ferguson a cru que ce n'était qu'un rhume, expliqua Angélique tout bas.
Le médecin pinça les lèvres sans rien dire. Combien de fois l'avait-elle fait venir pour beaucoup moins ?
Ils entrèrent ensemble dans la chambre d'Emma, et Angélique réveilla la fillette en douceur. En voyant le médecin, elle se mit à pleurer et fut prise d'une quinte de toux particulièrement affreuse qui s'acheva dans un vomissement. C'était comme si elle lui déroulait tout le catalogue de ses symptômes. Quand ce fut passé, ils ressortirent de la chambre.

— Ce n'est pas la scarlatine, déclara-t-il, soulagé. Mais c'est une très forte grippe, qui peut être fatale chez les enfants de cet âge. Vous avez bien fait de m'envoyer chercher. M. Gilhooley m'a prié de venir tout de suite. Par chance, j'étais libre ; j'aurais pu être en train d'accoucher une femme loin d'ici. Bon, maintenant, il faut faire tomber la fièvre et lui administrer quelque chose de plus fort contre la toux. Je vais également vous laisser des gouttes pour la faire dormir. Il faut absolument que quelqu'un reste à son chevet toute la nuit. Si la fièvre augmente, appelez-moi immédiatement.

Il avait l'air inquiet. Cependant, malgré ce qu'il disait des dangers de la grippe, Angélique était soulagée. Au moins, il était là, il allait l'aider, et son diagnostic la rassurait un peu, malgré tout. Et il confirmait qu'elle avait eu raison de le faire venir. Cela valait la peine d'affronter la colère d'Eugenia quand celle-ci l'apprendrait. Car c'était elle qui aurait les plus gros ennuis, pas le majordome, elle en était certaine. Mais peu lui importait.

— Je suis restée près d'elle toutes les nuits, assura-t-elle au Dr Smith. Et toute la journée, hier. La femme de chambre de la nursery s'est occupée des autres enfants.

Angélique espérait que Simon n'avait pas attrapé la grippe avant de partir. Ce serait affreux s'il était aussi malade que sa sœur, seul à l'école. Toutefois, elle n'avait aucun moyen de le savoir. L'école ne les préviendrait qu'en cas de maladie grave ou de décès.

Tandis qu'ils parlaient, toujours à voix basse, Emma se remit à tousser. Le médecin donna à Angélique le sirop prescrit et un flacon de gouttes pour la faire dormir. Il fallait qu'elle garde Emma au chaud mais qu'elle lui baigne le visage à l'eau fraîche. Il repasserait le lendemain matin. Toutefois, il ne fallait pas qu'elle hésite à le faire appeler pendant la nuit si elle le jugeait nécessaire.

— Merci, docteur, dit-elle avec gratitude.

Il lui sourit. Le zèle de la jeune fille l'impressionnait et il la croyait très intelligente.

— Ils ont de la chance de vous avoir, dit-il sincèrement. Vous feriez une très bonne infirmière, si vous ne souhaitez pas rester domestique. Pour ma part, je m'estimerais très heureux d'avoir une infirmière telle que vous.

— Merci, dit-elle encore timidement.

Elle n'avait jamais songé à devenir infirmière et n'était pas certaine d'être faite pour ce métier. Mais elle était très attachée à Emma et s'était énormément inquiétée pour elle.

Il dut s'en rendre compte car il assura :

— La petite va se remettre. Ce qu'il faut, c'est que son état ne se dégrade pas davantage. Les gouttes vont l'aider à dormir pour reprendre des forces. Les enfants récupèrent très vite.

Sauf quand ils meurent..., songea Angélique.

Peu après, le médecin descendit par l'escalier de service. Dans la cuisine, Mme Allbright lui apprit que les Ferguson recevaient. Il ne demanda donc pas à les voir. La nurse semblait parfaitement capable de faire face à la situation. Malgré son jeune âge, elle était très compétente et pleine de ressources ; elle avait l'air de savoir ce qu'elle faisait.

Angélique donna ses médicaments à Emma et lui passa un linge humide sur le visage et les mains. La fillette ne tarda pas à s'endormir et ne toussa presque pas de la nuit, qui fut beaucoup plus paisible que les précédentes. Angélique resta à son chevet, à somnoler.

Le médecin revint à 9 heures le lendemain matin, alors qu'Emma se réveillait tout juste. Malgré sa fatigue, Angélique avait mis un tablier propre et vaquait à ses occupations. Comment tenait-elle encore debout ? Helen se le demandait...

— Comment va notre petite patiente ? s'enquit le médecin après avoir dit bonjour aux autres enfants et constaté qu'ils avaient bonne mine et avalé un solide petit déjeuner.

— Elle a passé une meilleure nuit, répondit Angélique, et je crois que la fièvre a un peu baissé. Elle a l'air moins hébétée. Et elle n'a pas pleuré au réveil, pour la première fois depuis qu'elle est malade.

— Formidable.

Ils allèrent la voir tous deux. Quelqu'un qui ne l'aurait pas vue ces jours-ci l'aurait trouvée bien mal. À leurs yeux, cependant, elle paraissait beaucoup mieux que la veille au soir. Elle sourit même, signe d'une réelle amélioration. Le médecin nota comment la nurse lui prenait la main et l'affection avec laquelle l'enfant la regardait.

— Je crois que vous serez très bientôt sur pied, ma petite demoiselle, dit-il. Il faut bien prendre vos médicaments, faire tout ce que vous dit votre nanny et manger les bonnes choses que la cuisinière vous envoie. Comme ça, vous reprendrez des forces et pourrez à nouveau jouer avec vos frères et votre sœur.

Tandis qu'il lui parlait, elle lui tendit sa poupée.

— Elle aussi, elle est malade, dit-elle. Il faut lui donner des médicaments pour la soigner.

Angélique et le médecin échangèrent un sourire. Encore un signe d'amélioration...

— C'est vrai ? Eh bien, votre nanny lui en donnera aussi. Elle tousse ?

Emma hocha la tête en souriant. Elle aimait bien ce médecin ; il était gentil.

— Dans ce cas, donnez-lui du sirop, prescrit-il à Angélique avec le plus grand sérieux et même un air sévère qui fit rire Emma. Et des gouttes, aussi. Assurez-vous qu'elle les avale bien et ne les recrache pas. Les enfants sages prennent bien leurs médicaments. Ainsi, ils guérissent.

— Je pourrai voir Rose aujourd'hui ? s'enquit la fillette.

Cela aussi, c'était bon signe. Néanmoins, le médecin lui dit qu'il fallait qu'elle se repose encore jusqu'à ce qu'elle soit tout à fait guérie. Sa petite sœur lui manquait. Elle l'adorait, aidait Angélique à s'occuper d'elle, la regardait quand elle lui donnait à manger...

Le médecin quitta la nursery quelques minutes plus tard en promettant de revenir le lendemain. D'ici là, il ne fallait pas hésiter à l'appeler si nécessaire ou pour les autres s'ils avaient l'air malades. Angélique était tellement soulagée qu'Emma soit hors de danger qu'elle souriait d'une oreille à l'autre.

En descendant, le médecin s'arrêta au premier étage. Il savait où se trouvait la chambre d'Eugenia puisqu'il y était souvent venu pour l'accoucher. Il frappa à la porte du vestiaire. Stella ouvrit de grands yeux affolés en le voyant.

— Oh, non... il est... il est arrivé quelque chose...

— Pas du tout, dit-il aussitôt pour la rassurer. La petite va mieux. Mais j'aimerais dire un mot à madame, si possible.

— Je la préviens, docteur. Elle n'est pas coiffée, mais je lui demande tout de suite si elle peut vous recevoir.

Stella revint quelques secondes plus tard, l'invitant à la suivre dans la chambre. Le Dr Smith trouva Eugenia assise dans son lit, en peignoir, le plateau du petit déjeuner sur les genoux. Elle paraissait très légèrement inquiète.

— Quelqu'un est malade ? s'enquit-elle.

Il ne lui vint même pas à l'esprit qu'il pouvait s'agir d'Emma.

Le médecin avait parfaitement compris qu'elle avait ordonné à Angélique de ne pas le déranger. Il ne voulait pas que la jeune fille ait à subir les reproches de sa maîtresse.

— Rassurez-vous, madame, répondit-il. Je sais combien vous vous êtes inquiétée pour Emma. Et je viens vous féliciter pour votre prudence. Emma était sévèrement grippée, ce qui peut être très grave, voire fatal. Mais je la crois en voie de rétablissement. Vous avez là une nurse épatante. Une fille très intelligente et qui sait s'y prendre avec les enfants. Vous avez bien fait de l'engager ! Elle a eu raison de me faire appeler. L'état de la petite s'est aggravé hier soir pendant que vous receviez et elle a craint de vous déranger. Mais elle a la tête sur les épaules, fit-il sur le ton de la conversation tandis qu'Eugenia le fixait, étonnée de se voir attribuer le mérite de ce qu'elle n'avait pas fait.

Depuis deux jours, elle n'avait pas songé une seule fois à Emma.

— Oui, nous avions du monde hier soir, confirmat-elle vaguement. Je suis heureuse qu'elle vous ait appelé si c'était aussi grave. Je vais attendre une semaine ou deux pour les faire descendre, ajouta-t-elle. On ne sait jamais. Les enfants nous passent toutes leurs maladies.

— Elle sera guérie d'ici quelques jours, une semaine tout au plus, assura le médecin. Ne vous inquiétez pas.

Mais Eugenia ne voulait pas que ses enfants s'approchent d'elle quand ils n'étaient pas bien. La grippe d'Emma constituait un danger plus grand encore. Elle avait donc été aussi malade que l'affirmait la nurse... Eugenia avait cru à l'hystérie d'une jeune fille inexpérimentée, qui se faisait tout un monde d'un simple rhume.

» Quoi qu'il en soit, continuait le Dr Smith, votre nurse est une perle. Et vous avez eu cent fois raison de l'autoriser à m'appeler. Surtout, prévenez-moi si les autres tombent malades.

— Bien sûr, promit-elle, inquiète surtout pour elle-même.

— Je reviendrai demain, à moins que vous ayez besoin de mes services d'ici là, conclut-il en souriant.

— Merci, docteur.

Le médecin sortit et elle continua à regarder dans le vide un petit moment. Elle aurait bien reproché à Angélique de lui avoir désobéi, sauf que, apparemment, la nurse avait eu raison de s'inquiéter. Une chose était certaine, toutefois : elle ne voulait aucun contact avec quiconque de la nursery avant un moment. Elle prévint Stella quand celle-ci entra dans sa chambre.

— Il semble qu'Emma ait été assez malade hier soir. La nurse a fait venir le médecin. Il paraît que c'est la grippe. Ne montez en aucun cas au deuxième. Je ne veux pas que vous me rapportiez de microbes, comme vous passez beaucoup de temps avec moi, que vous me touchez les cheveux...

— Bien, madame, fit Stella poliment. Emma est guérie ?

— Pas encore, mais cela ne saurait tarder. Nanny a bien fait d'appeler le médecin. Il dit que la grippe peut être très dangereuse, voire fatale. Je le savais, bien sûr ; en revanche, je ne comprends pas comment Emma a fait pour tomber aussi malade. Son état a empiré pendant la réception d'hier soir.

En réalité, la petite était malade depuis plusieurs jours, mais sa mère n'avait rien voulu entendre et s'en moquait. Encore maintenant, elle ne songeait qu'à éviter la contagion.

— Et dites à Nanny de prendre l'escalier de service si elle sort les autres enfants. Qu'elle ne passe pas par le couloir du premier.

— C'est entendu, madame, fit Stella avec une révérence.

Elle monta transmettre le message à Angélique. Elle frappa à la porte de la nursery, mais se garda d'entrer.

— Comment va la petite ? demanda-t-elle avec une sollicitude sincère.

— Un peu mieux. Elle a été très malade, pauvre chaton.

— C'est ce que j'ai appris. Sa mère est terrorisée à l'idée d'attraper sa grippe, maintenant. Elle dit qu'il ne faut pas que vous passiez par le couloir du premier, les enfants et toi, mais uniquement par l'escalier de service. Vous n'allez pas être appelés au salon avant un moment ! lança-t-elle en riant.

Angélique sourit. Elles connaissaient bien leur maîtresse, l'une et l'autre. Stella retourna auprès d'Eugenia et lui assura qu'elle n'avait rien touché, ni personne. En guise de réponse, celle-ci la pria de lui préparer un bain. Ensuite, il faudrait la coiffer. Elle recevait du monde à déjeuner. Stella descendit chercher des seaux d'eau chaude à l'office. Pendant ce temps, assise à sa coiffeuse, Eugenia se regarda dans la glace en se demandant si elle ne devrait pas essayer une autre coiffure.

9

Les Ferguson passèrent le mois de février à Londres et ne revinrent dans le Hampshire qu'en mars. Les malles d'Eugenia débordaient de nouvelles robes en soie magnifiques, qui révélaient davantage son décolleté. Certaines étaient franchement osées. En outre, Stella avait appris de nouvelles coiffures, si bien qu'Eugenia était plus ravissante que jamais.

Le dimanche, à l'heure du thé, elle revit les enfants pour la première fois depuis près de deux mois. Elle fut étonnée de voir combien les jumeaux avaient grandi. Ils avaient maintenant dix mois, et George commençait déjà à marcher ! Emma s'était énormément attachée à Angélique, et plus encore depuis sa maladie qui l'avait laissée affaiblie plus longtemps que prévu. Cependant, elle était maintenant complètement remise.

La semaine suivante, les Ferguson donneraient une partie de campagne. Leurs invités resteraient plusieurs jours. Gilhooley et Mme Allbright étaient déjà en pleins préparatifs. Harry et Eugenia avaient ajouté de nouvelles connaissances à leur carnet d'adresses, notamment un certain nombre de beaux célibataires qui faisaient ouvertement la cour à Eugenia et avaient flirté avec elle à Londres. Harry ne semblait pas s'en offusquer. Il avait lui-même quelques aventures de son côté, en toute discrétion.

La séduction, innocente ou non, avait toujours été leur style. Il faut dire qu'ils étaient fort beaux, l'un et l'autre. Grâce à Harry, Eugenia était couverte de bijoux et vêtue à la dernière mode : il ne lui refusait rien. De son côté, elle lui avait permis de fonder la famille qu'il désirait et d'avoir six enfants. Elle s'y était prêtée de bonne grâce jusqu'aux jumeaux. Il lui en était reconnaissant et la récompensait généreusement.

Angélique avait reçu deux autres lettres de Mme White. La gouvernante de Belgrave lui racontait les derniers événements : au château, ce n'était que remaniements, nouvelles décorations et nouvelles tentures, réceptions et parties de campagne, kyrielle de nouveaux domestiques. Elizabeth semblait vouloir rivaliser avec Eugenia, mais à la bien plus grande échelle que lui permettait le château. Angélique lut les lettres avec une certaine mélancolie. Combien elle regrettait le Belgrave d'autrefois...

Son père n'était mort que depuis dix-huit mois et, déjà, il lui arrivait d'avoir peine à croire qu'elle avait vécu une autre vie que celle de bonne d'enfants au service des Ferguson. Le luxe, le confort et l'aisance n'étaient plus son lot. Elle devrait travailler jusqu'à la fin de ses jours, désormais, sauf si elle trouvait un mari pour l'entretenir, ce qui était peu probable. Elle n'imaginait pas épouser un valet de pied, un garçon d'écurie ou un majordome adjoint, les seuls partis qui lui étaient devenus accessibles. Elle était prisonnière d'une espèce de zone grise entre le monde de l'aristocratie qui l'avait vue naître et celui des domestiques auquel elle appartenait maintenant. Leur différence de classe sociale aurait mis ses collègues très mal à l'aise s'ils avaient su qu'elle était fille de duc.

Cette absence de perspective expliquait peut-être pourquoi Angélique s'était tant attachée à ses petits protégés et pourquoi il lui importait de conserver sa place malgré le peu d'estime qu'elle avait pour Eugenia en tant que mère. Celle-ci passait moins de temps encore avec ses enfants que les autres dames de son milieu.

Lorsque la vingtaine d'invités attendue s'installa dans le manoir, Angélique, qui devinait que les Ferguson ne voudraient pas les voir, fit en sorte de tenir les petits à l'écart. Comme les visiteurs aimaient généralement profiter du labyrinthe et de la beauté des jardins, elle les emmena donc chaque jour se promener plus loin dans le parc.

Un matin, ils allèrent jusqu'au lac donner du pain aux canards et aux cygnes. Le beau temps avait permis à Emma et Rupert de prendre des leçons d'équitation sur leurs poneys. Elle rentrait à la maison en poussant le landau de Rose lorsqu'elle tomba sur un hôte particulièrement bien de sa personne, qui se promenait seul. Il parut à la fois surpris et ravi de cette rencontre.

— Eh bien, eh bien, qui voilà donc ? fit-il en riant. La plus jolie des nymphes des bois !

Entre son uniforme, sa cape, sa coiffe et le landau qu'elle poussait, il savait forcément qu'elle était la nurse des enfants. Elle rougit.

— Bonjour, monsieur.

— Où vous cachiez-vous ? demanda-t-il en commençant à marcher à ses côtés.

Son audace la mit mal à l'aise. Helen était loin devant elle, avec Charles et George. À part eux, elle ne voyait personne dans le parc. Les autres invités n'étaient pas encore levés – ou pas encore sortis, en tout cas. Ces messieurs devaient être dans la salle à manger en train de prendre le petit déjeuner. Quant aux dames, elles préféraient généralement qu'on le leur serve sur un plateau dans leur chambre.

— Comment vous appelez-vous ? voulut-il savoir.

Il l'étudiait de près. Elle se sentit toute petite à côté de cet homme de grande taille, bien bâti, avec les cheveux foncés et les yeux sombres.

— Nanny Ferguson, répondit-elle poliment, tout en espérant qu'il prendrait congé rapidement.

Elle ne voulait pas rentrer dans la maison en même temps que lui ; cela aurait fait jaser.

— Pas ce nom-là, bécassine. Votre vrai nom. Votre prénom. Mary ? Jane ? Margaret ?

— Angélique, finit-elle par répondre tout bas.

Elle ne voulait ni l'encourager, ni paraître grossière – ce qui était difficile... Certains amis des Ferguson étaient assez entreprenants. Parmi eux, il y avait des hommes assez jeunes – à peine plus vieux qu'elle, sans doute –, mais ils ne vivaient pas dans le même monde. Ces gens-là ressemblaient plus aux amis de son frère qu'à ceux qui fréquentaient le château de son père, plus âgés mais surtout plus dignes ; se conduisant avec plus de respect.

— Quel joli nom ! commenta-t-il. C'est français, j'imagine. Pourtant, à vous entendre, vous avez l'air anglaise.

Quelque chose lui disait qu'elle n'était pas une domestique ordinaire. À sa façon de marcher et de parler, on voyait qu'elle était bien née. Sans doute était-elle issue d'une famille respectable mais ruinée.

» Comment se fait-il que je ne vous aie pas vue à Londres ? poursuivit-il avec insistance.

— M. et Mme Ferguson laissent presque toujours les enfants dans le Hampshire, répondit-elle.

— Vous devez vous ennuyer, fit-il valoir d'un ton compatissant.

— Pas du tout.

— Ne faites pas semblant de vous plaire ici, ma petite. Vous êtes bien trop jolie pour perdre votre temps à la campagne.

Elle ne daigna pas répondre et pressa le pas. Il n'eut évidemment aucun mal à allonger le sien pour la suivre.

» La place d'une fille comme vous est à Londres, insista-t-il.

— Je suis très heureuse ici, monsieur.

Mais qu'il aille au diable, à la fin ! songeait-elle malgré la politesse avec laquelle elle lui parlait. Son attention ne la flattait pas, elle lui était très pénible au contraire. Jamais un homme ne s'était montré aussi pressant avec elle, d'une manière qu'elle n'appréciait pas du tout.

— Je viendrai souvent ici, ce printemps et cet été, rendre visite à... vos employeurs, fit-il après une courte hésitation. Nous pourrions devenir bons amis, vous et moi, et bien nous amuser, suggéra-t-il effrontément. Pensez-y.

Comme elle gardait le regard rivé sur le landau et ne répondait pas, il enchaîna :

» Je vois que vous êtes du genre timide. Mais il ne faut pas être timide avec moi. Je ne dirai rien à personne, vous savez. Vous pouvez me faire confiance.

— Merci, monsieur.

Ouf, la maison était en vue. Elle se mit presque à courir pour lui échapper. Il rit en la regardant s'éloigner et entrer côté cuisine par la porte de service. Il ne cherchait pas à dissimuler sa satisfaction. Elle avait la taille si fine qu'il aurait pu en faire le tour de ses deux mains, la gorge délicate, des cheveux blond blanc ravissants qu'elle relevait en un chignon serré qu'il rêvait de défaire, d'immenses yeux bleus... Il lui donnait entre dix-sept et vingt ans.

Rarement il avait vu aussi jolie fille. Elle n'avait pas la féminité d'Eugenia, mais une grande douceur émanait d'elle. Sa pudeur et sa timidité ne la rendaient que plus attirante à ses yeux, parce qu'elles lui donnaient un défi à relever, un obstacle à surmonter. Il pénétra dans la maison par la grande porte, en sifflotant. Oh, que ses visites dans le Hampshire allaient être agréables... Deux femmes pour se distraire et s'amuser, une au salon et l'autre à l'office. Voilà comment il aimait vivre.

Dans la salle à manger, il trouva Harry en train de prendre le petit déjeuner avec une douzaine d'hommes qui lisaient les journaux et bavardaient. Son hôte lui sourit. Ils étaient amis de fraîche date.

— Bertie ! Où étiez-vous passé ?

— J'ai fait un tour dans le parc. J'aime bien faire un peu d'exercice avant de déjeuner. C'est charmant, par ici. Très beaux jardins. Jolies fleurs, ajouta-t-il en songeant à la jeune nurse.

— Nous pourrons monter à cheval ce matin, si vous voulez.

Il avait de nouveaux chevaux qu'il lui tardait de montrer à ses amis.

— Bien volontiers, répondit Bertie en souriant. Ces dames nous accompagneront-elles ? s'enquit-il avec intérêt.

— Sans doute pas. La plupart d'entre elles n'apparaissent pas avant midi. C'est le cas d'Eugenia, tout du moins. Elle aime se coucher tard et n'est pas très matinale.

Bertie prit des œufs et des fruits. Un valet de pied lui servit du café. Puis il s'absorba dans la lecture des journaux. Très satisfait, il jeta un coup d'œil autour de lui. Le printemps et l'été s'annonçaient des plus agréables, avec un peu de badinage pour corser les choses.

Ces messieurs sortirent à cheval pendant que les dames s'habillaient. puis tout le monde se retrouva à 13 heures pour un somptueux déjeuner. L'après-midi, Eugenia avait organisé une partie de croquet. La jeune femme était d'excellente humeur. Trois de leurs hôtes flirtaient avec elle, dont Bertie, même s'il était le plus discret des trois. Il préférait le rôle d'outsider. Qui plus est, il tenait à cultiver son amitié avec Harry, dont il voulait gagner la confiance avant de réellement tenter quelque chose avec Eugenia. Il avait tout son temps.

Comme il semblait le moins assidu de ses galants, c'était celui qu'Eugenia désirait le plus. Ainsi faisait-elle tout son possible pour le charmer et attirer son attention. Bertie était passé maître dans cet art de la séduction, qu'il pratiquait abondamment. Il n'était pas marié et ne désirait pas l'être. C'était tellement plus amusant de coucher avec des femmes qui en avaient envie – celles des autres en particulier.

Après le croquet, on joua aux cartes. Puis le thé fut servi dans la bibliothèque, où l'on resta bavarder jusqu'à ce qu'il soit l'heure de remonter dans les chambres pour s'apprêter pour le dîner.

Les dames redescendirent dans de très belles robes du soir, coiffées pour certaines d'une tiare délicate. Aucune, cependant, n'avait de toilettes ni de bijoux pouvant rivaliser avec ceux de la maîtresse de maison.

La soirée se prolongea jusqu'à minuit passé. Harry et Bertie furent les derniers à monter, juste après Eugenia. Bertie venait de susurrer à l'oreille de la maîtresse de maison qu'elle était d'une beauté enchanteresse et qu'il se croyait en train de tomber amoureux d'elle. Elle avait rougi sans chercher à le décourager. Elle se demandait même comment l'attirer dans sa chambre sans éveiller les soupçons de son époux.

Harry et elle faisaient chambre à part depuis la naissance de Simon. Cela n'avait pas empêché les quatre grossesses suivantes. Désormais, cependant, elle était inflexible, cela ne se reproduirait pas. Harry s'en était accommodé sans difficulté, car, au bout de tant d'années et d'enfants, son épouse l'attirait moins. Il avait de son côté quelques aventures, tandis qu'elle, moyennant un minimum de prudence, ne refusait pas de badiner avec d'autres.

« Rien ne presse, lui avait assuré Bertie dans un souffle, avant de rejoindre Harry. Je reviendrai ici aussi souvent que vous le souhaiterez... la prochaine fois qu'il se rendra en ville... »

Eugenia s'était retirée, enivrée par ce qu'elle venait d'entendre, tout à l'attente de ce que lui réservaient les prochaines semaines.

— Avez-vous passé une bonne soirée, madame ? lui demanda Stella en l'aidant à se déshabiller.

— Merveilleuse, assura-t-elle, radieuse. Nous avons les hôtes les plus charmants qui soient.

À l'office, on parlait beaucoup des beaux messieurs qui avaient été invités cette fois-ci. Stella se demanda lequel avait la préférence de sa maîtresse. Celle-ci paraissait s'ennuyer avec son mari, ces temps-ci. Elle la sentait prête à faire des polissonneries. Mais Stella en avait vu d'autres. Plus rien ne l'étonnait.

Angélique, de son côté, n'avait rien dit à personne de sa rencontre avec Bertie, laquelle l'avait profondément déstabilisée. Cet homme lui rappelait le frère d'Eugenia. Il n'avait pas hésité à lui proposer de « s'amuser », laissant même entendre qu'elle en avait envie, qu'il ne lui manquait que le courage de l'avouer. Il était pourtant loin du compte ! Par bonheur, elle ne l'avait pas recroisé de la journée.

Il ne commettrait certainement pas l'imprudence de monter à la nursery, d'autant que – c'est du moins ce qui se murmurait à l'office – il faisait partie de ceux qui poursuivaient Eugenia de leurs assiduités. La maîtresse de maison se laissait ouvertement courtiser par certains, et M. Ferguson n'en prenait pas ombrage, d'après les valets de pied. Lui-même semblait trouver un plaisir particulier à la conversation d'une de ces dames, une baronne allemande, jeune veuve dont il avait tout récemment fait la connaissance.

Quoi qu'il en soit, Angélique pensait n'avoir rien à craindre. L'homme de ce matin avait trop à faire avec les dames du premier étage pour monter et tenter de la séduire. Elle mit un peu d'ordre dans le petit salon, souffla la bougie et se rendit dans sa chambre. Helen et les enfants dormaient profondément. Elle ressortit se servir un verre d'eau avant de se coucher. Elle était en chemise de nuit, pieds nus, ses cheveux coiffés en une longue tresse dans le dos, quand elle devina la silhouette d'un homme en habit dans la pièce plongée dans l'obscurité. Au clair de lune, elle distingua son sourire conquérant. La peur la saisit. Son cœur se mit à battre la chamade.

— Que faites-vous là ? demanda-t-elle à voix basse, s'efforçant de paraître plus sévère qu'effrayée.

— Maintenant que tout le monde est couché, nous allons pouvoir faire plus ample connaissance, chuchota-t-il.

Il s'approcha d'elle à la vitesse de l'éclair et la saisit par la taille. Puis il posa une main sur son ventre avant de la glisser entre ses jambes. Elle se dégagea et traversa la pièce jusqu'à la porte de la chambre de Helen. Elle ne cria pas de crainte de réveiller les enfants. Pourtant, jamais elle n'avait été à ce point terrifiée. Aucun homme ne s'était permis de tels gestes avec elle. Il la rejoignit, l'empoigna de nouveau et plaqua sa bouche sur la sienne en lui attrapant un sein. Elle sentit son haleine chargée d'alcool. Il avait forcément bu pour se conduire ainsi.

» Allez, dit-il brutalement. Ne fais pas ta timide. Je sais que tu en as autant envie que moi.

— Non ! Pas du tout !

Elle se libéra encore et se mit à tourner autour de la pièce. Que pouvait-elle faire ? Fuir ? Sortir de la nursery ? Non, c'était impossible. Elle ne pouvait le laisser seul avec les enfants, ivre comme il l'était. Elle était responsable d'eux.

— Allez-vous-en, énonça-t-elle très clairement. Je ne ferai rien avec vous.

Il rit.

— Oh, que si ! Ta maîtresse m'a supplié de venir dans son lit, mais je préfère le tien.

Elle était plus jeune, plus jolie, plus fraîche – et puis sa résistance le titillait. Eugenia était trop complaisante. Toutefois, il la prendrait aussi, plus tard. C'était ainsi qu'il passait le temps.

— Je vous en prie, allez-vous-en, le supplia-t-elle, toujours à mi-voix pour ne pas réveiller les enfants.

— Et sinon ? Que feras-tu, si je reste ?

Il se jeta sur elle et, cette fois, la pressa contre lui sans la lâcher.

— Je vais hurler, affirma-t-elle.

Il prit possession de sa bouche et enfonça la langue dans sa gorge, les deux mains plaquées sur ses fesses. Il fallait qu'elle fasse quelque chose. Tout de suite. Avant qu'il aille plus loin. Elle le mordit de toutes ses forces et le repoussa violemment. Il tomba assis dans un fauteuil. Le sang coulait sur le plastron amidonné de sa chemise et sur son gilet. Il étouffa un cri de douleur.

— Espèce de garce ! jeta-t-il en voulant de nouveau la saisir.

Mais elle avait ouvert la porte de la nursery.

— Je vous préviens que je vais hurler, répéta-t-elle fermement malgré le tremblement qui s'était emparé d'elle. Et demain, je le dirai à M. Ferguson. Je lui dirai tout, précisa-t-elle avec un regard décidé.

Le pire, c'est que cette petite sotte risquait de le faire ! songea-t-il. Il s'était trompé sur son compte, ce n'était pas la fille facile qu'il avait cru... Tant pis. Il n'irait pas au-devant des ennuis – elle n'en valait pas la peine.
— Tu n'oserais pas, lâcha-t-il.
Il sortit néanmoins. La résistance l'excitait, mais pas la bagarre. En outre, sa lèvre saignait abondamment. Le mouchoir dont il se servait pour comprimer la blessure était couvert de sang.
— Si, affirma-t-elle. Si vous vous approchez encore de moi, je n'hésiterai pas.
— Tu n'en vaux pas la peine, jeta-t-il. Si tu me causes des tracas, miss Sainte-Nitouche, tu le regretteras. À qui réserves-tu ce que tu ne veux pas me donner ? Un palefrenier ? Pour qui te prends-tu ?
— Pour autre chose que votre putain !
Avant qu'il ait pu se retourner pour la gifler, elle claqua la porte sur lui et la ferma à double tour. Elle avait été plus rapide. Peu après, elle l'entendit descendre. Tremblant de la tête aux pieds, elle s'écroula sur le fauteuil dans lequel il était tombé. Elle se rendit compte qu'il y avait du sang dessus et entreprit de le nettoyer avec un linge humide. Cela lui permit de se calmer un peu. Malgré tout, elle resta des heures couchée sans pouvoir dormir, songeant à ce qu'il lui avait dit, à ce qu'il avait essayé de lui faire. Il l'avait terrorisée. Grâce à Dieu, il n'était rien arrivé...

Elle se garderait bien d'en parler à ses employeurs. D'une part, il ne recommencerait pas, elle en était persuadée. Et d'autre part, si Mme Ferguson souhaitait qu'il vienne la retrouver dans sa chambre la nuit, elle n'apprécierait pas qu'il ait cherché à en séduire une autre. Angélique n'avait donc rien à gagner à leur raconter ce qui s'était passé.

Elle contempla longuement la lune par la fenêtre et finit par s'endormir pour se réveiller, groggy, quelques heures plus tard. D'avoir lutté contre lui, de s'être crispée sous l'effet de la peur, elle avait mal partout, comme si on l'avait rouée de coups.

Tandis qu'elle habillait les enfants, Helen lui demanda si quelqu'un était monté à la nursery pendant la nuit.

— Non, répondit-elle.

Angélique avait déverrouillé la porte en se levant pour qu'Helen ne soupçonne rien. Elle ne voulait rien dire, ni à elle ni à personne. Elle était trop bouleversée, trop gênée aussi, bien qu'elle n'eût rien fait de mal. Elle voulait avant tout oublier cet incident.

— J'ai cru entendre des voix. Mais je me suis dit que j'avais rêvé et je me suis rendormie.

Angélique sourit et haussa les épaules.

— Quelquefois, remarqua-t-elle, les rêves ont l'air étrangement réels. Cela m'arrive aussi.

Dans la matinée, Angélique sortit les enfants – sans s'éloigner de la maison, toutefois. Elle n'avait aucun mal à les surveiller tous les cinq en même temps. Emma poussait le landau de Rose tandis qu'Angélique suivait George – pas encore très stable sur ses petites jambes –, tout en gardant un œil sur Rupert et Charles. Ils rentrèrent pour déjeuner après s'être bien détendus. Elle venait de les asseoir à table quand on lui fit savoir que Mme Ferguson l'attendait immédiatement dans la bibliothèque. Angélique demanda à Helen de commencer à servir le repas des enfants. Elle remontait dans un instant, assura-t-elle quoiqu'elle n'eût aucune idée du motif de cette convocation.

Elle se hâta de descendre. En traversant le hall, elle entendit les invités qui parlaient dans le salon. Elle eut la surprise de découvrir ses deux employeurs dans la bibliothèque. M. Ferguson lui dit de fermer la porte derrière elle. Il y avait quelque chose de grave, sentit-elle. Ils la fixaient l'un et l'autre d'un air réprobateur, Eugenia assise sur le canapé, manifestement furieuse, et Harry debout derrière son bureau.

— Ce qui est arrivé hier soir est extrêmement fâcheux, déclara-t-il de but en blanc. Je tiens à vous dire combien je suis déçu par votre conduite.

Mais que lui reprochait-il ? Elle ne s'était même pas plainte de la conduite de leur ami qui était monté dans la nursery pour la violer... Elle attendit la suite.

» Vous voyez, bien sûr, à quoi je fais allusion, ajouta-t-il.

— Non, monsieur, pas du tout, assura-t-elle honnêtement.

L'inquiétude la gagnait. D'autant qu'Eugenia lui lançait des regards meurtriers. Y avait-il eu un vol dont on cherchait à la faire passer pour responsable ?

— Je suis particulièrement choqué en songeant à votre famille. La cousine d'un duc, même dans le besoin, ne se conduit pas comme une catin. Il est vrai que M. le duc nous a parlé de votre mère..., lâcha Harry avec dégoût.

— Ma mère ? Comment cela ? s'exclama Angélique, éberluée, alors que le mot « catin » résonnait à ses oreilles.

— Peu importe. Sir Bertram nous a appris ce qui était arrivé cette nuit.

Dans ce cas, quels reproches avaient-ils à lui faire ?

— Ah bon ? Je ne comptais pas vous en parler, monsieur. Il ne s'est rien passé, heureusement, et je ne veux pas être la cause d'ennuis avec un de vos hôtes. Je crois qu'il avait beaucoup bu.

Mais Harry Ferguson ne l'écoutait pas.

— Vous êtes descendue dans sa chambre et avez tenté de le séduire. Vous lui avez offert votre corps, vous êtes dénudée devant lui. Il a dû vous menacer pour vous faire partir et là, avant de sortir de sa chambre, vous l'avez agressé ! Il en portait encore les marques sur le visage ce matin.

Horrifiée, Angélique les regardait, les yeux écarquillés. Eugenia tremblait de jalousie et de rage, que son mari prenait pour de la légitime indignation.

— Non, monsieur, corrigea-t-elle, les larmes aux yeux. C'est lui qui est venu dans la nursery s'en prendre à moi. Je l'ai croisé hier en promenant les enfants et il m'a accostée. Je n'ai rien fait pour l'encourager. Il est monté hier soir, quand tout le monde était couché. J'étais en chemise de nuit et il a tenté de me prendre à plusieurs reprises. Alors je l'ai mordu.

Elle pleurait pour de bon, maintenant. Elle voyait bien qu'ils ne la croyaient pas. Bertie leur avait parlé le premier et les avait convaincus de sa version des faits, d'autant plus facilement sans doute qu'Eugenia avait des vues sur lui. Il s'était bien vengé de sa résistance... Son refus l'avait donc vexé à ce point ?

» Je vous dis la vérité, monsieur..., madame...

Elle se tourna vers Eugenia, laquelle lui jeta un regard haineux. Cette fille, cette moins-que-rien, cette servante avait osé aguicher l'homme qu'elle convoitait. C'était impensable.

— Vous l'auriez séduit devant mes enfants, j'imagine, dans la nursery, si vous aviez pu, l'accusa-t-elle.

— Bien sûr que non ! Jamais je ne ferais de mal aux enfants. Et je n'ai en aucun cas essayé de le séduire. Nulle part. C'est la raison pour laquelle je lui ai résisté, et cela ne lui a pas plu.

Elle avait beau faire, elle se rendait compte qu'elle ne parviendrait pas à les convaincre qu'elle disait vrai. La panique la gagnait. Qu'allait-il advenir d'elle ?

— Sir Bertram est un gentleman, lui dit Harry. Il ne se conduirait jamais comme vous le laissez entendre.

— Non, ce n'est pas un gentleman, répliqua-t-elle, indignée. J'ai cru qu'il allait me violer. Il a beaucoup de force.
— Précisément. Vous êtes aussi menue qu'une enfant. S'il avait voulu vous prendre, il l'aurait fait. C'est donc vous qui vous êtes jetée à sa tête et non l'inverse. Je le répète, nous sommes outrés par votre conduite. Vous quitterez cette maison ce soir, sans recommandation. Nous ne voulons pas qu'une traînée s'occupe de nos enfants, conclut-il durement pour la plus grande satisfaction de sa femme.
Bertie était innocenté et la coupable bannie.
— Aujourd'hui, monsieur ? fit-elle, consternée. Mais où irai-je ?
— Ce n'est pas notre affaire. À partir de maintenant, faites ce que bon vous semble. Quoi qu'il en soit, nous ne vous fournirons pas de références. Un palefrenier vous déposera au pub, où vous pourrez attendre la prochaine diligence pour Londres, si c'est là que vous souhaitez aller. Soyez partie ce soir.
Il était inflexible. Eugenia jubilait. Elle ne voulait personne pour lui disputer les attentions de Bertie. Il ne lui vint pas à l'idée de se demander qui allait s'occuper des enfants ; c'était secondaire. L'important, pour les Ferguson, était de présenter un front uni face à cette « traînée » dont ils ne voulaient plus chez eux.
— Et les enfants ? demanda Angélique d'une voix étranglée.
Elle avait énormément de peine de les quitter.
— Les enfants ne sont plus votre affaire.
Le ton était sans réplique. De toute façon, elle se savait vaincue, comme en face de Tristan.
— Vous pouvez disposer, conclut Harry pour la congédier.
Sa femme souriait d'aise.

— Monsieur, madame, je suis navrée mais, je vous en prie, croyez-moi. Ce que vous a dit sir Bertram n'est pas la vérité. J'espère qu'un jour vous vous en rendrez compte, dit-elle simplement avant de tourner les talons et de sortir de la bibliothèque le plus dignement possible.

En traversant le hall en direction de l'escalier de service, elle aperçut Bertie, qui se tenait près de la porte du salon. Il lui jeta un coup d'œil et, comme s'il ne la reconnaissait pas, se détourna pour reprendre sa conversation. Elle grimpa l'escalier quatre à quatre et arriva haletante à la nursery.

— Où étiez-vous ? demanda Emma d'un air inquiet.

Angélique resta un instant sans savoir que répondre. Helen devait se rendre compte qu'elle avait pleuré.

» Vous avez manqué le dîner, ajouta Emma en lui tendant un biscuit.

— Je viens d'apprendre qu'il fallait que je parte ce soir, expliqua-t-elle. Une personne de ma famille est malade, il faut que j'aille auprès d'elle.

C'était tout ce qu'elle avait réussi à inventer.

— Vous reviendrez quand elle ira mieux ? Elle a la grippe ?

Angélique ne voulait pas lui promettre de revenir alors que ce ne serait pas le cas.

— Non, ma petite chérie, je ne pourrai pas. Il faudra que je reste m'occuper d'elle. Mais je t'aimerai toujours. Je vous aimerai toujours, tous les cinq, assura-t-elle en les regardant l'un après l'autre.

Emma monta sur ses genoux et se mit à pleurer. Angélique pleurait aussi. Helen avait l'air abasourdie.

— Qui va s'occuper de nous ? voulut savoir la fillette.

— Helen, pour le moment. Et je suis sûre que ton papa et ta maman vont trouver une très gentille nanny pour me remplacer.

Sauf que rares seraient les nurses qui accepteraient de prendre en charge cinq enfants – six pendant les vacances, quand Simon serait à la maison.

Angélique resta un long moment assise avec eux puis les coucha pour la sieste non sans assurer à Emma qu'elle serait encore là à leur réveil. Ensuite, elle rejoignit Helen dans la petite cuisine.

— C'est vrai ? lui demanda celle-ci tout bas. Tu m'avais dit que tu n'avais pas de famille à part un cousin qui ne t'aimait pas.

— Non, ce n'est pas vrai. J'ai inventé tout ça pour les enfants. J'ai été renvoyée sans références. Les voix que tu as entendues cette nuit n'étaient pas un rêve. Un de leurs hôtes est monté après le dîner. Je l'avais rencontré dans le parc hier : il me proposait que nous nous « amusions », et je lui ai bien fait savoir que cela ne m'intéressait pas. Cela ne l'a pas empêché de venir ici. Il était bien éméché. Il m'a attrapée, je me suis débattue. Comme je ne savais plus quoi faire, je lui ai mordu la lèvre, et il est parti.

» Cet homme immonde leur a dit que c'était moi qui étais venue dans sa chambre pour tenter de le séduire et ils l'ont cru. C'est un menteur. Comme il a des vues sur Mme Ferguson, il a dû craindre que je lui mette des bâtons dans les roues – mais je n'aurais rien dit à personne. M. Ferguson m'a traitée de catin et de traînée, ajouta-t-elle en larmes. Ils veulent que je sois partie à l'heure du dîner.

— Tu as un point de chute ?

Helen avait l'air à la fois désolée et inquiète pour elle.

— Non. Je ne sais même pas où aller. À Londres, peut-être.

— Je connais une femme, là-bas. Elle était gouvernante, autrefois. Maintenant, elle aide des filles à trouver du travail dans des familles qu'elle connaît. Elle est très discrète. L'ennui, c'est que tu risques d'avoir du mal à te faire engager sans références.

— Je sais. Peut-être qu'il faut que je cherche tout à fait autre chose. Raccommoder des vêtements, par exemple.

Elle était arrivée tout droit de Belgrave chez les Ferguson. Jamais encore elle n'avait dû affronter le monde seule. Les deux jeunes femmes s'étreignirent, puis Angélique alla faire ses bagages. Ce fut rapide car elle avait déballé très peu de choses depuis son arrivée – quelques effets personnels et les deux portraits de ses parents. Elle finissait tout juste quand Helen apparut sur le seuil de sa chambre.

— Je veux que tu saches que je te crois, Angélique. Ils ne reçoivent pas que des gens bien, ici. Il y a le frère de madame, bien sûr, mais ce n'est pas le seul. Fais attention à toi. Les femmes de chambre racontent sans arrêt des histoires de ce genre. Ne reste pas dans une maison si le mari te court après. Ou le frère. On n'a pas toujours la chance que tu as eue hier soir. Il aurait pu te forcer et personne ne t'aurait crue non plus. Même si tu étais tombée enceinte...

Angélique avait tout juste vingt ans et peu d'expérience de la vie. Toutefois, elle venait d'apprendre une seconde fois à ses dépens combien les situations et les choses étaient éphémères et combien on pouvait facilement tout perdre et se trouver contraint de repartir de zéro.

— Merci, répondit-elle doucement. Ça va aller. Vous allez me manquer, les enfants et toi.

— Toi aussi, tu vas nous manquer. Dieu sait qui elle va engager à ta place...

— J'espère que ce sera quelqu'un de bien, de gentil avec eux...

Ensuite, Angélique descendit voir Sarah à qui elle raconta ses malheurs. Elle aussi avait déjà entendu ce genre d'histoires bien souvent. Les femmes de chambre se faisaient sans arrêt renvoyer, en particulier quand des hôtes mentaient à leur sujet ou les accusaient de vol, ou encore quand elles se faisaient séduire par un invité qui jetait son dévolu sur elles. Son amie l'embrassa et lui fit promettre de leur écrire.

Angélique joua avec les enfants et leur fit la lecture tout l'après-midi. Après leur repas du soir, elle se changea pour mettre une robe noire toute simple et pendit sa robe de nurse et ses tabliers dans le placard. Emma l'observait avec de grands yeux tristes.

Elle mit les enfants en tenue de nuit et descendit ses bagages un à un, en terminant par la mallette qui contenait toute sa fortune et ses trésors. Elle serra dans ses bras Helen puis les enfants. Les trois grands se cramponnaient à elle en pleurant. Elle embrassa Emma une dernière fois, puis les jumeaux, et referma en silence la porte de la nursery derrière elle, le visage baigné de larmes.

Eugenia s'habillait pour dîner quand Harry entra dans son vestiaire, priant Stella de les laisser seuls quelques instants.

— Qu'y a-t-il ?

Elle était toujours contrariée par l'histoire de la veille. Comment cette fille avait-elle osé jeter son dévolu sur Bertie ?

— Et si la nurse disait la vérité ? lâcha Harry. J'y ai pensé tout l'après-midi. Elle avait l'air profondément honnête, en nous racontant son histoire. Lui, nous ne le connaissons pas si bien que cela. Il ne serait pas bien de la renvoyer si elle disait vrai.

— Cette fille ne dit pas vrai, contra Eugenia avec agacement. C'est une menteuse. Tu ne t'en rends pas compte ? Et quel toupet de se chercher un mari parmi nos invités ! Tu es d'une innocence... Moi, j'ai vu clair dans son jeu.

— Je ne suis pas aussi naïf que tu le crois, répliqua-t-il en la regardant droit dans les yeux. Il n'est pas sans toupet non plus. Méfie-toi qu'il n'aille pas te faire des avances.

Sa patience aurait des limites si elle le mettait dans une situation gênante. Il y avait en outre chez Bertie quelque chose qui ne lui plaisait pas. Surtout maintenant qu'il avait entendu la version des faits d'Angélique.

— Harry, ne sois pas ridicule. Et je ne te ferai jamais une chose pareille.

Il hocha la tête sans mot dire et regagna ses appartements, laissant sa place à Stella.

— Je suis désolée pour Nanny Latham, madame, dit la femme de chambre en sculptant la chevelure de sa maîtresse. C'était une gentille fille et une bonne nurse.

— Pas si gentille que nous l'avons cru, apparemment. Je ne veux pas pour s'occuper de mes enfants d'une traînée qui racole mes amis.

Stella ne répondit pas. Sarah lui avait tout raconté. Mais elle savait bien que la parole d'une domestique avait moins de poids que celle d'un invité. D'autant qu'elle voyait clair dans les intentions d'Eugenia, même si son mari était dupe.

En bas, Angélique disait au revoir à M. Gilhooley.

— Je vous en supplie, croyez-moi, je n'ai rien fait de mal.

— Je vous crois, assura-t-il. Prenez soin de vous, mademoiselle. Soyez prudente.

Elle hocha la tête et monta dans la charrette à l'arrière de laquelle un garçon d'écurie avait chargé ses bagages. M. Gilhooley la regarda partir, les larmes aux yeux.

Le trajet jusqu'au pub ne fut pas long. L'établissement était bondé d'hommes qui buvaient et chahutaient. Il y avait du bruit ; cela sentait la bière. Il leur restait trois chambres libres. Elle demanda à quelle heure passait la prochaine diligence pour Londres. À minuit, lui répondit-on. Voulait-elle la prendre ? Elle jugea que cela valait mieux que de passer la nuit dans un pub plein d'ivrognes. Elle loua une chambre pour quelques heures afin d'y attendre plus au calme.

— Voudrez-vous manger quelque chose ? lui proposa le palefrenier tandis qu'il montait ses bagages.

— Non, merci.

Elle songeait aux enfants qu'elle avait laissés, au voyage qui l'attendait, à son arrivée à Londres. Elle ne savait pas où aller, elle ne connaissait personne. Et ses petits chéris qu'elle ne reverrait jamais... Son cœur se serra.

À l'arrivée de la diligence, elle pria un valet d'écurie de charger ses affaires. Elle garda sa mallette sur ses genoux. Dans la voiture, il n'y avait qu'un homme avec elle. Il s'assoupit à peine assis. Il paraissait avoir beaucoup bu. Quelques minutes plus tard, les chevaux se mettaient en marche. Secouée par les cahots de la route, Angélique ne parvint à s'endormir qu'à l'approche de Londres.

Le soleil se levait sur la ville. Elle se souvint d'un petit hôtel très correct tout près de la maison de son père, à Grosvenor Square. Elle songea à l'argent qu'il lui avait laissé... Grâce à lui, elle ne mourrait pas de faim et aurait un toit sur la tête. Car elle aurait très bien pu se retrouver à la rue, indigente. Elle comprenait maintenant comment cela pouvait arriver.

Certes, descendre dans un hôtel convenable allait lui coûter un peu cher. Mais c'était le prix de sa sécurité. Elle y avait réfléchi toute la nuit. Dès qu'elle aurait déposé ses affaires, elle irait rendre visite à l'ancienne gouvernante dont lui avait parlé Helen. Il devait bien exister un moyen de repartir de zéro.

10

Puisant dans les gages que lui avait versés M. Gilhooley au moment de son départ, Angélique loua une voiture pour se rendre à l'hôtel qu'elle connaissait. Malgré la dépense, elle préférait éviter de se retrouver dans un quartier dangereux ou en mauvaise compagnie. À la réception de l'établissement, elle donna le nom de Mme Latham, prit son petit déjeuner à la salle à manger et se rendit chez Mme McCarthy, cette ancienne gouvernante qui aidait les femmes de chambre, les gouvernantes et les nurses qu'elle jugeait recommandables à retrouver une place.

Elle accueillit Angélique avec circonspection et la fit entrer dans sa toute petite maison avant de la prier d'attendre quelques instants. C'était une femme d'un certain âge, aux cheveux gris et à l'air sérieux. Elle proposa à Angélique une tasse de thé, qu'elles burent à la cuisine. Angélique avait mis une robe noire très simple et s'était fait un chignon. Elle expliqua qu'elle cherchait une place de nurse et qu'elle avait travaillé seize mois chez les Ferguson, dans le Hampshire, où elle s'était occupée de six enfants dont l'un était toutefois pensionnaire depuis septembre.

— Vous étiez seule pour six enfants ?
— Oui. Avec l'aide d'une femme de chambre.

Son interlocutrice parut à la fois étonnée et impressionnée.

— Quel âge avez-vous ? voulut-elle savoir.

Cette fille lui paraissait bien trop jeune pour être capable de s'occuper d'une telle fratrie. Elle avait entendu parler des Ferguson. On disait qu'ils menaient grand train. Comment se faisait-il qu'ils n'aient pas deux nurses ?

— Je viens d'avoir vingt ans.

— Vous êtes bien jeune, répondit son hôtesse en souriant. Où travailliez-vous, avant cela ?

— Nulle part. Je vivais chez mon père dans le Hertfordshire. Je l'aidais à tenir sa maison.

Elle n'en précisa pas la taille, mais Mme McCarthy devinait à son allure et sa façon de parler que c'était une jeune fille de bonne famille.

» Mon père est mort il y a presque un an et demi, reprit Angélique. Mon frère a hérité de tout et je me suis retrouvée contrainte de travailler.

— Je suppose que les Ferguson vous ont donné de bonnes références ?

Angélique la fixa un instant sans répondre, puis secoua la tête.

— Non, avoua-t-elle.

Elle lui raconta alors l'événement qui avait causé son renvoi.

— Vous n'imaginez pas combien c'est courant, lâcha Mme McCarthy. J'entends ces histoires tout le temps. Voilà pourquoi j'essaie d'aider les jeunes filles à retrouver du travail. C'est souvent le mari qui se conduit de cette manière. Plus rarement les invités. C'est un personnage peu recommandable...

— Oui. Je ne comptais rien leur dire, mais il a menti sur mon compte. Et c'est lui qu'ils ont cru.

— Cela ne m'étonne pas. Par crainte que vous le dénonciez, sans doute, il s'est hâté de leur donner une autre version des faits pour se protéger. C'est bien triste pour les enfants...

Angélique acquiesça, les yeux brillants.

— Je suis persuadée que vous êtes une excellente nurse, assura la vieille gouvernante. Une fille aussi jeune que vous capable de s'occuper seule de six enfants en bas âge est forcément douée pour ce métier. Qui plus est, cela a l'air de vous plaire.

— Oui, confirma-t-elle en souriant.

— L'ennui, c'est que, sans références, je ne vais pas pouvoir vous aider à trouver une autre place. Les gens vont penser que vous avez laissé tomber le bébé, que vous avez volé ou couché avec le mari, que sais-je encore ? Si vous aviez des références antérieures, nous pourrions mettre ce renvoi sur le compte de votre employeur. Hélas, sans rien, je ne peux même pas vous recommander comme femme de chambre. Je suis sincèrement navrée.

— Que puis-je faire, alors ?

Angélique ne chercha pas à cacher son désespoir. Elle avait confiance dans cette femme et les conseils qu'elle lui donnerait.

— Vous pouvez répondre aux petites annonces des journaux, toutefois vous ne serez certainement pas retenue. Pas de références, pas de place. Personne ne voudra courir le risque, ce qui est compréhensible. Surtout quand il s'agit d'enfants... » Une idée sembla traverser son esprit. « Parlez-vous des langues étrangères ? L'allemand ? Le français ? L'italien ? J'ai connu une famille très bien, à Florence, il y a quelques années. La femme était anglaise, bien sûr. Mais les enfants sont trop grands, maintenant.

— Je parle couramment français – je suis à moitié française – et je l'ai enseigné aux petits Ferguson.

— Décidément, vous êtes surprenante pour une débutante, dit Mme McCarthy, impressionnée. Ils ont été bien sots de vous congédier sur la foi des racontars de cet homme. Ils le regretteront un jour ou l'autre, et sans doute plus tôt qu'on ne croit. Dans ce cas, essayez de trouver un poste en France. On vous demandera sans doute des références, mais ils sont tout de même moins stricts que nous. Quelqu'un vous donnera peut-être votre chance. Proposez d'enseigner l'anglais aux enfants. Je connais une dame qui fait la même chose que moi à Paris. Nous avons travaillé ensemble autrefois.

Elle inscrivit le nom de son amie sur un papier et le tendit à Angélique.

— Je ne peux pas faire plus pour vous, je le crains. Vous ne trouverez rien ici. Si ce monsieur voulait se venger de vous pour n'avoir pas cédé à ses avances, il a réussi.

— Je crois aussi que Mme Ferguson n'était pas mécontente de se débarrasser de moi.

— Pourquoi cela ? fit la vieille dame en haussant un sourcil – Angélique avait-elle commis quelque impardonnable péché, tout compte fait ?

— Jalousie, je suppose. Mme Ferguson convoitait cet homme...

— Dans ce cas, mon enfant, vous n'aviez vraiment aucune chance de vous en sortir. S'il a prétendu que vous aviez essayé de le séduire, il était certain qu'elle allait se débarrasser de vous. À mon avis, il savait parfaitement ce qu'il faisait en racontant cette histoire. Vous êtes la victime, je n'en doute pas un instant, mais cela ne changera rien. La seule solution, pour vous, est d'aller tenter votre chance en France. Ou peut-être en Amérique, à New York, quoique ce soit peut-être un peu extrême. Non, essayez d'abord la France, puisque vous parlez français.

Sur ce, elle se leva et serra la main d'Angélique en lui souhaitant bonne chance. Celle-ci sortit, hébétée. Elle ne trouverait pas de place ici. Il fallait qu'elle quitte l'Angleterre. Qu'elle s'exile à l'étranger... Elle avait visité Paris avec son père, mais cela faisait des années. Toutefois, elle n'avait pas le choix. Et puis, la France était moins loin que l'Amérique. Elle pourrait revenir.

À l'hôtel, elle se renseigna sur les bateaux qui traversaient la Manche. On lui expliqua qu'il fallait embarquer à Douvres et qu'ensuite elle débarquerait à Calais, d'où elle pourrait prendre une diligence ou louer une voiture jusqu'à Paris. Le réceptionniste lui proposa de s'occuper des réservations pour elle. Elle accepta. À quoi bon rester à Londres si elle n'avait aucune chance d'y dénicher une place ? Elle partirait dès le lendemain. Cela lui laissait une nuit dans une chambre propre et confortable, ce qui n'était pas du luxe après ce voyage dans la diligence crasseuse qui l'avait amenée du Hampshire.

L'après-midi, elle alla jusqu'à la maison de son père sise sur Grosvenor Square. Elle s'attendait presque à tomber sur Tristan ou Elizabeth, mais tout était fermé. Elle regagna lentement son hôtel, le moral au plus bas. Que lui réservait Paris ? Y trouverait-elle un emploi ? Sans références, il était à craindre que personne ne veuille d'elle. Sir Bertram et les Ferguson l'avaient mise dans une situation dramatique. Pourvu, pourvu que quelqu'un lui donne sa chance et l'engage comme nurse...

Elle passa la soirée à l'hôtel et demanda qu'on lui monte un plateau dans sa chambre. Elle préférait être seule. Elle n'avait pas envie de rencontrer des gens dans la salle à manger. Elle n'aurait su que leur dire.

Elle dormit mal, cette nuit-là, songeant aux amis qu'elle avait laissés chez les Ferguson, aux enfants, et s'inquiétant de ce qui l'attendait à Paris. Elle se sentait seule au monde. Elle passa un long moment, assise dans son lit, à contempler le petit portrait de son père. Il lui manquait plus que jamais.

Elle se leva aux aurores le lendemain matin et mit une tenue de voyage. L'hôtel lui avait commandé une voiture pour l'emmener à Douvres. Le trajet dura onze heures. Elle atteignit Douvres en fin d'après-midi. Elle paya sa traversée, laquelle se ferait à bord d'un petit vapeur à aubes. Le voyage était bref, mais souvent agité. Du reste, un vent assez fort s'était levé. Elle resta prendre l'air sur le pont et regarda l'Angleterre rapetisser derrière eux. Le bateau se mit à tanguer et à rouler. Elle gagna la petite cabine qu'elle avait réservée, où elle attendit, seule, l'accostage en France. Malgré le fort clapot, elle ne fut pas malade.

Elle songeait à Paris. Le réceptionniste de l'hôtel à Londres lui avait indiqué un établissement respectable et pas trop cher situé dans un bon quartier de la capitale française. Elle irait voir l'amie de Mme McCarthy dès le lendemain.

L'air de la mer la revigora. En débarquant à Calais, elle avait récupéré de son long trajet en voiture. Elle avait les idées claires et n'éprouva aucune difficulté à faire les démarches nécessaires. Elle parlait aussi bien français qu'avant. Avec deux autres passagers, français l'un et l'autre, qui se rendaient à Paris, elle loua une voiture. On vérifia ses papiers d'identité, qui étaient en règle. Elle eut juste le temps de boire une tasse de thé dans un restaurant proche du port, puis ce fut l'heure de se mettre en route. Sa mallette fermée à clé posée sur les genoux, Angélique s'endormit.

Elle se réveilla à l'arrivée à Paris au petit matin. Il fallut alors prendre une autre voiture pour gagner le quartier de Saint-Germain-des-Prés, sur la rive gauche, où se trouvait son hôtel. Enfin s'achevait un voyage qui avait duré plus de vingt-quatre heures.

L'établissement des Saints-Pères était absolument charmant. Le hall était bien décoré et on lui donna une chambre claire et ensoleillée avec une jolie vue sur un jardin, une église et un petit parc. Immédiatement, elle se sentit bien dans ce nouveau lieu. Elle allait pouvoir commencer une nouvelle vie, loin des Ferguson et loin de son frère, laissant derrière elle les chagrins et les déceptions des dix-huit derniers mois. Certes, il allait falloir qu'elle retrouve une place de domestique. Néanmoins, pour le moment, elle était libre.

Elle laissa ses bagages et la mallette dans sa chambre et sortit se promener. Elle écouta avec plaisir les gens parler français autour d'elle, regarda passer les attelages, des plus élégants et des plus sportifs aux simples voitures de livraison. La ville fourmillait d'activités. Dans les parcs, il y avait de belles statues, de beaux arbres. Elle regagna son hôtel, apaisée et pleine d'espoir.

Irait-elle au musée royal du Louvre, le lendemain matin ? Ou rue du Faubourg-Saint-Honoré, pour y admirer les beaux hôtels particuliers ? Non, décida-t-elle. Il fallait commencer par sa visite à Mme Bardaud, l'amie de Mme McCarthy. Elle se promènerait dans Paris après. Cette perspective lui rappela le merveilleux séjour qu'elle y avait fait avec son père. Ils étaient descendus à l'hôtel Meurice, rue de Rivoli...

Elle sentait en elle un lien étrange, inexplicable avec cette ville, comme si, par le seul fait du sang français qui coulait dans ses veines, elle se retrouvait chez elle. Si seulement elle avait pu connaître sa mère et sa famille maternelle... Le château familial avait été reconstruit après la Révolution et appartenait désormais à quelqu'un d'autre ; elle ignorait qui. Elle se savait apparentée de loin à Charles X, qui régnait actuellement, quinze ans après la Seconde Restauration qui avait suivi les Cent-Jours. Mais à quoi cela lui servirait-il, maintenant ? Ce qu'il lui fallait, c'était une place, et tout le sang bleu de la terre n'y changerait rien – pas davantage ici qu'en Angleterre, où elle était une petite-cousine du roi George IV par son père.

Elle avait beau être liée aux rois de deux pays et fille de duc, elle en était réduite à s'engager comme domestique et se trouvait à la merci de qui voudrait bien l'employer. Son seul rempart contre le dénuement le plus complet était la bourse de son père serrée dans sa mallette. Sans cela, elle aurait été littéralement à la rue. D'ailleurs, elle avait dû puiser quelque peu dans l'argent de son père pour payer son hôtel parisien, le début du voyage ayant consommé presque tous ses gages.

Pour l'heure, elle devait donc gagner sa vie. Elle ne savait même pas si elle préférait vivre en Angleterre ou en France. Elle n'avait d'attaches ni dans un pays ni dans l'autre. Elle flottait entre le monde qu'elle avait perdu et celui qu'elle n'avait pas encore trouvé. Elle se sentait à la dérive. Où accosterait-elle ? Elle n'en avait aucune idée. Tous les liens qui l'avaient construite avaient été sectionnés par la mort de son père et par Tristan.

Le lendemain matin, elle se réveilla tard. Ouvrant les yeux dans cette chambre inconnue, elle commença par se demander où elle était. Puis elle se souvint et regarda par la fenêtre. Elle se rappela également ce qu'elle avait à faire : aller voir Mme Bardaud. Bientôt – tout du moins il fallait l'espérer –, elle reprendrait une vie de service.

Elle enfila une robe foncée et sobre et descendit dans la petite salle à manger de l'hôtel, où elle commanda un café et des croissants. Après quoi, elle demanda à la réception comment se rendre à l'adresse que lui avait donnée Mme McCarthy.

Elle décida d'y aller à pied. C'était une agréable promenade par cette belle journée de printemps. Elle songea aux petits Ferguson. Qu'ils lui manquaient... Mais elle devait se préoccuper de sa vie à elle, de son avenir.

Mme Bardaud habitait au troisième étage d'une petite maison étroite non loin de son hôtel, mais de l'autre côté de la Seine. Angélique frappa à sa porte. La dame qui lui ouvrit avait l'air d'une grand-mère. Elle lui expliqua qu'elle était envoyée par Mme McCarthy. Mme Bardaud avait été gouvernante à Londres avant son mariage. Elle invita Angélique à entrer et la fit asseoir.

— En quoi puis-je vous aider ? s'enquit-elle gentiment.

Angélique lui dit qu'elle cherchait une place de nurse ou de gouvernante et qu'elle pouvait enseigner l'anglais aux enfants si les parents le souhaitaient. Elle lui parla de son dernier et seul poste, faisant valoir qu'elle s'était occupée seule ou presque de six enfants en bas âge.

— Et la raison de votre départ ?

Angélique lui expliqua franchement ce qui s'était passé et avoua qu'elle n'avait aucune référence à produire pour ces seize mois de travail. Elle n'avait que sa parole à donner.

» Je vous crois, mon enfant, assura la dame, mais je ne connais personne qui soit susceptible de vous engager sans une lettre de recommandation. Qu'est-ce qui prouve, aux yeux d'un employeur, que vous n'avez pas volé votre précédent patron ou commis un acte plus répréhensible encore ?

Ainsi, c'était la même chose ici qu'à Londres. Elle ne trouverait pas de place dans une bonne maison. Tout au plus pourrait-elle faire la vaisselle ou laver par terre quelque part.

— Que vais-je devenir ? lâcha-t-elle tout haut en ravalant ses larmes et en prenant congé.

Elle se retrouva dans la rue, complètement hébétée, perdue. Que faire ? Où aller ? Elle songea à la suggestion de Mme McCarthy. Fallait-il essayer l'Amérique ? Mais là-bas aussi, ils exigeraient des références.

Elle marcha lentement jusqu'au jardin des Tuileries. Paris était superbe, mais elle n'y avait pas d'amis, personne qui puisse la protéger. Qu'allait-il advenir d'elle ? Elle s'assit sur un banc, s'efforçant de ne pas céder à la panique, tentant d'échafauder un plan. En vain. Elle rentra à l'hôtel et lut un moment pour échapper à ses soucis. L'hôtel l'engagerait-il comme femme de chambre ? Elle était trop embarrassée pour poser la question.

Elle resta dans sa chambre jusqu'à la nuit tombée, puis ressortit. Elle dîna dans un restaurant, mais se sentait mal à l'aise, seule à l'extérieur pour la première fois de sa vie. Les hommes la regardaient, les couples également. Sur le chemin du retour, elle se perdit. Emprunta une ruelle inconnue, puis une autre... Il faisait noir. Elle se mit à avoir peur. Un gémissement la fit sursauter. Elle fouilla la rue du regard. Était-ce un chat, un chien ? Ce cri n'avait rien d'humain.

Elle allait s'enfuir en courant quand elle découvrit une silhouette dans le caniveau. Elle entendit un second gémissement. Elle s'approcha doucement, se baissa et découvrit une jeune fille avec une entaille sur le front, le visage en sang. L'un de ses yeux fermés était poché. Angélique la crut un instant inconsciente. Mais la petite ouvrit son œil indemne.

— Allez-vous-en, fit-elle dans un souffle haché. Laissez-moi.

Ses lèvres étaient toutes gonflées ; elle articulait si mal qu'Angélique comprit à peine ce qu'elle disait.

— Vous êtes blessée, observa-t-elle avec sollicitude. Je vais vous aider.

Il fallait la conduire à l'hôpital. Mais comment faire ? La fille était en robe de satin rouge, sans manteau, avec un ruban noir dans les cheveux. Quelqu'un s'en était pris à elle avec une violence inouïe.

» Voulez-vous que j'appelle la police ? reprit Angélique. Elle secoua la tête, visiblement effrayée.

— Pas la police. Laissez-moi, je vous en prie.

— Il n'est pas question que je vous laisse comme cela, déclara Angélique. Je vous ramène chez vous, ou à l'hôpital, si vous préférez.

À ces mots, la jeune fille se mit à pleurer. On eût dit une poupée de chiffon abandonnée dans le ruisseau. Sa robe était toute sale.

» Vous ne pouvez pas rester ici toute la nuit, insista Angélique. La police va vous trouver. Êtes-vous en état de vous lever ?

Elle n'en avait pas l'air, et encore moins de marcher.

— Je reviens, promit Angélique en s'éloignant rapidement.

Elle avait vu des fiacres dans une rue voisine. Il lui fallut plusieurs minutes pour trouver une voiture et indiquer la ruelle au cocher. La malheureuse gisait toujours au même endroit et semblait dormir. Angélique la secoua doucement et la porta presque jusqu'à la voiture, dans laquelle le cocher la hissa.

— Elle est en piteux état, constata-t-il.

— Elle est tombée dans l'escalier, dit Angélique sans se démonter.

Elle lui donna l'adresse de son hôtel puis grimpa à côté de la jeune fille avachie sur la banquette. Elle ôta sa cape noire pour l'en envelopper. L'autre entrouvrit les yeux et la regarda.

— L'hôpital ou mon hôtel ? demanda Angélique.

— Votre hôtel, répondit la jeune fille en gémissant.

Son corps était en bouillie, ses côtes devaient être cassées ; le simple fait de respirer la faisait souffrir.

» Vous auriez dû me laisser, ajouta-t-elle d'un air misérable.

— Certainement pas, déclara Angélique avec la même fermeté que si elle s'adressait à un enfant.

Quelques instants plus tard, ils arrivaient à l'hôtel. Le cocher l'aida à faire descendre la blessée, toujours enveloppée dans sa cape. L'une portant presque l'autre, les deux femmes entrèrent dans l'hôtel. Occupé, le réceptionniste ne leur prêta qu'une attention distraite. Angélique monta dans sa chambre avec sa protégée et la traîna pratiquement jusqu'au lit. La jeune fille était au bord de l'évanouissement ; elle lui adressa un regard reconnaissant à travers ses larmes.

— Je suis désolée, dit-elle alors que la douleur lui faisait fermer les yeux.

Angélique alla chercher des serviettes et une chemise de nuit, lui lava doucement le visage et la déshabilla. Elle portait une robe bon marché et un parfum trop fort, mais Angélique ne prêtait attention qu'aux plaies, aux hématomes et au sang séché sur son visage. Il lui fallut du temps pour la débarbouiller. Ensuite, elle lui ôta son ruban et lui lissa les cheveux. Une fois propre, la jeune fille avait déjà davantage figure humaine. Elle but une gorgée d'eau et se laissa tomber contre les oreillers avec un gémissement de douleur.

— Comment vous appelez-vous ? s'enquit Angélique.

— Fabienne.

— Connaissez-vous la personne qui vous a fait cela ?

La malheureuse secoua la tête, referma les yeux et ne tarda pas à s'endormir. Angélique s'installa dans un fauteuil à son chevet et somnola. Elle sursauta quelques heures plus tard, réveillée par les cris de sa protégée.

— Là..., fit-elle doucement. Tout va bien. Vous n'avez rien à craindre.

Fabienne la fixa, un instant égarée, avant de se rappeler comment elle était arrivée ici.

— Pourquoi m'avez-vous aidée ?

Elle ne comprenait pas. Elle se retrouvait dans une chambre inconnue, dans un lit confortable, avec des draps propres. Pour quelqu'un qui avait été roué de coups et abandonné dans le caniveau, le contraste était fort.

— Je n'allais pas vous laisser dans la rue, objecta simplement Angélique.

Elle se mit en chemise de nuit à son tour et passa un peignoir.

» Comment vous sentez-vous ?

— Très mal, avoua Fabienne en esquissant un sourire de ses lèvres tuméfiées. Mais je suis si contente d'être ici. Vous devez être un ange.

Angélique examinait son visage couvert d'ecchymoses. Il était joli, malgré les contusions. Et la plaie qu'elle avait au front n'était pas aussi grave qu'elle l'avait craint, même si elle risquait de laisser une cicatrice.

— Pas du tout, assura-t-elle en souriant. Je suis passée par là au bon moment, c'est tout. Êtes-vous sûre de ne pas vouloir aller à l'hôpital ? Sinon, je peux faire appeler un médecin, si vous le souhaitez.

Fabienne secoua la tête, l'air à nouveau inquiète. Manifestement, elle avait peur de toute forme d'autorité. Avait-elle quelque chose à se reprocher ?

— Qu'avez-vous fait pour vous retrouver blessée comme cela ?

Fabienne haussa les épaules sans répondre et détourna le regard. Quoi qu'elle ait pu faire, songea Angélique, cela ne méritait pas une telle correction. Puis elle se rappela la robe de satin rouge, le nœud dans les cheveux et le parfum trop fort et devina la situation. La jeune fille devait être une prostituée. Cependant, cela ne changeait rien. Une seule chose comptait : Fabienne avait besoin d'elle. Cette dernière lut dans ses yeux qu'elle avait compris.

— Quel âge avez-vous ? demanda Angélique.
— Dix-sept ans.
— Vous avez de la famille ?
— Non.
— Moi non plus, dit Angélique en reprenant place dans le fauteuil et en baissant la flamme de la lampe.

Fabienne était assise dans le lit et la fixait, les yeux grands ouverts, quand Angélique se réveilla le lendemain matin.

— Il va falloir que je parte, dit-elle.
— Vous avez où aller ?
Fabienne mit du temps à répondre. Finalement, elle secoua la tête et expliqua :
— Je me suis enfuie.
— C'est pour cela qu'on vous a battue ?
Elle secoua encore la tête.
— Je suis partie de la maison à quinze ans. Mes parents étaient morts et on m'avait envoyée vivre chez mon oncle et ma tante. Il était très méchant et... il... il... se servait de moi... tout le temps. Ma tante ne disait rien. Il était tout le temps ivre et elle aussi... alors je me suis enfuie. Je suis montée de Marseille à Paris pour trouver du travail. J'ai essayé de trouver une place dans un restaurant, dans un magasin, dans un hôtel. J'ai fini par être prise pour laver les sols dans un hôpital, mais ils m'ont renvoyée quand ils ont découvert mon âge. Je ne trouvais pas de travail, je n'avais pas d'argent, rien à manger. J'avais tout le temps faim et froid. Quelquefois, je me cachais pour dormir dehors.

» J'ai rencontré une femme qui m'a dit qu'elle pouvait m'aider. Elle m'a expliqué que d'autres filles habitaient chez elle, qu'elles étaient comme une famille. Je ne savais pas quoi faire, alors je l'ai suivie. C'est là que j'ai compris ce qu'elles faisaient. C'était comme mon oncle, mais avec des inconnus. Nous étions obligées de travailler pour elle sans arrêt. Nous étions cinq et ils la payaient pour nous utiliser. Elle gardait tout l'argent et ne nous donnait presque rien à manger. Nous étions toutes jeunes, sauf une qui était un peu plus âgée. Aucune de nous ne pouvait trouver de travail ailleurs. Elle disait qu'elle nous paierait mais elle ne nous donnait presque rien – et pas de vêtements, alors nous ne pouvions pas sortir. Nous restions assises en petite tenue toute la journée à attendre les hommes.

» J'ai passé deux ans là-bas. Je ne pouvais plus le supporter. Alors je me suis enfuie, une nouvelle fois, en me disant que si je faisais la même chose pour mon compte, au moins, je pourrais garder tout l'argent. Sauf qu'elle nous protégeait. Ce n'était pas une femme bien, mais elle ne laissait pas les hommes nous faire de mal. Enfin, pas trop. Il y avait des brutes... Si elle nous entendait crier, elle les arrêtait et les mettait dehors. Elle nous avait inscrites à la Gendarmerie royale, donc sa maison était légale. Ce n'est pas le cas des filles qui travaillent dans la rue. Nous n'avons pas le droit. L'autre jour, un policier m'a arrêtée. Il m'a dit qu'il me laisserait partir si je m'occupais de lui, et il n'était pas tendre ! Je n'ai plus personne pour me protéger. Il y a des hommes vraiment épouvantables. C'est la troisième fois que je me fais battre ; cette fois, c'est pire que les précédentes. Il a pris tout mon argent, il m'a frappée et il est parti. Je connais d'autres filles de la rue. Il y en a une qui a été poignardée à mort le mois dernier. Elle avait seize ans. Je crois que je vais devoir retourner chez Mme Albin, si elle veut bien de moi. Elle tient sa maison correctement. Je ne peux pas continuer toute seule, comme ça.

Angélique s'efforça de dissimuler le choc que lui faisait ce récit. C'était l'histoire tragique de la misère et du désespoir, de ces jeunes filles qui n'avaient nulle part où aller, personne vers qui se tourner, et qui se retrouvaient exploitées par des femmes comme cette Mme Albin, brutalisées par les hommes et contraintes de vendre leur corps.

Angélique aurait pu être scandalisée par le métier qu'exerçait Fabienne. Toutefois, elle se rendait compte que cela pouvait arriver très vite. Les filles sans travail, sans argent et sans toit se trouvaient facilement réduites à cette extrémité. Elle-même ne parvenait pas à se placer, sans références. Si elle n'avait pas eu l'argent de son père, elle aurait été elle aussi dans une situation désespérée.

— Et vous, que faites-vous ? demanda Fabienne. Vous devez être riche, pour habiter dans un hôtel comme celui-ci.

— Pas tant que cela, répondit Angélique honnêtement. Je suis nurse. Du moins je l'étais jusqu'à il y a quelques jours. J'ai été renvoyée sans références. Je vivais en Angleterre. Je n'ai pas retrouvé de travail à Londres, si bien que je suis venue ici.

— Vous parlez drôlement bien français.

— Mon père m'a fait donner des leçons quand j'étais petite parce que ma mère était française. Elle est morte à ma naissance... Donc, vous voyez, je cherche du travail, moi aussi. Et sans recommandation, je n'en trouve pas.

Fabienne hochait la tête avec intérêt.

— Je pourrais vous présenter à Mme Albin...

Elle plaisantait ; elle voyait bien qu'Angélique n'était pas ce genre de fille. Elle avait l'air intelligente et bien élevée, distinguée même.

» Je crois que je vais retourner chez elle, si elle veut bien de moi, ajouta-t-elle tristement.

Elle avait voulu fuir cette vie d'esclave. Hélas, elle se rendait compte qu'elle ne le pourrait jamais.

— Vous pouvez rester ici quelque temps, proposa Angélique. Vous prendrez une décision quand vous vous sentirez mieux. Pour le moment, je ne vais pas bouger. Il faut que je trouve du travail.

— Non, je ne voudrais pas abuser de votre gentillesse. Et Mme Albin me laissera certainement quelques jours avant de me remettre au travail. De toute façon, personne ne voudrait de moi dans cet état.

Certains ne feraient pas les difficiles, pourtant. Les clients de Mme Albin n'étaient pas très regardants. Ce n'était pas une maison haut de gamme comme il en existait. Toutefois, il y avait beaucoup de passage et les affaires marchaient bien, même si la patronne était seule à en retirer les bénéfices.

» Est-ce que vous me détestez à cause de la façon dont je gagne ma vie ? demanda Fabienne avec inquiétude.

— Comment pourrais-je vous détester ? Je suis triste pour vous, au contraire. J'aimerais que vous ayez un autre moyen de subsistance, que vous ne vous fassiez ni frapper par les hommes, ni escroquer par Mme Albin.

Angélique était abasourdie par la vie que menait cette pauvre fille. Elle n'avait jamais vu la situation des prostituées sous cet angle, ne se doutait pas de ce qui les avait menées à cette existence, le désespoir, l'impossibilité de faire autre chose. C'était cela ou mourir de faim. Une fois prises au piège, elles n'avaient plus d'issue, plus de moyen de s'en sortir.

— Mme Albin n'est pas si méchante que ça, reprit Fabienne. Elle aussi, elle a fait ce métier. Elle sait ce que c'est. Elle est trop vieille, maintenant. Elle ne reçoit que les clients les plus âgés, qui viennent juste pour parler.

Eux aussi, ils sont trop vieux, fit-elle en souriant. Elle aime bien avoir des filles très jeunes. Les hommes préfèrent. Une des filles a quatorze ans. Mais elle fait plus.

Angélique découvrait d'un coup ce monde dont elle ignorait tout jusque-là et qu'elle espérait ne jamais connaître de plus près. Elle était désolée pour toutes ces filles... Fabienne avait l'air gentille et aurait pu mener une tout autre vie si elle avait eu plus de chance. Hélas, de son oncle à chez Mme Albin, le sort s'était acharné contre elle. Tout le monde s'était servi d'elle.

» Il y a des filles qui aiment le métier, précisa-t-elle. Enfin... celles qui gagnent de l'argent. Parmi celles qui travaillent dans la rue, certaines ont un souteneur. Mais eux aussi, ils les battent et leur prennent leur argent. Non, les seuls qui gagnent vraiment de l'argent sont les maquerelles comme Mme Albin et les souteneurs. Les filles, jamais, ou pas assez. Ils se servent de nous, comme des vaches à lait ou des brebis. Mme Albin dit que ça coûte cher de nous nourrir et de faire tourner la maison. Pourtant, elle ne nous donne pas grand-chose – et, de toute façon, nous ne mangeons pas beaucoup : nous n'avons pas le temps. Nous n'arrêtons pas de travailler du matin au soir. Les hommes viennent à toute heure : le matin en se rendant au travail, à l'heure du déjeuner quand ils peuvent sortir du bureau, le soir sur le chemin du retour. En soirée, quand leur femme dort ou les croit de sortie avec des amis...

» Il y en a aussi qui ne sont pas mariés et qui disent que c'est plus facile que de trouver une femme qui voudra bien le faire. Quelquefois, c'est parce que leur femme ne veut plus ou qu'elle attend un bébé. Les hommes viennent nous voir pour toutes sortes de raisons. Et certains juste pour parler. Il y en a qui sont gentils, mais c'est rare.

Toute cette histoire était bien triste. Fabienne parlait très simplement de sa vie et de son travail. C'était son métier, comme Angélique était nurse, point. Qu'aurait dit son frère si elle était devenue prostituée et non bonne d'enfants ?

» Vous croyez que vous allez rester à Paris ? lui demanda Fabienne.

— Je ne sais pas. Peut-être, si je trouve une place. À Londres, quelqu'un m'a suggéré d'aller tenter ma chance en Amérique, mais cela me semble bien loin. Et sans aucune garantie de décrocher une place.

— Ça me ferait peur de partir tout là-bas, avoua la jeune fille.

Angélique aimait bien parler avec elle. Elle avait l'impression de s'être fait une nouvelle amie.

— Vous avez faim ? lui demanda-t-elle.

La jeune fille hocha timidement la tête.

» Très bien ! Je reviens tout de suite.

Elle descendit chercher du café et des croissants en bas et revint avec deux plateaux. Elle avait délibérément laissé son sac à main dans la chambre. D'une part, il ne contenait pas beaucoup d'argent puisque l'essentiel de sa fortune était toujours enfermé dans la mallette, et d'autre part, elle faisait confiance à la jeune fille. Pourvu qu'elle ne se trompe pas... En tout cas, en son absence, elle n'avait touché à rien.

Un peu plus tard, Fabienne voulut se lever mais retomba sur le lit. Elle avait encore trop mal aux côtes.

— Je veux bien rester un jour de plus, fit-elle, toute pâle.

— Pas de problème. Je vais me promener, quant à moi, annonça Angélique. Je rapporte de quoi déjeuner.

— Merci.

Personne n'avait jamais été aussi gentil avec Fabienne, pas même du vivant de ses parents. Quant aux filles avec qui elle travaillait, elles se disputaient souvent. Angélique était bonne, elle s'en rendait compte, et très au-dessus de tous les gens qu'elle avait pu connaître. Dire qu'elle n'hésitait pas à partager sa chambre d'hôtel avec elle. Jamais elle n'avait vu un aussi bel endroit...

Comme promis, Angélique rapporta du pain, du pâté, du saucisson et des pommes. Fabienne dévora. Elle était affamée.

— Pardon, dit-elle, je n'avais rien mangé depuis deux jours.

— Ne vous en faites pas.

En rentrant, elle avait prévenu le réceptionniste que sa cousine l'avait rejointe, afin de ne pas avoir l'air de chercher à frauder. Il y aurait un petit supplément pour une seconde personne. Dans l'après-midi, elle s'entretint avec la gouvernante de l'hôtel. Celle-ci lui confirma que, sans références, elle ne trouverait pas de travail. Pas davantage comme femme de chambre dans un hôtel que comme nurse chez des particuliers. Peut-être, à la rigueur, l'engagerait-on pour laver par terre ou faire la vaisselle. En ne lui rédigeant pas de lettre de recommandation, les Ferguson l'avaient condamnée. Personne ne courrait le risque de l'engager. Elle remonta dans sa chambre, découragée. Fabienne dormait. Au réveil, elle semblait aller mieux.

— Alors, qu'a dit la gouvernante ? voulut-elle savoir.

— Que je ne pouvais espérer aucune place de nurse ou de femme de chambre... Je pourrais peut-être chercher un emploi de couturière...

— Vous allez vous abîmer les yeux – et c'est très mal payé. J'ai essayé, quand je suis arrivée à Paris. Ils exigent une très bonne vue. Vous savez cuisiner ?

Angélique hésita un instant mais secoua la tête.

— Pas vraiment. De toute façon, il me faudrait aussi des références.

Elle songea aux domestiques de Belgrave et des Ferguson, à tout ce qu'ils savaient faire. Ils travaillaient depuis toujours et avaient été recommandés dès leurs débuts, comme elle l'avait été par son frère. C'était la clé qui ouvrait les portes du monde du travail, or elle ne l'avait pas. Le désespoir commença à la gagner.

Le soir, pour dîner, elle rapporta d'un restaurant du quartier du poulet rôti garni de carottes et de pommes de terre ainsi que du pain. Elles dégustèrent tout cela dans la chambre tout en bavardant. Fabienne en savait bien plus long sur les hommes qu'Angélique. À vrai dire, celle-ci ne pouvait parler que des enfants dont elle s'était occupée et de son existence d'avant, qu'elle se garda de lui décrire trop en détail tout comme elle évita de lui dire qui était son père.

— J'aimerais bien me marier, un jour, avoua Fabienne innocemment, si un homme voulait de moi. Et avoir des enfants...

— C'est beaucoup de travail, les enfants, la prévint Angélique. Mon ancienne patronne a eu des jumeaux. Ils étaient adorables.

— L'accouchement n'a pas dû être une partie de plaisir, observa Fabienne, terre à terre.

— En effet. D'ailleurs, elle n'a plus voulu d'enfants après ça.

— Je réagirais sûrement comme elle, à sa place. Une des filles avec lesquelles je travaillais est tombée enceinte l'année dernière et a décidé de garder le bébé. Elle est allée chez ses parents pour la naissance et le leur a laissé en garde quand elle est revenue travailler. Elle est contente de le voir quand elle y retourne. Mais Mme Albin ne laisse pas souvent les filles rentrer chez elles. De toute façon, les parents ne veulent plus les voir en général. Celle qui a eu le bébé fait croire aux siens qu'elle est couturière à Paris. Moi, je ne suis jamais retournée à Marseille et je n'y retournerai jamais. Je déteste mon oncle.

Angélique la comprenait, après ce qu'il lui avait fait subir.

Bien fatiguées l'une et l'autre, elles se couchèrent de bonne heure. Au matin, Angélique, qui s'était réveillée la première, se mit à réfléchir. Fabienne lui avait ouvert les yeux sur un aspect bien sombre de la société. Les prostituées comme elle étaient des femmes mal vues et tenues à l'écart de la bonne société. N'empêche qu'elle avait entendu parler, à l'office, de certaines maisons où se rendaient les messieurs importants. Des espèces de clubs où ces femmes dites de mauvaise vie étaient très recherchées par les hommes. On les appelait « courtisanes ». C'était la face cachée d'un monde dont elle ignorait tout.

Soudain, il l'intriguait. Elle attendit avec impatience que Fabienne se réveille pour pouvoir l'interroger.

— Est-ce qu'il n'existe pas des maisons très huppées qui font la même chose que Mme Albin ? J'ai entendu des rumeurs à ce sujet. Des hommes très puissants les fréquentent pour y retrouver des femmes raffinées... sans leurs épouses.

— Bien sûr, confirma Fabienne d'un air entendu. Mais ce n'est pas du tout comme cela chez Mme Albin. Ces messieurs-là vont ailleurs. Les filles sont très élégantes, et c'est très cher, très secret et très luxueux, paraît-il. Je n'y suis jamais entrée.

Angélique la regarda dans les yeux. Elle se sentait comme une gamine prête à faire une bêtise. Elle réfléchit encore un instant.

— Que faudrait-il pour fonder une maison de ce genre ? finit-elle par demander.

Fabienne éclata de rire.

— Beaucoup d'argent. Une belle maison, très agréable. Des femmes magnifiques et bien habillées. Des choses délicieuses à manger et à boire. Sans doute des domestiques. Surtout, il faudrait que ce soit comme un club secret où tout le monde rêve de pouvoir entrer. Pour y arriver, il faut être très fortuné et connaître plein de gens importants.

— Tu connais des filles qui travaillent dans ce genre d'endroit ?

— J'en ai rencontré une, une fois. Elle disait qu'elle venait d'une des meilleures maisons de Paris, dans le quartier du Palais Royal. Mais elle s'était mise à boire, elle avait beaucoup grossi et je crois qu'elle a volé, aussi. Elle a été mise à la porte. Mais elle était très jolie. J'ai entendu dire aussi que deux filles s'étaient associées et avaient réussi à se faire une clientèle de gens importants. Elles ont gagné beaucoup d'argent et, depuis, elles ont pris leur retraite dans le Sud. Pourquoi tu me demandes tout ça ?

— Et si nous en fondions une, toutes les deux ? Ça paraît fou, je sais... Un établissement très haut de gamme, dans une jolie maison, avec de belles filles ? Un endroit agréable où des messieurs importants se retrouveraient entre eux et en galante compagnie ? Tu crois que tu pourrais trouver des filles intéressées ?

— Je peux essayer. Elles doivent déjà toutes être dans d'autres maisons, cela dit. Mais si c'est vraiment très bien, elles viendront peut-être – et elles amèneront leurs clients réguliers. Mais il va falloir beaucoup d'argent.

— Si c'est raisonnable, je pourrai peut-être réunir la somme, assura Angélique. Les filles seraient en sécurité chez nous, jamais maltraitées, et elles toucheraient une part équitable de l'argent gagné.

— Tu parles d'un hôtel ou d'une maison close ? demanda Fabienne pour la taquiner.

Angélique se piquait au jeu. Ce n'était certes pas ce que son père avait prévu en lui donnant cette bourse, mais qui sait ? Peut-être qu'en quelques années elle gagnerait suffisamment d'argent pour leur permettre à toutes de se retirer. Et cela vaudrait beaucoup mieux pour ces femmes que de travailler seules, sur le trottoir, ou dans de mauvaises maisons qui les exploitaient.

Du reste, Angélique avait-elle le choix ? Elle ne trouverait jamais de travail et l'argent de son père ne lui suffirait pas à acheter une maison et avoir de quoi vivre indéfiniment. C'était peut-être une façon ingénieuse de sortir de l'impasse où l'avaient jetée Bertie et les Ferguson.

— Je ne plaisante pas, assura-t-elle. Créons la meilleure maison close de Paris ! Une maison de luxe, avec les plus belles femmes de la capitale ! Les hommes les plus en vue feront des pieds et des mains pour y entrer... Si je trouve le lieu, crois-tu pouvoir dénicher des filles avec des relations et des clients importants ?

— Tu es sérieuse ? Vraiment ? dit Fabienne, abasourdie.

— Oui.

— Combien de filles souhaiterais-tu embaucher ? demanda-t-elle d'un air admiratif.

— Combien en faut-il ?

Angélique avait tout à apprendre du métier.

— Six, cela me paraît bien. Huit, c'est encore mieux. Et toi, travailleras-tu ?

Fabienne aurait été étonnée qu'elle l'envisage ; ce n'était pas son genre. Toutefois, on ne savait jamais. Certaines des prostituées les plus célèbres de Paris avaient l'air de femmes très respectables. Mais, comme elle s'y attendait, Angélique secoua la tête.

— Non. Je dirigerai la maison et je protégerai les filles. Je bavarderai éventuellement avec les clients. Mais je ne monterai pas dans les chambres. C'est mon unique condition.

— La plupart des patronnes sont comme ça, assura Fabienne. Même si certaines ont quelques clients personnels...

— Ce ne sera pas mon cas, répliqua Angélique avec la plus grande détermination.

— Très bien. C'est ta maison ; c'est toi qui décides.

— Trouve les filles. Qu'elles ne soient pas trop jeunes : il faut qu'elles aient une certaine expérience et qu'elles soient intéressantes. Qu'elles aient de la conversation.

Fabienne hocha la tête. Elle commençait à comprendre le projet d'Angélique. Il lui plaisait. Cela valait tellement mieux que de retourner chez Mme Albin ou de risquer sa vie sur le trottoir, seule, à se faire passer à tabac et à fuir la police...

— Tu crois que ça va marcher ? lâcha-t-elle, pensive.

Elle n'en revenait pas. Pour elle, c'était comme un rêve devenant réalité.

— Je ne sais pas. Mais il faut essayer. Ce sera la meilleure maison de Paris – ou rien !

Le destin venait d'ouvrir une porte à Angélique en mettant Fabienne sur son chemin. Elle sourit à la jeune fille. Pour l'une comme pour l'autre, une toute nouvelle vie commençait.

11

Ce jour-là, Angélique jeta les bases de son plan. Elle sortit d'abord toutes ses robes pour les examiner. Elle voulait se donner l'air d'une veuve respectable pour se mettre en quête d'une maison. Elle ferait passer Fabienne pour sa femme de chambre. Plutôt que d'acheter, elle louerait d'abord quelque chose dans un bon quartier, à l'abri des regards indiscrets.

Elle sélectionna une robe de soie bleu nuit à la taille pincée et à la jupe ample avec un col de dentelle et une cape assortie – une tenue qu'elle portait à Belgrave pour dîner avec son père –, une robe rouge sombre à col montant complétée par une étole, et enfin deux tenues de deuil, très sobres, qu'elle avait portées à la mort de son père. Elle sortit également de longs gants, l'éventail de sa mère et un petit sac à main acheté à Paris autrefois. Ainsi disposait-elle de toute la panoplie nécessaire pour être crédible dans sa recherche d'une maison bien située. Par ailleurs, en ajoutant un peu de dentelle au col d'une des robes de laine noire, elle la transformerait très facilement en uniforme de femme de chambre pour Fabienne.

Ces vêtements, de qualité, avaient très bien supporté les deux ans d'enfermement dans ses malles. Ce n'était pas le cas des chapeaux, malheureusement, qui sortirent abîmés et déformés. Elle examina attentivement ses toilettes. La mode, pour les jeunes femmes respectables, n'avait pas trop changé, d'autant qu'elle avait toujours porté des tenues plutôt discrètes, à l'opposé des vêtements dernier cri d'une Eugenia Ferguson.

— Où as-tu eu ces habits ? s'exclama Fabienne, qui n'en avait jamais vu d'aussi beaux.

— Je les avais avant de devenir nurse.

— Tu étais quoi ? Reine ?

Elle ne plaisantait qu'à moitié... Comme sa nouvelle amie ne répondait pas, elle comprit qu'elle avait ses secrets.

— Non, pas reine, bien sûr, finit tout de même par dire Angélique.

Elle regrettait d'avoir laissé ses autres vêtements à Belgrave, mais elle ne voyait pas comment les récupérer. Elle n'oserait jamais demander à Mme White de les lui envoyer. La gouvernante aurait voulu savoir pourquoi elle en avait besoin... Quant à Tristan, il ne consentirait jamais à les lui faire expédier. Du reste, il devait avoir tout jeté.

» Es-tu capable de te lever ? demanda-t-elle à Fabienne.

La jeune fille fit un essai, malgré ses côtes encore très douloureuses. Elle était légèrement plus grande qu'Angélique, mais avait une silhouette comparable, avec juste un peu plus de poitrine. Angélique présenta devant elle la plus simple des robes noires et plissa les yeux pour évaluer l'effet.

» Je vais pouvoir lâcher l'ourlet. Avec un peu de dentelle au col et aux poignets, tu feras une femme de chambre parfaite – et même très élégante, déclara-t-elle en souriant.

— Ah ? Je vais être femme de chambre ?

Fabienne parut déconcertée. Ce n'était pas ce qui était prévu.

— Juste le temps de chercher une maison à louer. Je suis veuve, tu es ma femme de chambre – ou ma jeune cousine. Nous arrivons tout juste de Lyon. Nous venons à Paris pour nous rapprocher de ma famille. De quoi ai-je l'air ?

Fabienne la regarda, perplexe.

— D'avoir quinze ans, répondit-elle franchement.

— Hum... Cela ne va pas. Que faire pour qu'on m'en donne vingt-cinq ou vingt-six ?

— Une robe plus sophistiquée, peut-être. Et plus décolletée.

— Nous verrons cela quand nous aurons la maison. Je ne veux pas que les clients sachent que j'ai vingt ans. Toi, tu peux être jeune, mais moi, ni les clients ni les filles ne me respecteront s'ils connaissent mon âge. J'aurai donc vingt-six ans. C'est bien, pour une jeune veuve.

— De quoi ton mari est-il mort ? demanda Fabienne en pouffant.

Elle aimait bien cette mise en scène. Jamais elle ne s'était autant amusée qu'avec cette fille pleine d'allant qui l'avait sortie du caniveau, accueillie dans sa chambre d'hôtel et soignée. Angélique était son ange de miséricorde. Et si elles menaient son plan à bien, ensemble, elles deviendraient deux petits démons.

— Je l'ai tué, déclara-t-elle, pince-sans-rire. Non, je ne sais pas... du choléra, de la malaria : quelque chose d'affreux. J'ai pour l'heure, tant que nous cherchons une maison, un immense chagrin. Ensuite, quand nous recevrons des clients, je serai une veuve joyeuse. Mais j'aimais profondément mon mari et je ne trahirai pas sa mémoire. Voilà pourquoi je resterai inaccessible aux clients. Ça te paraît comment, mon histoire ?

— Captivant. Je ne sais pas si tu es folle ou très, très intelligente.

— Un peu des deux, espérons. Assez folle pour l'imaginer et assez intelligente pour réussir.

De l'imagination, il en faudrait, pour créer de toutes pièces cet endroit secret et particulier, qui attirerait les hommes du monde. Si Angélique voulait que son entreprise aboutisse, c'était pour qu'un jour elle et toutes les filles qu'elle avait embauchées puissent se retirer et mener une vie tranquille, satisfaites et enrichies par leur travail.

En ce qui la concernait, Angélique ignorait où elle s'établirait. Elle n'avait ni lieu ni parents vers qui retourner. Se marier ? Elle n'aspirait nullement à tomber sous le joug d'un homme. C'était trop dangereux. Il y en avait tant de déloyaux... À commencer par ses frères, bien sûr, mais aussi le frère d'Eugenia ou Bertie... Harry Ferguson non plus n'était pas sans défauts, si on en croyait les bruits de couloir. Seul son père faisait exception, cet homme merveilleux, honnête, et qui avait tant aimé sa femme.

» Ce qui va nous manquer, reprit-elle, ce sont des chapeaux. Les miens sont en piteux état. Il faudrait quelque chose de tout simple pour toi, et d'un peu plus grand pour moi, pour me vieillir...

— Cela va coûter cher, non ?

— Il nous faudra aussi de belles toilettes pour les filles. Pas forcément hors de prix, mais élégantes, en accord avec la clientèle que nous visons. Vous ne pourrez les accueillir en petite tenue, comme chez Mme Albin. Il nous faudra un vrai salon, pour les recevoir comme les gentlemen qu'ils sont. Vos dessous, ils ne les découvriront que dans les chambres.

— Où vas-tu chercher tout cela ?

Fabienne n'en revenait pas. Angélique n'avait jamais fréquenté aucune prostituée jusqu'ici, et voilà qu'elle s'apprêtait à ouvrir une maison close de luxe, réservée au Tout-Paris.

— J'invente au fur et à mesure, avoua Angélique avec un sourire ravi. Tu te sens assez bien pour sortir, aujourd'hui ?

La coupure de son front cicatrisait bien et ses lèvres et son œil avaient dégonflé. Elle avait encore mal aux côtes et n'aurait pu mettre un corset, mais c'était inutile pour son rôle de femme de chambre.

— Oui, cela ira... Et moi, dans ton petit monde imaginaire, j'ai quel âge ? voulut-elle savoir.

Elle avait déjà le plus grand respect pour Angélique, qui avait déjà tant fait pour elle et comptait faire davantage encore. Elle avait dit à plusieurs reprises qu'elle protégerait les filles et les paierait à leur juste valeur. Si c'était vrai – or Fabienne la croyait –, ce serait décisif pour attirer des femmes intéressantes.

— Dix-huit ans, il me semble. C'est suffisant, je crois.

En la regardant et en l'écoutant parler, Fabienne se rendait compte qu'Angélique était de la haute société. Cela ne faisait aucun doute. Un accident de parcours avait dû bouleverser sa situation. Elle se gardait, cependant, de lui poser des questions indiscrètes. Peut-être qu'elle lui raconterait, un jour, quand elles se connaîtraient mieux...

Angélique descendit à la lingerie pour faire repasser leurs robes. Elle fit les modifications prévues à celle de Fabienne et l'aida à se coiffer, car la jeune fille ne pouvait pas lever les bras. Puis elle se vêtit à son tour. Elles sortirent de l'hôtel, très comme il faut, et prirent un fiacre pour se rendre chez une modiste dans le quartier Saint-Honoré. La boutique était tenue par une femme charmante, d'un certain âge, qui vendait toutes sortes de chapeaux, jusqu'aux plus extraordinaires. Fabienne les aurait bien tous essayés...

Angélique lui en offrit un bleu pâle, ravissant, qui encadrait joliment son visage, mais en prit également un noir tout simple pour sa tenue de femme de chambre imaginaire. Pour elle-même, elle en choisit trois, fort élégants.

Elles déjeunèrent dans un petit restaurant. La compagnie de la jeune fille donnait une contenance à Angélique, qui ne se sentait plus mal à l'aise. Fabienne, elle, allait de découverte en découverte ; elle devait se pincer pour se persuader qu'elle ne rêvait pas...

Elles se rendirent ensuite chez un notaire, qui s'occupait d'affaires immobilières. Fabienne faillit s'étrangler en entendant Angélique annoncer qu'il lui fallait beaucoup de chambres car ses six enfants allaient les rejoindre.

— Six enfants ? chuchota-t-elle quand le notaire sortit pour aller consulter son fichier dans une autre pièce. Tu n'y vas pas de main morte !

Angélique se contenta de sourire. L'homme revint avec la description de trois maisons à louer. La première était follement chère ; il sondait sans doute le terrain pour voir jusqu'où elle était prête à aller. Elle répondit poliment que c'était légèrement hors de son budget compte tenu de la pension que lui avait laissée son mari. Les deux autres étaient envisageables.

D'après les plans, l'une était assez mal agencée, avec des chambres trop tassées les unes contre les autres. L'autre, en revanche, offrait de belles pièces de réception au rez-de-chaussée, dix chambres – cinq au premier et cinq au second – ainsi qu'une très belle suite de maître, une cuisine et des pièces de service au sous-sol, et enfin, des chambres de bonne au grenier. Elle était en bon état, assura le notaire, et disposait d'un beau jardin. Les propriétaires, un riche industriel et sa famille, étaient partis s'installer à Limoges mais souhaitaient conserver la maison et la louer.

La bâtisse se trouvait en face d'un petit parc et à deux pas d'un second. Son seul défaut, c'est qu'elle était sise dans une impasse privée, en bordure d'un beau quartier, mais pas en plein cœur comme l'auraient préféré des locataires à la recherche de ce genre de demeure. Pour le projet d'Angélique, au contraire, c'était l'idéal. Les allées et venues de ces messieurs ne scandaliseraient pas les familles convenables. Une impasse, une situation limitrophe : elles n'auraient pu rêver mieux.

— Le secteur est-il sans danger ? prit-elle soin de demander d'un air un peu inquiet. Mes enfants sont jeunes, et je n'ai à mon service que des femmes. Nous ne pouvons nous permettre de vivre dans un quartier dangereux.

— Cela va sans dire, madame ! Je vous assure que vous n'aurez rien à craindre.

La maison était à louer depuis six mois. Sa localisation avait rebuté jusqu'ici les visiteurs, mais cette jeune veuve semblait plus hardie. Il faut dire que le prix de location en tenait compte. Il lui proposa un bail d'un an ou deux, selon sa préférence, renouvelable si la maison lui convenait à l'usage.

— Un an, cela me paraît très bien pour commencer. Avec la possibilité de renouveler si mes enfants s'y plaisent.

— Je n'en doute pas un instant, madame. Le parc juste en face est très agréable. Iront-ils à l'école ?

— Une gouvernante leur fait la classe à la maison. Je n'ai que des filles.

Fabienne observait avec fascination l'aisance avec laquelle son amie improvisait.

Le notaire leur indiqua qu'il y avait une remise pour deux voitures juste à côté. Encore un bon point, songea Angélique : cela serait probablement utile pour leurs clients.

— Avec une chambre au-dessus pour votre cocher, précisa-t-il encore. La maison est vraiment très bien.

— Quand pouvons-nous la visiter ?

— Il est un peu tard, aujourd'hui ; j'aimerais autant vous la montrer à la lumière du matin. Du reste, j'ai un autre rendez-vous cet après-midi.

Ils convinrent de se retrouver le lendemain à midi et se séparèrent en se serrant la main. Angélique et Fabienne rentrèrent en fiacre à l'hôtel.

— Tu veux vraiment louer cette immense maison ? s'enquit cette dernière. J'ai l'impression de rêver.

Oui, Angélique était déterminée. Cette maison lui semblait un don de Dieu – ou du diable, selon la façon dont on voyait les choses.

— Bien sûr que je le veux, assura-t-elle avec un regard malicieux.

— Et pour les meubles, qu'allons-nous faire ?

— En acheter. Mais c'est le cadet de nos soucis. Maintenant, l'important, c'est de dénicher des filles. Mais pas n'importe lesquelles, n'est-ce pas ? Des perles, des filles belles et intelligentes, qui fascineront ces messieurs.

Elle rit sous cape en songeant qu'Eugenia Ferguson aurait parfaitement fait l'affaire. C'était une belle femme, de petite vertu et qui aimait les hommes. Mais elle était fatigante et gâtée. Non, tout compte fait, il leur fallait mieux qu'Eugenia. Angélique pressentait qu'il leur faudrait trouver des femmes qui aiment s'occuper des hommes et leur faire plaisir. Au fond, c'était également une vie de service... d'un autre ordre. Il fallait être belle et élégante au salon, mais exotique dans la chambre à coucher. Les romans qu'elle aimait lire lui donnaient quelques indications ; elle imaginait le reste.

» Sais-tu où commencer à chercher ? reprit-elle.

— Il y a une fille de chez Mme Albin... Elle est jeune, très jolie et faussement innocente. Elle a beaucoup de succès. Les clients se sentent très importants avec elle, et, en même temps, elle n'a peur de rien. Elle n'est pas ravagée par l'alcool ou la drogue. Simplement, elle aime ce qu'elle fait – et elle le fait bien.

— Très bien, c'est un bon début. Mais il nous faudra également des femmes un peu plus âgées et plus sophistiquées. Des femmes à qui ces messieurs auront envie de parler. Qui sauront écouter, badiner, en plus d'être belles et élégantes...

Des femmes captivantes, mystérieuses, séductrices...

Elles pénétrèrent dans l'hôtel, chargées de leurs cartons à chapeaux. Dès qu'elles furent dans la chambre, Fabienne mit le joli chapeau bleu ciel que lui avait offert Angélique en dansant de bonheur.

— Merci ! lança-t-elle, radieuse. Merci pour tout ce que tu fais pour moi !

— Nous voilà complices, maintenant, répondit Angélique en essayant à son tour un chapeau.

On aurait dit des petites filles qui se déguisaient avec les affaires de leur mère. Cependant, Angélique prenait son projet très au sérieux. Les maisons closes étaient légales, de même que la prostitution, à condition que les prostituées soient déclarées à la gendarmerie. Bien sûr, la discrétion était de rigueur ; les activités devaient rester invisibles, cachées derrière les murs de la maison.

Angélique était confiante : si les prestations étaient à la hauteur, cela se saurait vite et les messieurs afflueraient. L'important était d'offrir un service irréprochable et de créer un lieu où ils se sentiraient encore mieux qu'à leur club ou chez eux. Les clients ne manquaient pas, elle le savait. Ils les attendaient, pour ainsi dire.

12

Le lendemain, elles visitèrent la maison avec le notaire et la trouvèrent idéale. Angélique voyait parfaitement comment elle allait l'aménager. Les propriétaires avaient laissé les lustres de la salle à manger, des pièces de réception et du hall. Le reste était à décorer. Elle avait appris à le faire à Belgrave et avait pu bien observer les deux maisons des Ferguson. Toutefois, elle souhaitait créer ici une atmosphère plus intime, plus chaleureuse, plus accueillante – sans dépenser une fortune pour autant. Il fallait que le visiteur se sente d'emblée comme enveloppé dans un cocon doux et réconfortant, de façon qu'il n'ait pas envie de repartir. Puis qu'il lui tarde de revenir. Tout devait concourir au bonheur suprême des clients.

Angélique annonça au notaire qu'elle prenait la maison, qu'elle avait trouvée propre, en bon état et aussi ensoleillée que promis. Elle reviendrait à son étude dans l'après-midi, avec le montant du loyer. Il demandait le premier mois d'avance, ce qui était fort raisonnable. Elle repassa à l'hôtel prendre la somme, puis à la banque pour changer ses livres sterling contre des francs.

Quelques heures plus tard, le mois était réglé et le bail signé pour un an. Par sympathie pour son statut de veuve, le notaire lui avait permis de signer seule, sans demander de preuve de sa situation. Elle lui paraissait au-dessus de tout soupçon et ne fit d'ailleurs aucune difficulté pour les questions financières. Il aimait que les affaires se concluent de cette manière et assura que le propriétaire serait ravi de louer à une aussi charmante famille – une veuve et ses six filles.

En sortant de son bureau, les deux amies contenaient difficilement leur excitation. C'était signé ! Leur rêve était en train de devenir réalité, à toute vitesse ! Cependant, il leur restait encore énormément à faire... Elles devaient acheter des meubles et engager des domestiques. Deux femmes de chambre et une cuisinière, estimait Angélique. Des femmes qui ne seraient pas choquées par ce qui se passait dans la maison. Un homme, aussi, pour les gros travaux et pour les protéger. Mais, surtout, Fabienne devait dénicher les perles rares. C'était la clé. Et pour que la sélection soit parfaite, Angélique tenait à rencontrer en personne toutes les candidates. Fabienne connaissait les filles de ce milieu, mais Angélique, elle, connaissait les hommes du monde.

Fabienne envoya un message à Juliette, la fille de chez Mme Albin dont elle avait parlé. Celle-ci mit cinq jours à trouver un prétexte pour sortir et lui donna rendez-vous dans un café. Quelle ne fut pas sa surprise de trouver Fabienne bien plus élégante qu'avant – puis de l'entendre parler d'Angélique et de son projet. Évidemment qu'elle désirait en faire partie ! Fabienne organisa donc un rendez-vous avec Angélique.

Juliette était charmante, en effet, trouva cette dernière. Avec son air de petit ange innocent, elle ne faisait pas ses dix-huit ans. Mais Angélique percevait chez elle – comme chez Fabienne – une sensualité cachée, et elle estima qu'elle plairait beaucoup à certains clients. Elle lui dit donc qu'elle la préviendrait quand elles seraient prêtes, d'ici un mois ou deux, espérait-elle. Angélique voulait bien faire les choses, sans se précipiter, même s'il lui tardait d'ouvrir. D'ici là, il faudrait que Juliette prenne son mal en patience chez Mme Albin et, surtout, ne dise rien.

Angélique passait la majeure partie de son temps à acheter des meubles. Dix lits à baldaquin furent livrés à la maison, ainsi que des mètres et des mètres de tissu pour les garnir, ce dont elle se chargea elle-même. Elle choisit également un lit plus petit pour elle. Vinrent ensuite les chevets, coiffeuses, grands fauteuils recouverts de soie ou de satin ; les tapis, qui seraient présents partout ; les lampes à huile... Une très belle table de salle à manger anglaise et ses chaises furent achetées, ainsi que des canapés merveilleusement profonds et des méridiennes de style égyptien pour se détendre dans le salon.

Angélique voyait déjà les filles s'y abandonner nonchalamment en bavardant avec leurs clients avant de monter. Elle choisit encore deux tables de jeu pour le salon et de somptueux rideaux de damas. La maison prenait forme. Elle dépensait l'argent de son père, certes, mais avec mesure et en ne dépassant pas le budget qu'elle avait établi. Ce qu'elle avait appris autrefois pour la gestion de Belgrave et son don pour les chiffres se révélaient bien utiles aujourd'hui.

À mesure que les meubles étaient livrés, elle composait un décor à la fois beau, chaleureux et opulent. Avec un éclairage adapté et flatteur, le soir, ce serait romantique à souhait. Elle acheta une multitude de miroirs pour le salon et les chambres à coucher, où Fabienne lui montra comment les placer stratégiquement. Au début, elles faisaient tout elles-mêmes. Cependant, elles convinrent bientôt qu'il leur fallait l'aide d'un homme. Les meubles étaient lourds et les rideaux, difficiles à accrocher. Seules, elles n'y arriveraient pas.

Angélique dénicha pour sa chambre des meubles qui lui rappelaient ses appartements de Belgrave. Elle s'était installée au grenier. Un choix conscient et stratégique... Elle s'y était aménagé une très jolie suite, à l'écart des filles. Elle y serait tranquille. Et elle s'était offert pour une bouchée de pain des toiles d'artistes français inconnus.

Les deux femmes reçurent plusieurs candidatures pour le poste d'homme à tout faire. Il fut délicat de faire comprendre à leurs interlocuteurs qu'ils allaient devoir protéger une maisonnée de femmes sans leur dire clairement quelle était la nature des services qu'elles proposeraient. Certains demandèrent s'il s'agissait d'une école, ou d'une pension. L'un d'eux ne posa d'abord aucune question. Entre Fabienne et lui, l'entente fut immédiate.

Physiquement, c'était un garçon bien bâti, avec de larges épaules. Il venait du Sud, comme elle, et parlait le même patois. Il avait été élevé à la ferme avec ses quatre sœurs. Son père était mort prématurément, et il s'était retrouvé le seul homme dans une maison pleine de femmes. Il s'appelait Jacques. Lorsqu'elles lui firent visiter la maison, il suivit Fabienne partout comme un chiot. La petite chambre au-dessus de la remise lui convenait.

Angélique lui fit comprendre qu'il faudrait qu'il reste discret concernant les activités de la maison. Elle tâcha de sonder ses valeurs morales et fut soulagée d'apprendre qu'il n'était pas croyant.

— Il y aura également des hommes, ici, précisa-t-elle en le regardant dans les yeux. Beaucoup, peut-être. Mais aussi de belles femmes.

Il demanda alors si c'était un hôtel. Puis son regard s'éclaira ; il avait compris. Il n'était pas aussi innocent qu'il en avait l'air. Il hocha la tête et s'enquit :

— Fabienne aussi ?

Ainsi, il avait bien un faible pour elle. Ce n'était pas idéal, songea Angélique. S'il tombait amoureux d'elle et devenait jaloux, cela créerait des complications...

— Oui, confirma-t-elle sans hésiter. Fabienne aussi.
Il acquiesça encore.
— Je comprends. C'est un métier comme un autre. Il faut bien gagner sa vie. Je vous protégerai toutes, promit-il.
Sa sincérité ne faisait pas de doute. Elles l'engagèrent sur-le-champ et il leur fut d'une très grande aide pour déplacer les meubles, fixer rideaux et tableaux, et aménager les chambres.

Fabienne, de son côté, poursuivait son recrutement. Les premières filles qu'elle rencontra ne furent pas intéressées. Elles étaient satisfaites de leur situation et ne voulaient pas y renoncer pour entrer dans une maison close qui n'existait même pas encore. Fabienne eut beau leur assurer qu'elles seraient enregistrées à la gendarmerie, protégées et bien payées, cela ne suffit pas à les attirer. Elles lui indiquèrent néanmoins d'autres consœurs. Parmi celles-ci, deux retinrent son attention, ainsi que celle d'Angélique.

L'une était manifestement une jeune fille de bonne famille. Pour des raisons qui lui appartenaient, elle avait choisi une autre voie que le droit chemin bourgeois suivi par ses sœurs et ses parents. À vingt-quatre ans, elle se prostituait depuis sept ans et cachait parfaitement son jeu sous des airs de femme du monde. Elle précisa clairement que certaines demandes particulières des clients l'excitaient. Elle signala en passant qu'elle se servait d'un petit fouet et de liens qu'elle maniait avec dextérité. Jamais elle ne blessait ses clients, pas plus qu'elle ne leur permettait de lui faire du mal. En revanche, elle essayait volontiers de nouvelles « techniques » et possédait toute une collection d'objets pour stimuler le plaisir.

Angélique afficha au cours de cet entretien une décontraction légèrement feinte. Cette femme très belle, étrange et subtilement attirante et sensuelle, la déstabilisait. Elle s'appelait Ambre et portait une robe très élégante. Elle était grande, avec de longues jambes et une poitrine magnifique, des cheveux noirs et un regard de braise. Elle travaillait seule depuis quelque temps, dans le quartier du Palais Royal. Elle préférait être en maison, mais n'en avait trouvé aucune à sa convenance.

Le projet d'Angélique, dont l'intelligence lui plaisait, piquait son intérêt. Elle voulait appartenir à une maison gérée comme une entreprise. Du fait de ses spécialités inhabituelles, elle prenait assez cher. Il n'y avait rien, chez elle, de l'apparente innocence d'une Fabienne ou d'une Juliette. Elle déclara qu'elle aimait son travail et que l'on vantait son savoir-faire. Angélique lui assura qu'elle serait heureuse de la voir se joindre à elles.

— Elle me fait un peu peur, avoua Fabienne plus tard. Elle est si froide... Mais je crois que cela plaît à certains clients.

— On dirait, concéda Angélique, troublée elle aussi par cette rencontre, mais satisfaite de leur décision.

La seconde femme qu'elles reçurent toutes les deux était un peu ronde, joviale, avec beaucoup d'humour et un sens de la repartie aiguisé. Elle avait fui le couvent de Bordeaux où l'avaient envoyée ses parents pour monter, seule, à Paris. Elle avait vingt-deux ans, était très sympathique ; c'était une fille que l'on aurait aimé avoir comme sœur. Elle était blonde, avec un joli visage, des jambes fines et une poitrine généreuse dans laquelle, selon Fabienne, les hommes aimeraient se nicher. Elle s'appelait Philippine.

Angélique eut tout de suite de la sympathie pour elle et l'embaucha.

— J'avais peur qu'elle n'ait pas assez de classe pour toi, avoua Fabienne, après l'entretien.

— Je l'ai trouvée très amusante. Cela va plaire à certains hommes. Nous l'habillerons élégamment, elle sera absolument charmante.

Elles avaient ri d'un bout à l'autre de l'entretien. Philippine avait une jolie voix mélodieuse, savait jouer du piano et avait chanté dans le chœur de son couvent. Cela rappela à Angélique qu'il fallait acheter un piano pour le salon...

Fabienne eut ensuite vent d'une Éthiopienne à la peau couleur de café, aux traits fins et aux grands yeux verts. Son père l'avait vendue comme esclave, toute jeune, à une famille qui l'avait emmenée à Paris avant de l'abandonner. Depuis, elle était contrainte de se débrouiller comme elle pouvait. Elle avait dix-neuf ans et c'était la plus exquise de toutes. Elle s'appelait Yaba et apporterait une autre forme d'originalité au groupe qu'elles essayaient de constituer.

Elles étaient maintenant cinq filles dans l'équipe : Fabienne et Juliette, Ambre et Philippine, et Yaba. Il aurait été possible d'ouvrir la maison avec six filles, mais huit serait mieux. Les hommes auraient davantage de choix et elles pourraient passer plus de temps avec chacun. Plus tard, comme il y avait suffisamment de chambres, elles pourraient monter à dix. Dans l'immédiat, elles se fixaient huit comme objectif.

Il fallut plusieurs semaines à Fabienne pour rencontrer deux autres candidates. L'une était une rousse flamboyante, magnifique, prénommée Agathe, plus mûre et sophistiquée que les autres. Cette authentique courtisane souhaitait réintégrer une maison à la suite du décès du riche client qui l'entretenait depuis plusieurs années. C'était un homme politique. Grâce à lui, elle avait des relations dans ce milieu et pourrait amener un certain nombre de clients. Angélique et Fabienne lui proposèrent de se joindre à elles.

Agathe leur recommanda une de ses amies, Camille, une blonde aux grands yeux bleus, âgée de vingt-cinq ans. Nombre de ses clients la suivraient également. Après des débuts au théâtre, elle avait trouvé la prostitution plus lucrative. Elle avait conservé de sa première expérience un véritable tempérament d'actrice, de l'assurance et beaucoup de présence.

Elles songeaient à ouvrir la maison – l'équipe comportait déjà sept filles – quand Ambre, la spécialiste des fouets et des cordes, leur signala qu'elle avait fait la connaissance d'une consœur. C'était une Japonaise, qui s'était retrouvée livrée à elle-même à Paris lorsque l'homme qu'elle devait épouser l'avait abandonnée. Trop honteuse pour rentrer chez elle, elle n'avait pas tardé à être happée par le milieu de la prostitution alors que, au Japon, elle avait suivi une formation de geisha.

Le personnage intriguait Angélique. Physiquement, elle était encore plus petite et menue qu'elle : on aurait dit une poupée, dans son kimono traditionnel. Elle parlait très convenablement le français. Malgré sa timidité, elles eurent une longue conversation sur l'art des geishas, qui captiva Angélique. Hiroko fut engagée : elle serait la note la plus exotique du groupe.

Enfin, leur équipe de huit était constituée ! La diversité des types physiques et des caractères n'aurait pu être plus grande : une Africaine et une Japonaise côtoyaient des Européennes ; il y en avait des grandes et des petites, des audacieuses et des timides, une rieuse, une maîtresse femme... Nul doute que les goûts masculins trouveraient à se satisfaire.

Grâce à l'aide de Jacques, la maison était prête. Fabienne et Angélique invitèrent les sept pensionnaires à venir s'installer le plus vite possible. Angélique voulait les emmener acheter des vêtements et leur en faire confectionner d'autres. Elles devraient porter de la lingerie sublime et des robes du soir dignes de leurs clients. Agathe en avait déjà quelques-unes et Hiroko possédait de somptueux kimonos, mais Angélique tenait à ce qu'elles soient toutes très élégamment vêtues et coiffées. Il fallait que, en entrant, ces messieurs découvrent un tableau parfait.

Elles arrivèrent peu à peu avec leurs bagages. Ce fut l'affaire d'une semaine. Angélique et Fabienne avaient quitté l'hôtel depuis déjà un moment. La première avait pris ses quartiers au grenier et la seconde avait eu le privilège de choisir sa chambre la première. Pour les autres, cela se fit à mesure qu'elles les rejoignaient et chacune ajouta sa petite touche personnelle – un ours en peluche sur le lit de Juliette, un petit fouet et une cravache à côté de celui d'Ambre... Toutes étaient ravies de l'organisation et de la maison. Comme prévu, Angélique avait engagé une jeune cuisinière et deux femmes de chambre pour les servir.

— Pincez-moi, je rêve ! On est au septième ciel, s'exclama Philippine à la fin du premier dîner qu'elles prirent ensemble dans la salle à manger.

Elles se tenaient autour de la belle table toute neuve, qui pouvait accueillir jusqu'à vingt convives. Les filles auraient même la possibilité d'y dîner avec leurs clients. Jacques, lui, prenait ses repas à la cuisine avec les trois domestiques. Ces dernières, fort heureusement, semblaient n'avoir rien contre le genre d'affaires qui se traiteraient ici. Ce n'était plus un secret, si ce n'était à l'extérieur des murs.

Après le repas, Philippine et Camille s'installèrent au piano pour chanter et les autres se joignirent à elles. Angélique leur annonça qu'elles allaient faire des emplettes le lendemain. Un joyeux brouhaha s'ensuivit. On se serait cru dans un pensionnat de jeunes filles. Elles étaient d'excellente humeur, et il leur tardait de recevoir les premiers clients.

Fabienne et Angélique échangèrent un sourire complice.
— On a réussi, glissa cette dernière à son amie.
— Non, rectifia Fabienne. *Tu* as réussi.

Elle admirait l'efficacité incroyable d'Angélique, son organisation irréprochable et son énergie sans limite.

— Je n'ai fait que décorer cette maison – mais elle serait vide si tu n'avais pas constitué cette équipe merveilleuse.

— Tu as fait bien plus que la décoration, enfin !

D'abord, elle avait avancé l'argent pour financer le projet. Les filles avaient toutes approuvé les tarifs qui seraient facturés aux clients et la part qui leur serait reversée. Elles allaient toucher la moitié de ce qu'elles gagneraient, ce qui était bien plus que la norme.

— Tout Paris va parler de nous, annonça Agathe joyeusement.

Elle avait pris contact avec les amis de son ancien protecteur et les avait invités à leur rendre visite à l'ouverture, ne serait-ce que pour découvrir l'endroit et y dîner en bonne compagnie. Angélique tenait à ce qu'ils se sentent bien accueillis et à l'aise. Rien ne les obligeait à monter dans les chambres s'ils préféraient attendre de faire plus ample connaissance avec les filles. Elle espérait qu'ils considéreraient son établissement comme un peu plus qu'une maison close, une sorte de salon – mais un salon qui avait bien d'autres choses à offrir à ceux qui montaient, bien sûr. Camille et Ambre aussi avaient signalé à leurs clients réguliers où les trouver. Chacune, à sa manière, apportait sa pierre à l'édifice.

— Et vous, Angélique, lui demanda Ambre sans ambages, recevrez-vous des clients ?

— Non. Je les accueillerai avec vous et leur ferai la conversation dans le salon, mais ce sera tout. Mon travail consistera à gérer la maison.

Ambre hocha la tête. Apparemment, cela convenait à tout le monde. À la différence de la plupart des tenancières, Angélique ne les exploiterait pas et leur donnerait accès aux meilleurs clients qu'elles aient jamais eus. Du moins l'espérait-elle.

— Comment va s'appeler la maison ? voulut savoir Yaba.

La question déclencha une conversation animée, chacune y allant de sa suggestion. Ce fut finalement « Le Boudoir » qui emporta les suffrages. Un nom évocateur d'intimité et de sensualité sans être grivois pour autant.

Le lendemain, elles se réveillèrent impatientes d'aller faire leurs emplettes. Jacques avait commandé deux fiacres. Il y avait bien une vieille voiture au fond de la remise, et qui paraissait solide, mais elle n'était pas assez élégante pour ce genre de sortie. La première couturière chez qui elles se présentèrent refusa tout net de les servir. Elle savait parfaitement ce qu'elles faisaient et ne voulait y être mêlée en aucune manière.

Angélique était outrée. Cela lui rappela que les bienpensants ne verraient pas d'un bon œil son entreprise. Les filles étaient toutes très élégantes, mais sans doute étaient-elles un peu trop belles, un peu trop originales, un peu trop exubérantes... Elles n'affichaient pas l'air pincé des bourgeoises. Même les femmes du peuple les regardaient de travers, tandis que les hommes les fixaient, bouche bée et admiratifs.

Dans la deuxième boutique, elles furent fort bien reçues. La responsable avait compris à qui elle avait affaire, mais se fit un plaisir de les servir et les remercia d'être venues chez elle. Elles se rendirent ensuite dans un magasin spécialisé dans les corsets et la lingerie, où elles s'en donnèrent à cœur joie. Certes, elles s'étaient fait plaisir en choisissant leurs robes du soir et quelques toilettes de jour, mais elles avaient surtout besoin de dessous.

Elles ressortirent avec mille trésors de dentelle, de soie et de satin, aux ouvertures parfois originales, des jarretelles, de petits corsets et tout ce qu'il fallait pour mettre en valeur leurs corps superbes. Philippine convainquit même Angélique de s'offrir une parure de satin et de soie.

— Personne ne le verra jamais, objecta celle-ci en riant.

— Ne soyez pas si collet monté ! Imaginez que vous vous fassiez renverser par une voiture... Ils en feraient, une tête, à l'hôpital, en découvrant votre lingerie ! Allez, soyez une des nôtres.

Elle dit cela si drôlement qu'Angélique ne put qu'obtempérer.

De retour à la maison, chacune récupéra ses affaires dans le butin, et un défilé de mode s'improvisa. Puis les filles décidèrent d'organiser une répétition générale et de dîner dans leurs nouvelles robes du soir.

Jamais elle n'avait vu un groupe de femmes d'une beauté aussi saisissante, songea Angélique en les regardant descendre l'escalier un peu plus tard. Elle avait fait les bons choix. Même à table, elles se tenaient remarquablement. Angélique était fière d'elles.

Elle-même portait la seule robe vraiment habillée qu'elle eût apportée de Belgrave, une robe en velours bleu nuit, avec les boucles d'oreilles et le collier de saphirs de sa mère. Toutes lui firent compliment de sa beauté. Elles étaient manifestement impressionnées.

— Vous avez l'air d'une princesse, dit Camille.

— D'une duchesse, seulement, rectifia Angélique en riant.

Cela lui avait échappé. Elle le regretta aussitôt.

— Que voulez-vous dire ? demanda Agathe, perspicace.
— Rien du tout. Je blaguais.
— Sûrement pas, devina-t-elle d'autant plus facilement qu'elle avait perçu un mystère chez elle depuis le début. Dites-nous la vérité. Vous êtes duchesse, alors ?

Angélique hésita un instant. Après tout, elle connaissait l'histoire de chacune, d'où elles venaient et comment elles en étaient arrivées là. Il était juste de leur raconter la sienne.

— Non, répondit-elle, je ne suis pas duchesse. Mais mon père était duc. Mon frère aîné a hérité du titre et des biens, comme le veut la loi britannique, ainsi que de toute la fortune familiale. Seule une petite maison de la propriété est revenue à mon second frère. Mais moi, parce que je suis une femme, je n'ai rien eu : ni biens, ni titre, ni argent. Ma mère était duchesse par son mariage et fille d'un marquis français. À la mort de mon père, mon frère m'a placée comme nurse chez des gens de sa connaissance en me faisant passer pour une cousine éloignée. Je n'ai rien, je ne suis rien. La duchesse de Westerfield est la femme de mon frère. Pas moi.

— Alors, comment avez-vous payé tout ceci ? s'enquit Juliette timidement.

C'était la question qu'elles se posaient toutes.

— Mon père m'a fait un cadeau juste avant de mourir. Une somme d'argent qui devait me durer toute la vie si j'en avais besoin. Évidemment, il n'escomptait pas que j'en use de cette manière... Mais espérons que cette entreprise va nous rapporter de l'argent à toutes et que nous pourrons ensuite mener une vie tranquille à l'abri du besoin. En attendant, c'est grâce à mon père que nous sommes ici.

— Ce sera donc le Boudoir de la duchesse ! s'exclama Philippine avec enthousiasme au milieu des vivats.

Que votre belle-sœur aille se faire voir ! Vous êtes *notre* duchesse.

Leur air ravi amusa Angélique.

— Quand ouvrons-nous ? voulut savoir Ambre.

La maison était prête, les filles étaient inscrites à la gendarmerie : il n'y avait plus de raison d'attendre.

— Disons que vous vous reposerez demain, leur suggéra-t-elle, et que nous ouvrirons après-demain. Cela vous conviendrait-il ?

Deux mois avaient été nécessaires pour que le projet voie le jour.

» Cela vous laisse le temps d'envoyer des messages à vos clients demain et de les inviter à venir découvrir le Boudoir avec leurs amis. Sans aucune autre obligation que de vous rencontrer et de visiter la maison.

Elle leur sourit, heureuse et reconnaissante qu'elles lui aient fait confiance.

» Allez, c'est décidé : nous ouvrons officiellement après-demain, conclut-elle en levant son verre. À vous, mesdames ! Merci d'être là !

— À la Duchesse ! répondirent-elles à l'unisson en trinquant à leur tour.

13

Les filles firent porter des messages à leurs connaissances. Pourtant, pendant trois semaines terrifiantes, personne ne vint...

Tous les soirs, elles mettaient leurs belles toilettes et prenaient la pose dans le salon, à la lueur des chandelles. Jacques se tenait à la porte, en livrée, prêt à faire entrer ces messieurs. Mais pas un seul ne se présenta. La panique gagnait Angélique. Les filles étaient démoralisées.

Un après-midi, ne sachant que faire d'autre, elle les emmena au Louvre, puis se promener dans un parc. Elle les invita à dîner dans un restaurant de la place du Tertre, à Montmartre, Maison Catherine. Malgré leur élégance – ou peut-être à cause de leur élégance –, les gens devinaient quelle était leur profession et les regardaient de travers. Et les soirées continuèrent de traîner en longueur, sans le moindre client. Les filles jouaient aux cartes, Philippine les distrayait avec ses plaisanteries, Camille jouait du piano – et Angélique s'efforçait de les rassurer : ils allaient bien finir par se montrer, non ?

Enfin, miraculeusement, au bout de trois interminables semaines, une relation d'Agathe fit son apparition, avec un ami. Des hommes politiques haut placés. En entrant dans le Boudoir, ils furent ébahis. Neuf beautés parées de toilettes et de bijoux d'une grande élégance les accueillirent, le sourire aux lèvres.

— Eh bien..., fit Alphonse Cardin en regardant autour de lui.

Venus par curiosité, les deux hommes étaient enchantés. Ils burent et jouèrent aux cartes avec les dames, fumèrent le cigare et, comme ils étaient seuls ce soir-là, Angélique leur glissa à l'oreille qu'ils pouvaient faire plus ample connaissance avec autant de ces belles dames qu'ils voudraient : c'était un cadeau de bienvenue de la maison.

La proposition les réjouit ; ils en choisirent quatre chacun et Angélique se retrouva seule au salon, enchantée. Les messieurs restèrent dans les chambres jusqu'à 6 heures du matin. Elle était montée se coucher bien avant, mais Cardin eut la gentillesse de lui envoyer, dès le lendemain, un mot de remerciement accompagné d'un magnum de champagne. *Bravo, ma chérie ! Merci. A.C.*[1], avait-il écrit.

Il avait passé une excellente nuit, semblait-il, tout comme son ami, que son goût pour l'exotisme avait porté vers Ambre – une fois qu'on lui avait expliqué ses spécialités –, ainsi que vers Yaba, Hiroko et Agathe. Elles avaient été divines, de sorte qu'il ne saurait laquelle – ou lesquelles – choisir lorsqu'il reviendrait, avait-il confié à Cardin. C'était la première fois qu'il se faisait fouetter. Ambre était si experte et lui avait procuré tant de plaisir qu'il comptait bien renouveler l'expérience.

La veille, Alphonse avait discrètement demandé à Angélique si elle se joindrait à eux ; c'était elle qu'il aurait choisie en premier. Son regard sage et sensuel à la fois quand elle avait refusé ne lui avait donné que plus d'envie de la convaincre de changer d'avis une prochaine

---

1. En français dans le texte.

fois. Fabienne lui fit compliment de la manière dont elle avait répondu.

— Ils vont tous te vouloir, prédit-elle, parce que tu leur dis non.

Angélique rit. En tout cas, la soirée s'était déroulée pour le mieux. D'après les filles, ils étaient enchantés et avaient promis de revenir vite.

De fait, ils revinrent dès le lendemain soir, puis tous les soirs qui suivirent, montant à chaque fois avec deux ou trois filles à la fois ou successivement. À la fin de la semaine, d'autres les avaient rejoints, ayant appris par eux quels étaient les charmes de la maison, l'élégance de la patronne, la beauté du décor et, surtout, les nombreuses qualités des filles qui y travaillaient.

Deux semaines plus tard, le Boudoir ne désemplissait plus. Les clients payaient rubis sur l'ongle les services des filles et Angélique tenait méticuleusement les comptes. Elle servait des repas légers dans la salle à manger. Certains hommes jouaient aux cartes avec les filles pour faire connaissance avant de passer à autre chose, d'autres avaient envie de parler, mais la plupart montaient directement dans les chambres. Ils étaient étonnamment nombreux à préférer Ambre et ses spécialités, dans lesquelles, semblait-il, elle était particulièrement experte.

Les messieurs qui fréquentaient le Boudoir pour l'heure correspondaient précisément à ce qu'Angélique avait souhaité : des hommes politiques en vue, des banquiers, des avocats, des aristocrates, des hommes extrêmement riches et prêts à payer presque n'importe quel prix pour les services de celle qui saurait les exciter. Les soirées commençaient comme une élégante réception réunissant des personnages influents et de très jolies femmes. Puis, le salon ne tardait pas à se vider à mesure que les clients montaient avec les filles. Certains restaient peu de temps, d'autres annonçaient d'emblée leur intention de passer toute la nuit au Boudoir. Cependant, beaucoup n'étaient en mesure de découcher que lorsque leur femme était à la campagne avec les enfants.

La maison vivait ainsi jusqu'à 5 ou 6 heures du matin ; les filles dormaient ensuite jusque vers 13 heures. Tous les dimanches après-midi, Angélique leur versait leur part de ce qu'elles avaient gagné pendant la semaine, liste détaillée des clients de chaque soir à l'appui. Elles en convenaient toutes : jamais elles n'avaient aussi bien gagné leur vie, et dans d'aussi bonnes conditions. Angélique avait délibérément fixé des tarifs élevés correspondant à la clientèle qu'elle cherchait à attirer. Aucun homme ne rechignait ni ne se plaignait de ne pas en avoir pour son argent. Au contraire, les clients revenaient, encore et encore.

En juillet, lorsque leurs épouses partirent au bord de la mer ou dans leur propriété à la campagne, les hommes restèrent à Paris sous prétexte de travailler, mais surtout pour badiner. Le Boudoir reçut plus de monde que jamais. Les affaires étaient florissantes. Angélique signala même à Fabienne qu'elle pensait qu'il fallait recruter deux autres filles. Il arrivait que des hommes doivent attendre une heure ou deux dans le salon avant que la femme de leur choix soit libre...

Pendant ce temps-là, Angélique leur faisait la conversation et commençait à bien les connaître. C'était pour beaucoup des grands noms de la finance ou de la politique, de qui elle apprenait beaucoup. Ce métier lui convenait à merveille, et elle en était la première étonnée. Elle préférait ne pas imaginer ce qu'en aurait dit son père. Nécessité avait fait loi face à la situation désastreuse dans laquelle l'avaient mise son frère puis son renvoi injuste de chez les Ferguson. Du moins ne se

prostituait-elle pas. Son rôle était légèrement plus respectable et, surtout, elle gardait sa virginité intacte.
Ses origines aristocratiques ne faisaient aucun doute dans l'esprit des filles et des clients. Elles l'appelaient la Duchesse et certains d'entre eux les imitaient, non sans se demander si c'était vrai. Elle le niait toujours, bien sûr, sans entrer dans les détails. Ils ne se doutaient pas non plus de son jeune âge. Elle s'en tenait à son personnage de veuve de vingt-six ans, auquel ils croyaient. À la voir ainsi diriger de main de maître son entreprise, personne n'aurait pu croire qu'elle n'en avait que vingt. Même les filles l'ignoraient, à l'exception de Fabienne.
Cette dernière avait flirté avec Jacques tant qu'elle en avait eu le loisir. Maintenant qu'elle travaillait presque constamment, elle n'en avait plus guère le temps. Il restait aux petits soins pour elle et faisait ses quatre volontés. Angélique les surveillait attentivement pour être certaine que cela n'allait pas plus loin.
La première semaine d'août, un homme qui en imposait se présenta un soir avec un groupe d'amis. Angélique avait l'impression de l'avoir déjà vu, mais elle n'arrivait pas à le situer. Agathe l'éclaira.
— Savez-vous qui vient d'arriver ? chuchota-t-elle à l'oreille d'Angélique.
Pour une fois, elle-même semblait impressionnée. Angélique reconnut qu'elle n'arrivait pas à mettre un nom sur son visage. Avec son regard perçant, son allure presque militaire et ses traits nettement ciselés, l'homme était d'une beauté saisissante.
» C'est le ministre de l'Intérieur ! Sa présence ici en dit long. Car il fait très attention aux endroits qu'il fréquente. Il aime la discrétion avant tout.
Il avait d'ailleurs donné un prénom d'emprunt en arrivant – « Thomas ». Sa fonction allait de pair avec un certain goût du secret.

— Vous le connaissez ?
— Je l'ai déjà croisé, répondit Agathe tout bas, mais ce n'est pas moi qui l'ai invité. Quelqu'un a dû lui parler de nous.

Le cigare aux lèvres, il scruta lentement le salon pour voir qui était là.

Angélique l'observa tandis qu'il faisait le tour de pièce en s'arrêtant pour bavarder avec certains. Il souriait aux femmes sans engager la conversation. Voyant qu'elle le regardait, il lui fit un petit signe de tête. Un peu plus tard, quand Agathe fut montée avec un client, il vint s'asseoir à côté d'elle.

— Ainsi, c'est vous, la fameuse duchesse dont parle tout Paris, fit-il à voix basse. Le titre est-il réel ?
— À vrai dire, pas exactement.

Il la regarda intensément dans les yeux. Elle sentit physiquement sa présence comme une charge électrique.

Il l'interrogea sur ses origines, qu'elle lui révéla – ce qu'elle ne faisait jamais.

Il était intrigué. Comment s'était-elle retrouvée ici, à la tête de cette maison ? Qu'une jeune femme de si haute naissance soit devenue tenancière de maison close était impensable. Pourtant, elle se conduisait en maîtresse de maison accomplie et recevait avec autant de grâce que si elle donnait un grand dîner.

— J'ai beaucoup entendu parler de vous...
— En bien, j'espère, dit-elle d'un air sage mais sans détacher les yeux des siens.

Elle ne cherchait pas à fuir l'intensité de son regard ; cela lui plut.

— Uniquement en bien, assura-t-il. On dit que vous avez les meilleures filles de Paris et que vous ne montez jamais avec les clients.
— Je me suis efforcée de réunir un groupe intéressant dans un cadre agréable, répondit-elle avec modestie.

Il lui sourit.

— Il me semble que vous avez réussi. Je me plais bien, ici, et mes amis également. On s'y sent chez soi.

— C'était mon intention. J'espère que vous nous rendrez souvent visite.

Le sourire d'Angélique était engageant, juste ce qu'il fallait pour ne pas lui donner de faux espoirs. Il la trouvait d'une délicieuse élégance, bien élevée, douce et chaleureuse à la fois. Jamais une femme ne l'avait troublé à ce point.

— Alors, monterez-vous avec moi ? Nous aurions un arrangement particulier...

Il lui proposait sans équivoque de devenir sa maîtresse. Elle avait appris beaucoup de choses sur les hommes au cours des trois derniers mois.

— Cela gâcherait notre amitié, objecta-t-elle doucement pour ne pas le heurter.

La déception se lut dans ses yeux. Elle fixait dès le départ des limites claires à leur relation.

— Nous serons donc amis, tout de même ?

— Vous en déciderez, mais je l'espère. Vous serez toujours le bienvenu ici.

Angélique savait qu'elle aurait eu bien tort de monter avec lui. Il était trop puissant, trop dangereux, pour qu'elle prenne le risque de jouer avec lui et, surtout, de dépendre de lui. Il valait mieux l'avoir comme allié, comme ami, peut-être. Ainsi, il la protégerait.

Agathe lui avait dit qu'il aimait fréquenter les maisons closes, mais ne montait jamais avec les filles. Il aurait fait une exception pour elle, elle le sentait. Si elle le lui avait permis, peut-être serait-il revenu après la fermeture.

De fait, « Thomas » semblait sous son charme. Il resta longtemps, à bavarder avec elle. Il finit par prendre congé en promettant de revenir.

Ce qu'il fit la semaine suivante... Ils dînèrent ensemble dans la salle à manger. Les clients se faisaient un peu moins nombreux en ce début d'été, où beaucoup d'entre eux avaient quitté Paris.

— Revenez dîner avec moi quand vous voudrez, lui dit-elle quand il partit.

Il la prit au mot. À partir de ce soir-là, il lui rendit visite jusqu'à quatre ou cinq fois par semaine, pour dîner ou simplement pour passer un moment au salon avec elle. Ils aimaient beaucoup parler ensemble et il ne pouvait plus se passer d'elle. Il décrivait leur relation comme une *amitié amoureuse*[1]. Leurs échanges étaient faits d'une grande affinité intellectuelle sur fond de flirt, une idylle qu'elle ne laissait pas sortir des limites du salon. Il se conduisait toujours avec elle comme avec une femme du monde.

— Pourquoi tout cela ? lui demanda-t-il un jour, faisant allusion à la maison.

— C'est une longue histoire, banale et sordide, de droit d'aînesse en Angleterre, d'un demi-frère jaloux déterminé à se débarrasser de moi et qui y est parvenu en me plaçant comme domestique.

— Plutôt mourir que servir ?

— Pas du tout, corrigea-t-elle. J'avoue que cela m'a fait un choc d'abord, bien sûr, mais finalement j'ai aimé mon travail. J'étais la nurse de six enfants en bas âge. Je serais volontiers restée si un ami de mes employeurs n'avait pas essayé d'abuser de moi. Parce que je l'ai repoussé, et même mordu, il leur a menti en disant que c'était moi qui avais essayé de le séduire. Ils m'ont congédiée le lendemain sans références, de sorte que je n'ai pu retrouver aucune place, ni à Londres ni à Paris. C'est alors que j'ai rencontré Fabienne, une des filles

---

1. En français dans le texte.

du Boudoir : elle gisait dans le caniveau, avait été rouée de coups et laissée pour morte. Je l'ai soignée. Quand elle m'a raconté son histoire, l'idée m'est venue d'une maison où les filles seraient protégées, respectées et bien payées pour servir des clients intéressants et respectueux, dignes de femmes belles et élégantes. Je reverse aux filles la moitié de tout ce qu'elles gagnent. Le reste me sert à faire tourner la maison et à mettre de l'argent de côté pour l'avenir.

Il parut impressionné par son récit.

— Et vous, commenta-t-il, vous dirigez tout cela sans y participer, sans juger personne non plus : ni les filles ni les hommes...

Cela l'avait frappé en l'observant. Elle faisait montre de beaucoup de gentillesse à l'égard de tout un chacun, et en même temps, elle avait l'œil à tout. Ils avaient cela en commun : rien ne lui échappait non plus, même quand il semblait parfaitement détendu.

» Vous êtes une femme admirable, ajouta-t-il. Quel âge avez-vous ? Réellement.

— Je vous l'ai dit : vingt-six ans.

— Comment se fait-il que je ne vous croie pas ? fit-il tout bas en la regardant avec douceur.

— Parce que ce n'est pas vrai, avoua-t-elle sur le même ton après une brève hésitation. J'ai vingt ans. Mais c'est un secret : les filles ne le savent pas, sauf Fabienne.

Elle lui faisait confiance. Une grande amitié était née entre eux.

— Vous êtes stupéfiante, Angélique. Extraordinaire même, murmura-t-il avec admiration. Faites très attention à vous. Si jamais quelqu'un essayait de vous faire du mal, je veux que vous veniez me trouver immédiatement. Paris est une ville dangereuse, par les temps qui courent. Beaucoup de gens sont insatisfaits du gouvernement. Ils estiment que le roi est faible et ne comprend pas ses sujets. La vie est chère, il n'y a pas assez de travail et les finances sont au plus bas. Des troubles sont inévitables, même si ce n'est pas pour tout de suite. Je vous préviendrai, promit-il. Et méfiez-vous des jalousies que votre réussite ne manquera pas de susciter. Accepteriez-vous que je vous invite à déjeuner, un jour ? Dans un lieu discret ?

— Bien volontiers, assura-t-elle en souriant.

Elle savait qu'il était marié, mais ne se montrait jamais en public avec son épouse, comme beaucoup des messieurs qu'elle était amenée à rencontrer ces derniers temps. Quelqu'un lui avait laissé entendre que sa femme était malade depuis des années.

Thomas se leva pour prendre congé et lui sourit à son tour.

— C'est toujours un plaisir de bavarder avec vous.

— Pour moi également, répondit-elle, sincère.

Il avait beau avoir plus du double de son âge, c'était de loin le plus séduisant de tous leurs visiteurs. Mais il ne montait pas. Et elle savait désormais qu'il ne monterait jamais.

Après cela, elle fut un moment sans le revoir. Elle apprit qu'il était parti en vacances en Bretagne. Mais il reviendrait. Cela, elle en était certaine.

14

En septembre, les affaires reprirent de plus belle au Boudoir. Même au cours de l'été, le flot des clients était resté régulier. L'établissement, ouvert depuis maintenant quatre mois, jouissait déjà d'une excellente réputation. Son ami « Thomas », le ministre de l'Intérieur, ne mentait pas quand il disait que tout Paris parlait de la Duchesse. Les gens ignoraient qui elle était et d'où elle venait, mais ils savaient qu'elle était sublime. Tous les hommes qui comptaient étaient venus et revenus au Boudoir. Ils ne pouvaient plus se passer de l'atmosphère intime et douce qu'elle y faisait régner, ni des extraordinaires pensionnaires qui travaillaient là.

Angélique avait rencontré plusieurs candidates pour étoffer son équipe, mais aucune n'avait donné satisfaction. Il faut dire qu'elle était exigeante et qu'il lui fallait l'assentiment des autres. Il était essentiel à ses yeux que la bonne entente règne entre elles.

Un après-midi de septembre, une fille la sollicita : elle souhaitait faire partie de l'équipe du Boudoir. Elle travaillait jusque-là dans une maison autrefois réputée, mais dont la tenancière était un vrai dragon et payait mal, d'autant que le niveau de la clientèle avait baissé.

La fille ne plut pas à Angélique. Elle lui trouvait quelque chose d'ordinaire, de vulgaire, même.

Quelques heures plus tard, la soirée battait son plein au Boudoir quand on cogna brutalement à la porte. Angélique n'entendit pas, car Camille jouait du piano, mais Jacques ouvrit et fut bousculé par quatre costauds à la mine patibulaire, suivis d'une femme attifée n'importe comment.

— Où est-elle, cette Duchesse dont tout le monde parle ? glapit-elle d'une voix extrêmement stridente.

La musique se tut. La femme regarda les hommes en habit présents dans le salon et n'en reconnut pratiquement aucun. La crème du *Tout-Paris*[1] n'avait jamais fréquenté son établissement. Sa clientèle était essentiellement faite de nouveaux riches, d'hommes pourvus de plus d'argent que de classe. Angélique, elle, recevait l'élite. Il suffisait à ses clients de la voir pour comprendre qu'elle avait l'envergure correspondant à son titre – et peu importait qu'il soit exact ou non. Ils la reconnaissaient comme une des leurs et, qui plus est, la trouvaient charmante.

— C'est moi que vous demandez, je suppose, fit-elle en s'avançant tranquillement, toute menue dans sa robe du soir gris perle, le dos droit et la tête haute.

Quel port de reine..., songea le ministre de l'Intérieur. « Thomas », en effet, assistait à la scène, puisque cette entrée fracassante avait interrompu leur conversation. Tel un tigre prêt à bondir s'il le fallait, il attendait de voir la suite des événements.

» Qui êtes-vous, madame ? reprit Angélique. Que faites-vous ici ?

— Vous le savez fort bien, qui je suis. Je suis Antoinette Alençon. *Madame* Antoinette. Vous avez essayé de me voler une de mes filles, tantôt, l'accusa-t-elle violemment.

— Pas le moins du monde, répondit Angélique. C'est elle qui est venue me voir, et je lui ai dit de retourner chez

---

1. En français dans le texte.

vous. Je ne souhaite nullement l'engager. Maintenant, je vous prie de sortir de mon salon. Il s'agit d'une réception privée.

Les quatre costauds firent bloc autour de leur patronne, prêts à en découdre, mais sans trop savoir avec qui. Jacques n'était pas de taille à les affronter seul, songea Angélique. Pourvu qu'ils ne s'en prennent pas aux clients ou ne les obligent pas à appeler la police... Elle n'avait aucune envie de s'attirer ce genre de publicité.

— Elle m'a dit que vous lui aviez proposé de la payer plus que moi pour la débaucher et elle veut que je l'augmente, maintenant.

— C'est faux. Je vous le répète : je ne souhaite nullement l'engager. Bonsoir, madame. Je vous prie de sortir et d'emmener vos amis.

Les deux femmes s'affrontèrent du regard quelques instants. Dans la pièce, personne ne bougeait. Nul n'avait envie de se trouver mêlé à un scandale, ou, pire, une bagarre. Finalement, madame Antoinette tourna les talons et fit signe à ses hommes de main de la suivre. Jacques referma la porte à clé derrière eux, et tout le monde poussa un soupir de soulagement.

— Seigneur, quelle horrible créature, dit Angélique en riant pour cacher que ses jambes tremblaient encore.

Puis elle chuchota à une femme de chambre d'offrir du champagne à tout le monde. De son côté, elle reprit le fil de la soirée comme si de rien n'était ; les convives se détendirent. Son ami se rapprocha d'elle.

— Bravo, ma chère...

Ils échangèrent un regard chargé d'affection. Depuis son retour de vacances, Thomas lui avait parlé de la longue maladie de sa femme – la pauvre était confinée dans un asile –, et elle avait compris combien il se sentait seul. Il ne vivait que pour son travail. Flattée de la confiance qu'il lui accordait, elle se passionnait pour les explications qu'il lui donnait sur la politique. S'il avait été célibataire, si leurs vies avaient été différentes, elle aurait été très heureuse d'être davantage que son amie.

Toutefois, elle lui avait signifié clairement que ce n'était pas envisageable. Elle se refusait au rôle de maîtresse, ce qu'il admettait tout à fait. Mais il aimait sa compagnie. Ils faisaient ensemble de longues promenades au jardin des Tuileries, la petite main d'Angélique glissée sous son bras. Pour dîner avec lui, elle s'apprêtait toujours avec un goût exquis : il ne connaissait pas de femme plus belle. Elle habillait également très bien ses filles, lesquelles n'avaient jamais la vulgarité de beaucoup d'autres femmes de leur condition. Leur conduite n'avait rien de scandaleux non plus – sauf en haut, dans les chambres, où c'était précisément ce que l'on attendait d'elles.

» Ça va ? Vous n'êtes pas trop ébranlée par cette intrusion ? reprit-il.

Elle hocha la tête, mais il voyait bien qu'elle avait eu peur, même si elle s'efforçait de le cacher. Les quatre hommes qui accompagnaient madame Antoinette n'avaient rien d'engageant. Ils paraissaient même potentiellement violents. Fort heureusement, leur patronne – qui ne s'attendait certainement pas à l'accueil qu'elle avait reçu – n'avait pas trouvé matière à la querelle qu'elle cherchait.

— Non, non, ne vous inquiétez pas, répondit Angélique.

Elle ne souhaitait pas s'étendre sur le sujet, afin de ne pas perturber les autres clients.

— Il vous faut un deuxième homme, déclara Thomas. Ce genre d'incident peut fort bien se reproduire, et même pire... Il n'y a que des gentlemen dans ce salon, mais il est impossible de prédire quand ou comment un sale type va se glisser parmi eux. Je ne voudrais pas qu'il vous arrive quelque chose.

Son regard trahissait le souci qu'il se faisait pour elle et son affection.

— Je connais tout le monde, ici, fit-elle valoir pour le rassurer.

— Moi aussi. Mais, je vous en prie, trouvez quelqu'un pour seconder Jacques.

— C'est promis.

Ce fut chose faite très rapidement. Jacques, lui aussi, jugeait qu'il était plus sage d'embaucher quelqu'un et était tout disposé à partager sa chambre au-dessus de la remise à voitures. La nouvelle recrue, Luc, était un très jeune homme mais d'une stature impressionnante. Fils de forgeron, il savait y faire avec les chevaux. Surtout, à la porte à côté de Jacques, il en imposait. Sa présence rassurait les clients autant que les filles et Angélique elle-même.

Cependant, le danger se présenta sournoisement. Un de leurs clients favoris, un régulier de Yaba, vint un soir accompagné d'un ancien camarade d'école, à qui il avait vanté les mérites du Boudoir. Cet homme s'intéressa particulièrement à Ambre, quand il apprit qu'elle maniait avec adresse le martinet et était toute disposée à attacher ses clients au lit. Au salon, il se montra très aimable, du genre débonnaire. Et il monta avec elle. Ils s'absentèrent longtemps, ce qui n'avait rien d'anormal.

Sauf qu'Ambre fut retrouvée gisant dans le couloir, en sang, à peine consciente. Par chance, un des clients en bas était médecin et lui apporta les premiers soins. Apparemment, avant qu'elle ait pu utiliser le moindre de ses jouets coquins, l'homme l'avait rouée de coups de poing, presque à mort, et châtiée de toutes les manières possibles. Le funeste individu fut traîné en bas de l'escalier et jeté dehors. Tous – hommes et femmes – étaient horrifiés par ce qu'il s'était passé. Ils étaient plusieurs à le connaître de vue. L'ami qui l'avait amené se confondit en excuses et laissa une très grosse somme, destinée tout particulièrement à Ambre.

Le lendemain, Angélique fit tout son possible pour rassurer son équipe et effacer le souvenir de cette épouvantable soirée. Les filles évoquèrent l'idée de mettre en place une espèce de système d'alarme – une cloche ou un sifflet qu'elles garderaient à portée de la main pour l'utiliser en cas de problème.

Il fallut à Ambre deux semaines pour se remettre. Elle fit son retour dans le salon sous les hourras. Elle se savait entourée d'amis. Toutes les filles s'étaient relayées à son chevet, de même qu'Angélique avait soigné Fabienne lors de leur rencontre.

Pour les récompenser et leur redonner le moral, Angélique les emmena faire des emplettes. Elles avaient aussi une réputation à défendre : les filles du Boudoir étaient les plus élégantes de Paris, toujours vêtues à la dernière mode. Désormais, quand elles entraient dans une boutique, personne ne les snobait plus.

Ce jour-là, Angélique dépensa une petite fortune. Il faut dire que la maison dégageait déjà de jolis bénéfices. Des piles de boîtes furent livrées à la maison après leur expédition. Elles déballèrent avec bonheur nouvelles robes et lingerie. Elles avaient aussi choisi des cadeaux pour Ambre. Angélique était connue pour être la plus généreuse des tenancières de maison close de Paris. Beaucoup de prostituées auraient souhaité travailler pour elle, mais elle restait très circonspecte dans son recrutement. Elle cherchait toujours deux filles supplémentaires, mais n'avait pas encore rencontré les perles rares.

En septembre, un Américain inconnu se présenta au Boudoir, envoyé par un de leurs meilleurs clients. C'était un homme d'un certain âge, distingué, aux cheveux blancs, apparemment cossu. Il disait être à Paris pour affaires et s'appeler John Carson – ce que confirmait sa lettre de recommandation.

Pourtant, Angélique ne pouvait se départir d'une drôle d'impression. Il semblait gêné, en arrivant, comme souvent les Américains. Angélique l'avait déjà observé : dans l'ensemble, ils étaient beaucoup plus puritains que les Français. Il avait l'air si nerveux qu'elle prit le temps de le mettre à l'aise. Ils parlèrent surtout de politique et d'affaires et évitèrent les sujets personnels. Néanmoins, elle avait remarqué d'emblée qu'il portait une alliance.

Au bout d'une heure, elle lui présenta quelques filles, presque comme par hasard. Mais il ne sembla pas intéressé. C'était Angélique qui l'attirait. Et de fait, tout en baissant la voix et en détournant les yeux, il lui demanda si elle accepterait de monter avec lui. Et d'ajouter, dans un murmure à peine audible, que c'était la toute première fois qu'il entrait dans une maison close. Elle le crut sans peine, tant il avait l'air de se sentir coupable d'être là.

— Je suis navrée, John, répondit-elle avec gentillesse, mais je ne monte jamais dans les chambres. J'aime beaucoup bavarder avec les clients ; en revanche je ne m'occupe pas d'eux personnellement. Je suis plus à ma place au salon, ajouta-t-elle avec un sourire.

— Vous êtes plus merveilleuse encore que la description que mon ami m'a faite de vous. C'est un bonheur que de s'entretenir avec vous.

— Merci, John. Je suis persuadée que vous apprécierez tout autant ces jeunes dames.

Elle disait toujours « dames », plutôt que « femmes » ou « filles ».

— Avec vous, je serais monté, fit-il à regret. Ma femme et moi n'avons... Nous sommes mariés depuis très longtemps… Nous sommes très différents. Rien ne nous rapproche.

Elle entendait ce refrain bien souvent. Elle hocha la tête.

— Je comprends, assura-t-elle, compatissante, pour le libérer de ses inhibitions afin qu'il puisse profiter des services de la maison.

Il aurait pu se sentir bien avec Agathe, qui avait d'autres clients comme lui, songea-t-elle. Sauf que celle-ci ne retint pas son attention quand elle passa à côté d'eux. Il n'avait d'yeux que pour elle. Il partit deux heures plus tard, non sans promettre de revenir le lendemain. Elle lui assura qu'il serait le bienvenu.

Après son départ, un habitué lui apprit que John Carson était un financier très important aux États-Unis. Il venait souvent en Europe pour ses affaires, quoique plus souvent à Londres qu'à Paris. Lorsqu'ils avaient évoqué l'Angleterre, il avait été surpris de découvrir qu'elle était britannique. Surtout, son accent très distingué lui avait confirmé qu'elle n'était pas une femme des rues.

Fasciné, il revint au Boudoir tous les soirs de la semaine qui suivit. Il ne monta jamais. Il n'avait pas l'air heureux. Cependant, son regard s'éclairait lorsqu'ils parlaient, tous les deux. Le dernier soir, il lui dit combien il était ravi d'avoir fait sa connaissance.

— Je reviendrai vous voir lors de mon prochain passage à Paris, sans doute d'ici quelques mois, assura-t-il. Je viens plusieurs fois par an. Peut-être changerez-vous d'avis… pour moi ?

Il avait l'air déterminé de l'homme habitué à obtenir ce qu'il voulait.

— Non, répondit-elle tout aussi fermement mais avec dans les yeux une douceur censée atténuer la déception de son interlocuteur. Toutefois, je serai ravie de vous revoir. Bon voyage, John.

En partant, il laissa une somme importante pour le temps qu'il avait passé à parler avec elle. Elle en fut surprise et mit la somme de côté pour la partager entre les filles. En tout cas, quelque chose lui disait qu'elle allait le revoir.

La renommée du Boudoir ne cessait de croître et les affaires prospéraient. En octobre et novembre, elle parvint enfin à engager deux autres filles, plus ravissantes l'une que l'autre. La première, Sigrid, était suédoise et parlait l'anglais, le français et l'allemand. La seconde était une ancienne danseuse de flamenco espagnole du nom de Carmen, qui avait été élevée parmi les gitans de Séville. Il y avait chez elle une extravagance dont les hommes raffolaient. La jeune femme passait rarement plus de cinq minutes au salon avant de remonter dans sa chambre. Joueuse et aguicheuse, elle plaisait infiniment aux clients.

En décembre, quelques jours avant Noël, elles donnèrent une grande soirée. Le champagne coulait à flots. On servit du caviar. Leurs clients habituels étaient venus avec des amis, de sorte qu'elles reçurent quelque deux cents messieurs. Vêtue d'une robe de satin blanc spectaculaire qui dévoilait davantage son corps que d'habitude, Angélique exerçait sur eux une attirance plus forte que jamais. Ils la savaient pourtant inaccessible. Pour leur plus grand désarroi, elle était d'une chasteté peu commune chez les tenancières de maison close…

Thomas aussi vint lui souhaiter un joyeux Noël. Comme à son habitude, il ne resta pas longtemps mais elle fut touchée qu'il ait pris le temps de passer.

Le lendemain, Angélique évoquait les meilleurs moments de la fête avec des clients quand elle entendit entrer deux Anglais, qui se mirent à expliquer qu'ils étaient envoyés par des amis. Elle reconnut instantanément l'une des deux voix. Un coup d'œil dans le hall au moment où il enlevait son manteau lui confirma qu'il s'agissait bien de son frère Edward, qui tanguait, ivre, en disant qu'il voulait rencontrer les filles. Elle s'excusa auprès de ses interlocuteurs, fila dans la cuisine et fit appeler Fabienne, qui vint aussitôt.

— L'Anglais éméché qui doit être dans le salon maintenant est un de mes frères, chuchota-t-elle. Il ne faut surtout pas qu'il me voie, sinon toute l'Angleterre sera au courant. Donne-lui une fille et envoie-le vite au premier. Je vais monter dans ma chambre. Si on me demande, tu diras que j'ai mal à la tête.

— Je vais m'en charger moi-même, proposa-t-elle, rassurante. Ne t'en fais pas. Ça va aller.

— Merci, dit Angélique, reconnaissante, avant de filer au dernier étage par l'escalier de service.

Fabienne regagna le salon et se jeta pour ainsi dire sur le frère d'Angélique en déployant tout son charme. Il avait en effet beaucoup bu, mais sembla flatté de ses attentions.

— Ai-je le choix ? demanda-t-il tout de même en vacillant. Mes amis affirment que toutes les filles ici sont formidables et qu'il y en a certaines de plutôt exotiques. J'aimerais bien rencontrer l'Africaine.

Il y tenait, mais Yaba était prise.

— Elle est avec un habitué, expliqua Fabienne. Et ne redescendra pas de la soirée. Vous allez me faire de la peine, si vous ne me choisissez pas, ajouta-t-elle avec une moue innocente.

— Bon, d'accord, lâcha-t-il tandis qu'elle lui prenait la main pour l'emmener vers l'escalier. Qui est cette duchesse de pacotille, au fait ? C'est drôle, une putain qui se fait appeler Duchesse. Tu sais que mon frère est duc ? Un vrai duc.

— Ah oui ? roucoula Fabienne, qui aurait voulu le gifler pour la manière dont il avait parlé d'Angélique. Je suis sûre qu'il est bien moins excitant que toi – et beaucoup moins viril.

— Bien dit !

Sitôt la porte de la chambre refermée, il s'écroula sur le lit et déboutonna son pantalon. Il était tout sauf attirant ou imaginatif. Il lui dit ce qu'il voulait et, compte tenu de tout l'alcool qu'il avait ingurgité, ce fut terminé en cinq minutes. Il s'endormit comme une masse. Au bout d'un moment, elle alla chercher son ami pour qu'il l'emmène. Jacques aida à le porter en bas, l'ami paya ce qu'ils devaient et ils partirent, pour le plus grand soulagement de Fabienne. Elle monta prévenir Angélique que la voie était libre.

Cette rencontre évitée de peu l'avait perturbée. Elle resta longtemps sans trouver le sommeil, songeant à ses deux frères, à ce qu'ils lui avaient fait, à sa maison qu'elle ne reverrait plus, à la vie qu'elle avait choisie désormais. Elle n'avait pas eu le courage d'écrire à Mme White depuis son arrivée à Paris, voilà déjà plusieurs mois. Elle s'en voulait, mais ne se voyait pas lui mentir et encore moins lui révéler la nature de son nouveau métier. Finalement, elle prit sa plume et lui écrivit qu'elle avait été engagée comme nurse à Paris et qu'elle avait eu énormément de travail. De grosses larmes coulèrent sur son petit bureau. Malgré sa réussite, elle souffrait profondément de la perte de son père et de la maison de son enfance.

15

Angélique et les filles du Boudoir passèrent un réveillon de Noël tranquille. La plupart des clients étaient en famille ou absents. Elles s'attendaient donc à ne pas travailler. Cependant, elles n'avaient pas fermé officiellement, au cas où les rares qui seraient seuls auraient envie de passer. Leurs habitués savaient qu'ils pouvaient venir à toute heure, sans s'annoncer, pour bavarder, se détendre, faire une partie de cartes, jouer du piano, lire le journal. C'était presque comme un club. Si ce n'est que des filles, parées de leurs plus beaux atours, se tenaient à leur service, tandis que les femmes de chambre leur servaient du champagne.

Le 25 décembre, elles préparèrent un « déjeuner de famille du Boudoir » – car, entre elles, elles se sentaient véritablement en famille, telles des sœurs qui s'entendaient bien. Elles échangèrent des cadeaux choisis ou confectionnés avec le plus grand soin. Angélique leur offrit à chacune un sac, un corsage ou un chapeau à porter lorsqu'elles ne travaillaient pas, ainsi qu'une prime généreuse.

— Je n'ai jamais été aussi riche ! commenta joyeusement Philippine. C'est la première fois de ma vie que je mets de l'argent de côté !

— Et moi, renchérit Camille, j'économise pour faire un voyage en Italie. J'ai envie d'aller à Florence ou à Venise.

Le Boudoir leur avait ouvert des portes inespérées. Au contact des hommes sophistiqués et instruits qu'elles y recevaient, elles étaient devenues raffinées – peut-être plus que les épouses de certains d'entre eux – et beaucoup plus excitantes, cela allait sans dire.

Angélique se prit à penser aux petits Ferguson. Comment allaient-ils ? Que devenaient-ils ? Elle aurait aimé leur envoyer des cadeaux de Noël mais n'avait pas osé. Leurs parents ne les leur auraient certainement pas donnés, de toute façon. Surtout s'ils avaient su ce qu'elle faisait maintenant... Tout compte fait, ils lui avaient rendu grand service en la congédiant. Elle avait déjà pu recréer tout le legs de son père et l'avait même fait fructifier. Elle était en train de se constituer un joli pécule.

À la lettre qu'elle avait écrite à Mme White, la gouvernante de Belgrave avait répondu. Le duc et la duchesse de Westerfield étaient encore en train de redécorer le château et avaient engagé de nouveaux domestiques pour les grandes réceptions que donnait Elizabeth. Ils refaisaient également la maison de Grosvenor Square, la modernisant à grands frais.

Après le déjeuner, Jacques vint s'asseoir un moment avec les filles. Tout le monde se rassembla autour du piano pour chanter des chants de Noël tandis que Camille et Philippine se relayaient pour jouer. Ce fut une journée douce-amère, lors de laquelle chacun évoqua des souvenirs de famille – des familles trop souvent fuies ou perdues.

En fin d'après-midi, Angélique vit Jacques et Fabienne se promener ensemble dans le jardin et s'embrasser. Qu'adviendrait-il de cette histoire ? ne put-elle s'empêcher de se demander. Certaines filles se liaient à leurs clients mais, dans l'ensemble, leurs relations avec les habitués du Boudoir restaient superficielles. C'était beaucoup plus simple ainsi. En revanche, toutes parlaient de se marier un jour.

Toutes, sauf Angélique... Ce rêve n'était plus le sien. Elle n'était jamais tombée amoureuse et n'en avait plus envie, maintenant. La vie lui semblait tellement plus simple seule, sans homme... Et puis, elle en savait trop. Presque tous leurs clients étaient mariés et certains entretenaient des maîtresses en plus de venir au Boudoir. Vraiment, elle n'avait aucune envie d'endosser le rôle de l'épouse trompée. Et la vie d'un couple comme les Ferguson, qui avaient l'un et l'autre des aventures de leur côté, ne la tentait pas davantage. Son père n'était pas comme cela, elle en avait la conviction.

Pour le nouvel an, elles donnèrent une grande fête, laquelle ne s'acheva qu'au petit matin. Tous ces messieurs avaient trop bu et Jacques et Luc durent les aider à remonter en voiture. Le lendemain, certains d'entre eux avaient encore mal à la tête.

La semaine suivante, John Carson, le financier américain, revint voir Angélique. Elle était au salon, entourée d'admirateurs, qui espéraient tous vaincre un jour sa résistance et avoir le privilège de passer une nuit avec elle. Ils la voyaient comme un défi à relever, mais elle maintenait son cap sans jamais faiblir, s'amusant bien à ce petit jeu. Un peu à l'écart du groupe, John l'admirait en dégustant un scotch, attendant son heure. Il y avait beaucoup de force et de détermination dans son regard. La gêne de ses premières visites s'était envolée.

— J'ai beaucoup pensé à vous depuis la dernière fois, dit-il en s'approchant d'elle.

— Merci, John.

Elle lui adressa un sourire aimable, mais qui ne trahissait pas toute la joie qu'il aurait espéré y voir. Il s'excusa de ne pas être venu plus tôt. Il avait été très occupé à New York, expliqua-t-il. Dans une économie florissante, il avait beaucoup de fers au feu et plusieurs projets passionnants en cours. Il allait se rendre à Londres dans quelques jours. On sollicitait ses conseils pour remettre de l'ordre dans les finances royales, au plus bas après que le roi avait contracté de lourdes dettes, notamment pour la restauration de Buckingham Palace, Windsor Castle et d'autres monuments. Le roi dépensait excessivement et avait en outre une forte propension à la boisson, autant de causes de sa grande impopularité. Être appelé en renfort était pour John un grand honneur.

Toutefois, il n'était pas venu au Boudoir pour parler affaires. Il songeait depuis des mois à ce qu'il s'apprêtait à dire à Angélique.

— Je voulais vous parler d'une idée qui m'est venue, dit-il. Vous êtes jeune, Angélique. Vous vous amusez bien, pour le moment, et je vois que vos affaires sont prospères, que vous êtes entourée des hommes les plus intéressants de Paris. J'irai jusqu'à dire que tous ceux qui comptent sont passés chez vous, et viennent parfois fréquemment. Mais ce n'est pas un métier que vous pourrez exercer éternellement. Un jour, cela vous pèsera. Sans compter le risque que quelque chose tourne mal et que tout ce que vous avez bâti s'écroule. Le Boudoir est construit sur du sable. J'aimerais vous offrir quelque chose de plus solide.

Il marqua une pause. Elle le considéra avec étonnement. Où voulait-il en venir ? Il avait manifestement mûrement réfléchi à ce qu'il allait dire.

» J'aimerais, Angélique, vous offrir une belle maison à New York. Un chez-vous, rien que pour vous, avec tous les domestiques que vous souhaiterez. Vous pourrez la décorer à votre guise, y recevoir qui vous voudrez, et mener la vie d'une femme respectable dans les limites de ce qui m'est possible, puisque je suis marié. Il n'y a pas de manière élégante de le dire, malheureusement :

j'aimerais que vous soyez ma maîtresse. Vous auriez tout ce que vous désirez, et je serais à vos pieds.

Il lui sourit, certain de l'avoir impressionnée. Et c'était le cas. La générosité de sa proposition aurait tenté bien des femmes. Mais pas elle. Elle ne l'aimait pas, elle n'avait pas envie d'être entretenue par lui – pas plus que de l'épouser, du reste. Elle le savait, si elle se liait un jour avec un homme, elle n'accepterait qu'une union respectable et fondée sur l'amour.

» Je passerais beaucoup de temps avec vous, assura-t-il. Ma femme est malade. Ce mariage est un échec depuis le début, ajouta-t-il après une hésitation. Nous avons eu ensemble un fils merveilleux mais nous ne partageons rien d'autre. Même lorsqu'elle était en bonne santé, nous menions chacun notre vie de notre côté. C'est ainsi depuis près de trente ans.

Il devait avoir la soixantaine, estimait-elle. Il était bel homme, mais quelque chose clochait. Il semblait à Angélique qu'il cherchait à la posséder mais qu'il ne l'aimait pas réellement. Il lui offrirait tout ce qu'il lui promettait, cela, elle n'en doutait pas. Mais elle n'avait aucune envie de se vendre, ni à lui ni à un autre, et de se retrouver prisonnière d'une cage dorée. En ouvrant le Boudoir, elle avait renoncé à une vie respectable mais gagné son indépendance. Elle prenait seule ses décisions, elle faisait ce qu'elle voulait : le goût de la liberté était bien trop doux pour qu'elle y renonce déjà. Elle n'avait ni mari, ni employeur, ni bienfaiteur, ni frère à qui elle devait rendre des comptes, nul homme qui lui dise ce qu'elle pouvait et ne pouvait pas faire, qui décide de quoi que ce soit pour elle.

Elle allait avoir vingt et un ans : il était bien trop tôt pour qu'elle renonce à ce qu'elle avait construit. D'ailleurs, son activité était provisoire tandis que le statut de maîtresse était définitif – à l'instar de celui d'épouse, mais en pire. En un mot, Angélique ne voulait appartenir à personne.

— Votre offre me touche beaucoup, assura-t-elle, mais je ne peux l'accepter. Je veux rester à Paris. Je ne suis pas prête à abandonner le Boudoir ; diriger une entreprise me plaît. Et je ne souhaite pas devenir la maîtresse d'un homme, quel qu'il soit, même si votre offre est très tentante et généreuse.

Tout en parlant, elle l'observait attentivement pour tenter de déterminer si ses sentiments pour elle tenaient plus de l'orgueil ou de l'amour.

— Je ne puis vous épouser, Angélique, répondit-il tristement. Il m'est impossible de divorcer, au bout de tant d'années de mariage – et surtout maintenant que mon épouse est malade.

Il n'avait pas compris que là n'était pas le seul problème pour elle.

— Je ne veux pas davantage me marier, expliqua-t-elle. Je souhaite rester libre de mes choix et de mes décisions. Ce ne serait plus le cas si vous m'entreteniez. Vous décideriez de tout. Et la maison avec tous ses biens vous appartiendrait.

— Je vous l'offrirais, bien entendu. Elle serait à vous. Comme tout ce que je vous donnerais.

Essayait-elle de négocier ? se demanda-t-il un instant. Non. C'était une femme de convictions, qui ne sacrifierait pour rien au monde ses valeurs.

— Je suis heureuse à Paris, reprit-elle. Et il se peut qu'un jour j'aie envie de retourner en Angleterre.

Pour le moment, cela lui paraissait peu probable. Elle n'en gardait que des souvenirs et du chagrin pour ce qu'elle avait perdu. Mais c'était son pays. Elle y avait grandi et se sentait plus anglaise que française. En revanche, absolument rien ne la liait à l'Amérique.

— Je crois que vous vous plairiez infiniment à New York, insista-t-il. Surtout si vous aviez une belle maison à vous...

Elle lisait dans ses yeux une détermination d'acier. Il n'aimait pas perdre. Cependant, avec elle, il n'allait pas gagner. Il avait beau faire, il ne parviendrait pas à la convaincre.

— Je me plais infiniment ici, John.

Il parut un instant furieux, puis triste.

— Y réfléchirez-vous, malgré tout ? la pria-t-il.

Elle secoua la tête.

— Je ne veux pas vous donner de faux espoirs ni vous mentir. Je n'ai pas le tempérament d'une maîtresse. Une courtisane, peut-être, mais pas une maîtresse.

Ce rôle était bien trop restrictif pour elle. Aujourd'hui, elle avait pour amis les hommes les plus puissants de Paris, de France et même, peu à peu, d'Europe. Voire du monde, car elle comptait John parmi eux.

» Votre proposition me flatte énormément, ajouta-t-elle, mais, encore une fois, je ne peux l'accepter.

Il hocha la tête. Comprenant qu'il ne parviendrait pas à ses fins ce soir-là, il prit congé à regret. Il revint le lendemain lui annoncer son départ pour Londres.

— Réfléchissez, lui dit-il du ton de l'homme d'affaires cherchant à conclure un marché. Peut-être changerez-vous d'avis.

— Prenez bien soin de vous, John. Et allez vite sauver les finances de notre roi ! C'est un cousin de mon père ; j'ai assisté à son couronnement quand j'étais petite.

— Vous n'êtes vraiment pas banale..., fit-il d'un air mélancolique.

Il lui baisa la joue et partit. Son intention de faire d'elle sa maîtresse s'était soldée par un échec cuisant. Il ne l'en désirait que davantage, songea-t-il en regagnant son hôtel.

C'était le printemps. Tout allait pour le mieux au Boudoir ; la fréquentation de la maison était régulière, les habitués ne se lassaient pas, et on commençait à entendre parler d'elles dans d'autres villes d'Europe. Elles reçurent ainsi des visiteurs britanniques, des princes et des comtes italiens, un duc espagnol. Les filles les traitaient si bien qu'ils les remerciaient souvent par de beaux cadeaux ou de généreux pourboires.

En mai, elles fêtèrent le premier anniversaire du Boudoir. Angélique avait déjà fait changer ou rénover plusieurs éléments. La maison devenait toujours plus opulente, plus luxueuse. Et Angélique était devenue l'une des femmes les plus à la mode de Paris. À vingt et un ans, elle était plus belle que jamais. Quant aux filles, elles ne cessaient de gagner en raffinement et en élégance. D'autres se manifestaient régulièrement auprès d'Angélique pour se faire engager, mais elle estimait être arrivée au bon nombre. Le Boudoir devait rester comme un club privé. Cela participait largement à son succès.

Quelques jours après l'anniversaire, un groupe d'Anglais chahuteurs et joviaux, fort bien habillés mais quelque peu éméchés, se présenta à l'entrée. Angélique les entendit expliquer à Jacques qu'ils étaient envoyés par des amis. Il l'interrogea du regard, et elle acquiesça. Tout allait bien jusqu'à ce qu'elle reconnaisse un visage dans le groupe. Celui de Harry Ferguson, chez qui elle avait été nurse. Elle s'éclipsa discrètement, informant Fabienne qu'elle montait dans sa chambre.

— S'agirait-il de ton autre frère ?

— Non. Je te raconterai plus tard. Occupe-toi d'eux.

Sur quoi elle disparut dans ses appartements. Comme il était déjà tard, elle se déshabilla et se mit au lit. Elle n'était pas vraiment étonnée de voir Harry au Boudoir. De toute façon, il ne risquait pas de faire le lien entre la Duchesse et la bonne d'enfants qu'il avait renvoyée quatorze mois plus tôt. Finalement, il lui avait rendu grand service. Peu lui importait, aujourd'hui, qu'il ne l'ait pas crue et ait préféré écouter les mensonges de son ami. Elle était infiniment plus heureuse maintenant, même si Emma lui manquait.

Au petit déjeuner, le lendemain matin, Fabienne voulut savoir qui l'avait fait fuir.

— L'homme chez qui j'ai été nurse, expliqua-t-elle.

— Celui qui t'a renvoyée sans références ?

— Oui, confirma-t-elle. Il est monté avec toi, hier soir ?

— Non. Il a demandé Ambre. Il avait entendu parler d'elle. Il aurait bien voulu Yaba, aussi, mais elle était prise. Ils sont restés longtemps et se sont montrés généreux. Ils n'ont pas l'air de manquer d'argent à dépenser.

Angélique hocha la tête et se plongea dans la lecture du journal. Harry Ferguson ne lui était plus rien. Ni sa femme. Ni son argent.

De nouveaux troubles agitaient Paris. Confronté à une forte opposition, le roi avait dissous le Parlement. Passionnée par la politique, Angélique avait longuement parlé de la situation avec Thomas. Des bruits couraient selon lesquels Charles X pourrait être renversé. Certains craignaient une nouvelle révolution, mais Thomas ne pensait pas que l'on en arriverait là. Il lui avait promis de la prévenir s'il y avait lieu de s'inquiéter.

En juin, la nouvelle de la mort de George IV l'attrista. Le roi d'Angleterre, cousin de son père, avait brusquement succombé à une crise cardiaque au château de Windsor. Il faut dire qu'il était obèse depuis des années et porté sur les excès en tout genre. John était-il parvenu à résoudre ses problèmes financiers quand il s'était rendu en Angleterre ? se demanda-t-elle. Le monarque n'avait que soixante-sept ans, soit dix de moins que son père. Il n'avait qu'une fille et plusieurs enfants illégitimes. Son frère cadet, William – qui n'avait que trois ans de moins que lui –, allait donc lui succéder sous le nom de William IV. Selon la presse, la date du couronnement n'avait pas encore été fixée et n'était pas imminente. Le moment venu, la succession de William serait également problématique, puisque tous ses enfants légitimes étaient morts en bas âge. Il avait ensuite eu dix enfants illégitimes avec une actrice irlandaise, Dorothea Jordan, qu'il n'avait jamais épousée. Les frasques de la monarchie anglaise n'étaient pas toujours faciles à suivre, mais Angélique y était habituée.

En juillet, un mois après la mort du roi George, Thomas lui rendit discrètement visite. Il se montra cette fois extrêmement préoccupé pour sa sécurité. En dissolvant le Parlement – qu'il jugeait trop libéral – et en censurant la presse, Charles X avait accru le mécontentement de la population. Les citoyens outragés se rassemblaient. Des barricades allaient être dressées dans les heures qui venaient. Des affrontements étaient à craindre. Le peuple ne voulait plus des Bourbons. On courait au conflit, voire à une nouvelle révolution.

— Quittez tout de suite Paris avec les filles, lui enjoignit-il. Il faut que vous soyez parties avant ce soir.

— Mais pour aller où ?

Angélique fut prise de panique. Ses grands-parents maternels et presque toute sa famille avaient péri lors de la première Révolution. Sa mère n'en avait réchappé que parce qu'elle avait été envoyée, bébé, en Angleterre.

— Je vous conseille fortement un séjour au bord de la mer, en attendant que tout cela se calme.

Il avait l'air on ne peut plus sérieux. Elle se mit à réfléchir à toute vitesse. Elle n'avait aucune envie de quitter la maison, mais moins encore de risquer leur vie à toutes. Elle se sentait responsable des dix femmes qui travaillaient pour elle.

» Pourriez-vous être prêtes à partir d'ici quelques heures ? enchaîna-t-il, très inquiet.

Il était suffisamment bien informé pour qu'elle suive ses consignes sans discuter. D'autant qu'elle avait en lui une confiance absolue et qu'elle savait sa sollicitude à son égard sincère.

— S'il le faut, nous le serons. Je vais m'organiser tout de suite.

Elle se demandait déjà comment procéder.

— Surtout, attendez que tout soit vraiment rentré dans l'ordre pour revenir, la mit-il en garde.

Il partit quelques instants plus tard, après l'avoir embrassée sur la joue.

Elle envoya aussitôt Jacques et Luc réserver des voitures, puis alla de chambre en chambre prévenir les filles de faire leurs valises. Elles partaient pour la Normandie dans une heure. Pourvu qu'elles trouvent là-bas une auberge qui puisse les accueillir toutes. Car il était probable que d'autres gens quittent Paris et que les hôtels soient pris d'assaut...

Les filles obtempérèrent. Une heure plus tard, elles se répartissaient dans les trois voitures que les hommes leur avaient trouvées au tout dernier moment. Elles n'étaient pas bien belles, mais semblaient solides et les chevaux aussi. Celle de la maison allait servir au transport des bagages. Deux heures à peine après la visite du ministre de l'Intérieur, elles étaient sorties de Paris et roulaient vers la Normandie.

Elles arrivèrent le soir même, et Angélique trouva une auberge confortable, avec vue sur la mer, qui pouvait les accueillir toutes. Elles s'y installèrent et attendirent des nouvelles de la situation dans la capitale. Angélique avait emporté la mallette qui contenait sa fortune et ses bijoux, ainsi que des vêtements pour un mois et une grande boîte de chapeaux. Conformément à ses consignes, les filles en avaient fait autant. Jacques et Luc étaient restés à Paris pour garder la maison et protéger les domestiques.

Les nouvelles qui leur parvinrent étaient inquiétantes. Le soulèvement était qualifié de révolution et le roi avait fui Paris. Mais l'insurrection prit fin en trois jours. Une semaine plus tard, alors qu'Angélique et les filles se promenaient dans la campagne parmi les fleurs des champs, le trône était proposé au cousin de Charles X, Louis-Philippe, duc d'Orléans. Charles X abdiqua et partit en Angleterre sans être inquiété. Les Français avaient un nouveau roi. Le calme était revenu dans Paris.

En théorie, elles pouvaient rentrer. Mais Angélique préféra attendre, elle voulait être bien certaine que les troubles ne reprennent pas. Finalement, elles restèrent en Normandie un peu plus d'un mois. Elles s'y trouvaient très bien et ces vacances inattendues étaient des plus agréables. Grâce à l'avertissement de Thomas, elles avaient échappé au chaos qui avait régné un temps dans la capitale et s'étaient bien amusées au bord de la mer.

Bien sûr, leur élégance, leur beauté et leur nombre avaient attiré l'attention. Les femmes les regardaient de travers et morigénaient leurs maris quand ils les admiraient trop ouvertement.

Elles regagnèrent Paris début septembre. Angélique avait reçu un message de Jacques leur assurant que le calme était revenu et qu'elles ne risquaient plus rien. Elles retrouvèrent le Boudoir, pleines d'énergie et d'excellente humeur, prêtes à recevoir les clients. Le ministre fut le premier à leur rendre visite.

— Encore merci de nous avoir prévenues, Thomas, lui dit Angélique. Il n'a pas dû faire bon se trouver à Paris pendant cette période.

— Quelques jours seulement. Tout s'est très vite terminé. Maintenant, nous verrons ce que fait le nouveau roi. J'espère qu'il sera plus raisonnable que son prédécesseur.

— Les filles ont été enchantées de ces vacances, en tout cas, avoua-t-elle en lui souriant.

Dès leur retour, les clients se précipitèrent au Boudoir, ravis de les revoir. Les filles leur avaient manqué, en août. Cependant, beaucoup d'entre eux étaient partis aussi, dans leurs propriétés en province, comme tous les étés. Maintenant, en septembre, tout le monde était rentré. Il faisait une chaleur inhabituelle pour la saison, qui contrastait avec le climat normand, où une petite brise marine rafraîchissait l'atmosphère en permanence.

Quelques jours plus tard, Angélique eut la surprise de voir arriver John. Ses affaires l'amenaient à Paris, avant un rendez-vous à Londres la semaine suivante avec le nouveau roi. Il avait une nouvelle à lui annoncer. Un changement d'importance était survenu dans sa vie depuis sa dernière visite, en janvier. Il avait perdu sa femme. Il allait bien entendu porter le deuil quelques mois, mais il tenait à faire savoir à Angélique que, cette période passée, il était prêt à se marier avec elle. À faire d'elle sa légitime épouse. Tout en parlant, il la suppliait du regard.

Mais elle ne l'aimait pas, c'était aussi simple que cela. Elle le trouvait sympathique, il ne lui était pas désagréable de bavarder avec lui au salon, mais elle n'avait aucune envie de l'épouser, quelle que soit sa générosité. Pour tout dire, son insistance la choquait.

— John, dit-elle tristement, je ne peux pas. Je vous l'ai déjà dit, ma vie est ici. Je n'ai pas envie d'aller à New York. Ni de me marier. Quand bien même, nous nous connaissons à peine. Et si quelqu'un venait à découvrir comment et où nous nous sommes rencontrés ? Je suis tenancière de maison close, je vous rappelle. Quelles répercussions cela aurait-il pour vous si quelqu'un s'en apercevait ?

— Cela n'arrivera pas, affirma-t-il, très sûr de lui. Personne n'a besoin de savoir où ni comment nous nous sommes connus. Vous êtes issue d'une très bonne famille, et je suis assez vieux pour faire ce que je veux. Les ragots ne peuvent plus nuire à ma carrière...

Et de toute façon, tant pis. Il la désirait comme un fou. Il ne pensait à rien d'autre depuis la mort de son épouse. Aujourd'hui, il était prêt à prendre tous les risques pour elle, quitte à nier cet épisode de son histoire si quelqu'un venait à la reconnaître. Il la voulait jusqu'à l'obsession. Plus que tout au monde. Il la lui fallait. La raison n'entrait plus en ligne de compte.

Sauf pour elle.

— Je ne peux pas accepter votre proposition, répéta-t-elle avec le plus de douceur possible. Je ne serai ni votre maîtresse ni votre femme. Je suis sincèrement navrée du décès de votre épouse. Même si vous n'avez pas été heureux avec elle, je suis persuadée que vous avez de la peine. Néanmoins, je ne peux pas me marier avec vous.

Il se leva et la considéra de toute sa hauteur. Il avait l'air furieux. Puis la colère fit place au désespoir. À l'incrédulité. Comment pouvait-elle refuser une demande en mariage ? Il était prêt à tout lui donner. À tout risquer pour elle. Mais elle resta inflexible. Elle ne l'aimait pas, elle ne voulait pas quitter Paris. Et il avait quarante ans de plus qu'elle. Elle ne le lui dit pas, mais elle le jugeait bien trop vieux. Du reste, ce n'était même pas la question. Elle ne l'aimait pas. Point.

— Très bien. Je ne reviendrai plus vous importuner, lâcha-t-il avec un dernier regard égaré.

Il sortit sans se retourner. Cette fois, c'était sûr, elle ne le reverrait pas.

16

Après les Trois Glorieuses, en juillet, et le changement de roi, le calme était revenu à Paris. Le peuple espérait un règne moins autoritaire. Les habitués du Boudoir étaient pour la plupart enthousiastes. De nouvelles alliances, de nouvelles lois, de nouvelles politiques se mettaient en place, sources d'excitation. Angélique et les filles en percevaient les effets jusque dans leur salon.

— Ils sont en forme, en ce moment, hein ? lança Philippine aux autres, un soir, après le départ des derniers clients.

Ambre n'avait pas arrêté de travailler. Camille, Agathe et Fabienne avaient aussi été très demandées. Toutes étaient fatiguées. C'était comme si les hommes débordaient d'une énergie dont ils ne savaient que faire. Il faut dire qu'ils avaient beaucoup bu ce soir-là.

Angélique, de son côté, avait noté que les discussions politiques étaient plus animées que d'ordinaire. Bien que certains fussent arrivés très tard, ils voulaient tous évoquer avec elle les changements politiques. Ensuite seulement, ils montaient en hâte se libérer de leurs tensions dans les chambres.

Le lendemain soir, dans une atmosphère similaire à tout point de vue, le ton monta. Un débat houleux opposa partisans des Bourbons et défenseurs des Orléans. Certains estimaient que Louis-Philippe ne ferait pas mieux que son prédécesseur, d'autres étaient de l'avis contraire. Deux hommes, qui avaient déjà beaucoup trop bu avant d'arriver au Boudoir, se mirent à s'invectiver dans le salon. L'un poussa l'autre. Leurs voisins s'en mêlèrent, quelqu'un donna un coup de poing. Au signal d'Angélique, Jacques et Luc traversèrent le salon.

C'était la première fois qu'une bagarre éclatait entre les hommes du monde qui fréquentaient sa maison. Il fallait les faire sortir avant qu'ils se blessent mutuellement. Elle ne voulait pas d'eux ici dans cet état. Elle avait conçu le Boudoir comme un refuge pour messieurs civilisés, non comme un ring de boxe. Jacques en saisit un par les épaules. Mais avant que Luc ait pu maîtriser le second, celui-ci tira de sa poche un pistolet à crosse de nacre et tira une balle qui toucha son adversaire en pleine poitrine.

Une fleur rouge jaillit aussitôt sur son plastron immaculé. La surprise se peignit sur son visage, puis il s'écroula aux pieds de Jacques. Le tireur – un certain Dumas – voulut s'enfuir. Luc l'immobilisa d'une poigne de fer.

Angélique connaissait de vue le tireur ; la victime, elle, était l'un de leurs meilleurs clients. Elle se pencha sur lui tandis qu'il suffoquait.

— Appelez un médecin, ordonna-t-elle à Jacques à l'instant où Thomas s'avançait.

Elle avait presque oublié que son ami était là. Quel soulagement de le voir ! Elle n'avait aucune idée de la conduite à tenir. La situation était désastreuse. Le scandale allait éclabousser tout le monde. Dumas s'affala dans un fauteuil, l'air hagard. Il ne cherchait plus à s'enfuir.

Angélique glissa un coussin sous la tête du blessé. Alors qu'elle se demandait que faire d'autre, une fille dévala l'escalier avec une pile de serviettes pour comprimer la plaie. L'homme était couvert de sang, maintenant. Il était certainement à l'article de la mort. Elles eurent beau appuyer de toutes leurs forces sur la blessure, rien n'arrêtait le flot de sang. Il avait les yeux révulsés et ne pouvait plus parler. L'autre avait tiré presque à bout portant.

Un murmure s'éleva dans la pièce. Beaucoup connaissaient la victime. C'était un banquier très respecté à Paris, tandis que Dumas appartenait au Parlement dissous par Charles X en mai, ce dont il conservait une certaine amertume.

Le mourant émit alors un râle effrayant. Thomas s'agenouilla auprès de lui avec Angélique. Le sang monta à ses lèvres en gargouillant et lui coula sur le menton. Elle le soutenait dans l'espoir de l'aider à respirer. Dans un dernier hoquet, il expira entre ses bras sous le regard horrifié de l'assistance. Elle l'étendit délicatement sur le sol. Il avait les yeux grands ouverts, le regard fixe ; il ne respirait plus.

Les témoins de la scène, une trentaine de clients, se mirent à discuter à voix basse de ce qu'il convenait de faire. Personne n'avait eu le temps d'appeler la police, ni même d'y penser – tout était allé si vite. Angélique regarda Thomas, lequel prit le contrôle de la situation. Il connaissait la plupart des hommes présents.

— Messieurs, dit-il d'une voix ferme et calme, je vous suggère de quitter les lieux immédiatement. Aucun de vous n'était ici ce soir. Nous ne nous sommes pas vus. C'est compris ?

Ils hochèrent tous la tête, soulagés. Ils n'avaient aucune envie d'être mêlés au scandale, ce qui serait inévitable s'ils avouaient avoir assisté à la scène. Ils filèrent sans demander leur reste. Au passage, celui qui avait désarmé le tireur glissa l'arme à Jacques. Thomas suggéra à Angélique de dire aux filles qui étaient encore en haut de faire sortir leurs clients. Elle envoya Agathe les prévenir. Quelques minutes plus tard, ils descendaient et le ministre leur fit quitter les lieux, en leur donnant les mêmes instructions qu'aux autres. Il était certain qu'ils s'y conformeraient :

qui irait se vanter d'avoir été témoin, dans une maison close, du meurtre par balle d'un homme ?

C'est alors que le tireur se releva, chancelant, et regarda tour à tour Angélique et le ministre. Sans doute était-il légèrement moins ivre que quand il avait appuyé sur la détente.

Thomas demanda à Agathe de l'installer dans une chambre et de le laisser dormir jusqu'à ce qu'il ait dessaoulé.

— Lâchez-moi ! Il faut que j'aille à la police, claironna Dumas.

— C'est moi, la police, répliqua le ministre sèchement. Montez. Et faites ce que l'on vous dit.

— Je l'ai tué, gémit-il, tandis qu'Agathe le guidait vers l'escalier.

Thomas se tourna vers Angélique. Malgré sa peur, elle s'efforçait vaillamment de rester calme.

— Qu'allons-nous faire, maintenant ? demanda-t-elle.

— Il faut déposer le cadavre quelque part près de chez lui, de façon que quelqu'un le trouve rapidement. Épargnons à sa femme l'humiliation d'apprendre où il a été tué.

Ce n'était pas la première fois qu'un homme mourait dans une maison close. Thomas cherchait surtout à éviter le scandale, pour Angélique bien plus que pour le tireur ou même pour la victime.

» Je conduirai Dumas à la police demain, quand il aura dégrisé. Il avouera lui avoir tiré dessus dans la rue à la suite d'une dispute et, ivre, l'avoir laissé sur place. Avez-vous une voiture ?

— Oui.

— Très bien. Que vos hommes déposent Vincent dans une petite rue près de chez lui.

Luc revint quelques minutes plus tard avec la voiture, qu'il arrêta devant la porte. Par chance, il faisait nuit noire, et il n'y avait pas âme qui vive dans l'impasse. Luc et Jacques se hâtèrent de sortir le corps enveloppé dans une couverture et l'installèrent dans le fond du véhicule.

Thomas leur indiqua l'adresse et ils se mirent en route sans un mot. Angélique fit nettoyer le tapis. Toutefois, le sang avait essentiellement coulé sur sa robe.

Les filles étaient toutes là, très inquiètes et commentant à mi-voix l'événement.

— Aucune de vous n'a rien vu, ce soir, leur dit fermement le ministre. Il ne s'est rien passé. La soirée s'est déroulée de façon tout à fait ordinaire. Aucun coup de feu n'a été tiré. De toute manière, personne ne vous demandera rien.

Après quoi, il les pria de monter dans leurs chambres. Puis il regarda Angélique d'un air sombre. Ils allèrent s'asseoir dans la salle à manger, où elle lui servit un cognac. Ce qu'il avait à lui dire le désolait, mais il n'y avait pas le choix.

— Il va falloir partir, Angélique. Pas définitivement, mais pour un temps – six mois ou un an. Sinon, le Boudoir sera éclaboussé, et vous avec. De toute façon, vos clients risquent d'avoir peur de revenir, au début. Ils ne voudront surtout pas risquer d'être mêlés à cette sale affaire. Vous pourrez rouvrir, mais dans une autre maison. Et plus tard. Lorsque les choses se seront tassées.

Elle craignait cela depuis l'instant où le drame s'était produit. Il avait raison, hélas, elle le savait. Elle hocha la tête, les larmes aux yeux. Il lui prit la main, s'efforçant de la consoler. Une fois de plus, la vie d'Angélique se trouvait bouleversée par un coup du sort. Un homme était mort. Il fallait qu'elle ferme le Boudoir. À nouveau, elle ne savait où aller. N'avait nul endroit où se réfugier...

— Quand faut-il que je sois partie ? demanda-t-elle tristement.

— Le plus vite possible.

Elle était sous le choc. Mais quelle chance d'avoir un protecteur tel que Thomas... Sans lui, la situation aurait été infiniment plus dramatique.

— Et les filles, que vont-elles devenir ?

— Elles ont bien gagné leur vie, depuis que vous avez ouvert, fit-il valoir. Elles peuvent se mettre au vert pendant un moment ou rentrer chez elles... Mais, vous, où comptez-vous aller ?

— Je ne sais pas... Je n'ai plus rien en Angleterre.

Pourquoi était-elle donc toujours à la merci des actes déments des autres ? Il y avait d'abord eu son frère, puis Bertie et maintenant ce tireur...

— New York ? suggéra-t-il.

Elle réfléchit un instant et hocha la tête.

— Peut-être, bien que je n'y connaisse personne.

— Vous pourriez prendre un nouveau départ et vous éloigner un temps de tout ceci. Cela vous ferait du bien. Cette vie de tenancière de maison close n'est pas pour vous. Vous êtes fille d'un duc. Duchesse...

Elle sourit de l'entendre employer le surnom que lui avait donné sa petite équipe. Dans sa bouche, il faisait un peu ridicule.

» Achetez votre billet demain, reprit-il. Vos clients ne parleront pas, ils auraient trop à perdre et n'auront aucune envie d'expliquer ce qu'ils faisaient là. Si vous partez maintenant, vous ne serez pas mouillée.

Il avait raison.

Ils restèrent ainsi à parler jusqu'au lever du soleil. Jacques et Luc étaient rentrés, leur mission accomplie. Ils avaient même laissé le haut-de-forme de Vincent à côté de son corps. Il ne restait aucune trace du meurtre dans la maison, si ce n'est la robe ensanglantée d'Angélique et deux serviettes dont elle allait se débarrasser rapidement.

À 9 heures, Thomas alla réveiller Dumas dans la chambre d'Agathe. L'homme n'avait pas encore fini de dessaouler. Angélique lui fit monter du café bien fort par la femme de chambre. Thomas lui fit part du scénario qu'il avait imaginé : il dirait à la police que lui, Dumas, avait tiré sur la victime dans une situation de légitime défense alors qu'ils étaient tous les deux en état d'ébriété, qu'il avait ensuite erré dans les rues toute la nuit et qu'il était venu trouver Thomas pour lui faire des aveux. Il ne fallait en aucun cas évoquer le Boudoir.

Dumas ne fit aucune difficulté : il n'avait pas envie de révéler à quiconque qu'il fréquentait une maison de tolérance. Tous deux partirent peu après, et Angélique – qui n'avait pas dormi et portait encore sa robe tachée de sang – alla réveiller les filles pour les tenir au courant de la suite. Celles-ci descendirent une à une à la cuisine et prirent place autour de la table, la mine grave.

— Nous allons devoir quitter ces lieux, annonça Angélique. Il faut que je ferme la maison. Je vais mettre le mobilier au garde-meubles. Nous rouvrirons peut-être dans six mois ou un an – pas avant.

Elle répétait presque mot pour mot les instructions de Thomas.

— Six mois ou un an ? répéta Ambre. Mais qu'allons-nous faire d'ici là ?

Fabienne se mit à pleurer. Il n'était pas question pour elle de retourner chez Mme Albin ni dans un établissement du même genre, et moins encore de faire le trottoir toute seule. Mais elle n'avait jamais exercé d'autre métier. Elle n'en connaissait aucun. Elle avait vécu un rêve éveillé pendant seize mois, et voilà que tout était fini, du jour au lendemain. Le Boudoir était mort en même temps que l'homme qui avait reçu une balle dans la poitrine.

Par bonheur, grâce à Angélique, les filles avaient mis de l'argent de côté. Cela leur offrait des possibilités nouvelles. Elles avaient le choix. Elles pouvaient même se permettre de prendre une année sabbatique, tout comme Angélique.

— Il n'est pas question que je retourne au couvent, déclara Philippine avec un sourire narquois.

— Nous pourrions nous mettre à plusieurs pour louer un grand appartement et travailler ensemble, en attendant le retour d'Angélique, suggéra Agathe.

L'idée en séduisit plusieurs. Hiroko déclara qu'elle allait peut-être rentrer au Japon puisque, désormais, elle en avait les moyens. Les deux dernières arrivées, Sigrid et Carmen, souhaitaient rentrer dans leur pays, elles aussi. Camille, quant à elle, envisageait de reprendre sa carrière de comédienne.

Aucune d'entre elles n'était mise à la rue par la fermeture de la maison, ni contrainte d'accepter une situation dont elle ne voulait pas. Parce que Angélique les avait bien payées, elles se trouvaient bien plus à l'aise aujourd'hui qu'elles ne l'avaient jamais été, ni même espéré. Le Boudoir de la Duchesse avait été une formidable réussite à cet égard.

— Et toi ? demanda Fabienne à Angélique.

— Je vais prendre un bateau pour New York.

— Tu comptes travailler là-bas ? demanda-t-elle, ébahie.

— Non, je crois que je vais attendre que ça passe. Sans vous, je n'ai rien à vendre, ajouta-t-elle en souriant. Et personne ne m'engagera comme nurse sans recommandation. De toute façon, c'est derrière moi. Je n'étais pas faite pour être domestique.

Toutes hochèrent la tête. C'était vrai : Angélique avait un sens des affaires exceptionnel, ce qui leur avait profité à toutes. Le temps que cela avait duré, c'était magique. Avec un peu de chance, cela recommencerait...

Elles passèrent la matinée à faire leurs bagages et à s'organiser pour la suite. Angélique leur dit de garder les vêtements qu'elle leur avait achetés ainsi que les accessoires, qu'elle les leur offrait. Elle avait été d'une grande générosité, non seulement d'un point de vue financier mais aussi dans ce genre de petits détails. Elle veillait toujours à les traiter avec justice, respect et gentillesse. C'était, pour la plupart d'entre elles, la première fois de leur vie que cela leur arrivait, la première fois qu'elles s'étaient senties en sécurité quelque part. Quitter le Boudoir et le petit bout de femme au courage immense qui l'avait créé leur brisait le cœur.

Angélique se rendit chez le notaire qui représentait le propriétaire de la maison pour lui annoncer qu'elle quittait Paris et emmenait sa famille à New York. Elle paya les trois mois de préavis ; il lui assura que les propriétaires allaient regretter le départ d'une locataire comme elle qui payait toujours son loyer à l'heure. Personne – ni les voisins, ni le notaire, ni les propriétaires – ne s'était jamais douté de ce qui se passait dans la maison.

Elle passa ensuite au garde-meubles pour organiser le déménagement et le stockage du contenu de la maison, puis au bureau de la compagnie maritime Second Line pour réserver une traversée à bord de son navire de luxe, *La Desdemona*. Elle fit même une folie et prit un billet de première classe, ainsi qu'une place en troisième pour celle des femmes de chambre qui voudrait bien l'accompagner. Le paquebot partait dans quatre jours. Elle avait fort à faire d'ici là.

Quand elle rentra à la maison, Fabienne lui annonça une grande nouvelle. Elle avait parlé avec Jacques. Ils allaient se marier et s'installer en Provence. Même si le Boudoir rouvrait, elle ne reviendrait pas y travailler.

— J'ai envie d'avoir des enfants, expliqua-t-elle.

Angélique l'embrassa, heureuse pour elle que son rêve se réalise.

Tout en montant dans sa chambre pour commencer à faire ses bagages, elle songea à la proposition que lui avait faite John Carson à peine une semaine plus tôt. Non, elle ne regrettait pas d'avoir refusé, même s'il l'avait mal pris. Ce n'était pas ce qu'elle souhaitait. Risquait-elle de le croiser à New York ? Peu importait. Elle était sûre de sa décision. Si elle se mariait un jour, ce serait par amour.

Thomas revint la voir dans l'après-midi. Il lui apprit que les aveux de Dumas s'étaient déroulés comme prévu. Il était en prison et y resterait jusqu'à son procès. Personne n'avait mis en doute sa version de l'histoire et le Boudoir n'avait pas été évoqué. Thomas avait tout organisé à la perfection et l'avait sauvée du scandale.

— Quand partez-vous, Angélique ? lui demanda-t-il.

— Dans quatre jours, répondit-elle avec émotion.

Elle abandonnait des femmes auxquelles elle s'était attachée, la vie qu'elle s'était créée, une entreprise prospère quoique inconvenante ; elle l'abandonnait aussi, lui, son très cher ami. Depuis leur rencontre, il s'était montré avec elle d'une bonté sans faille. Cette imminente séparation le peinait tout autant qu'elle. Il était bouleversé. Sans doute ne recroiserait-il jamais le chemin d'une femme aussi belle, aussi exceptionnelle. Elle rencontrerait un homme, à New York, cela ne faisait aucun doute. Elle ne rentrerait jamais en France.

Les filles partirent vers leurs destinations respectives. Certaines restaient à Paris, d'autres regagnaient leur ville d'origine. Quelques-unes s'installèrent ensemble. En lui faisant leurs adieux, très émues, toutes promirent à Angélique de revenir travailler pour elle dès son retour. Cette dernière avait le cœur gros de les quitter, de disperser cette famille de sœurs unies qu'elles étaient devenues.

Trois jours après le meurtre, la maison était vide. Fabienne et elle se dirent au revoir en pleurant, au moment de son départ avec Jacques en Provence. Angélique leur souhaita beaucoup de bonheur. Elle était heureuse que son amie s'en aille vers une vie meilleure, un mariage, des bébés...

Elle fit une dernière fois le tour de la maison avant de partir à son tour. Elles y avaient passé de bien bons moments et réussi au-delà de tout ce qu'elle avait pu imaginer. Aujourd'hui, cette belle histoire s'achevait.

Elle se rendit à l'hôtel avec une montagne de bagages, en compagnie de Claire, la femme de chambre qui avait accepté de la suivre. Elle descendait au Meurice, ce qui lui aurait été impossible à son arrivée à Paris. Aujourd'hui, elle en avait les moyens et sans toucher, tant s'en fallait, au legs de son père. Elle envoya un message à Thomas, lequel passa la voir.

— Vous partez donc demain ? fit-il doucement en entrant dans sa suite.

Elle hocha la tête en guise de réponse. Il ne pouvait l'accompagner jusqu'au Havre, de crainte d'être vu. Il aurait été gênant que quelqu'un le reconnaisse.

» J'espère que vous ferez une bonne traversée, reprit-il. Et que vous reviendrez un jour. Mais quelque chose me dit que ce ne sera pas le cas.

— Où d'autre irais-je ?

— En Argentine, au Brésil, à Rome, à Florence, que sais-je ? À moins que vous retourniez en Angleterre... Le monde est vaste, et vous n'en avez exploré qu'une toute petite partie.

Mais elle n'avait pas spécialement envie de voyager... Elle aurait mille fois préféré rester à Paris.

— Je compte bien revenir ici et reprendre mon activité, affirma-t-elle avec détermination.

— Parfois, la vie en décide autrement... Mais j'espère très sincèrement que vous parviendrez à réaliser vos souhaits, quels qu'ils soient, fit-il en la regardant avec tendresse.

Et là, sans un mot de plus, il se pencha vers elle et l'embrassa. Oh, qu'elle aurait aimé que les choses soient différentes... qu'il ne soit pas marié... qu'elle ne parte pas... qu'il ne soit pas l'homme en vue qu'il était... Malheureusement, il ne pouvait rien y avoir entre eux, elle le savait depuis le début.

» M'écrirez-vous ? s'enquit-il.

Elle acquiesça. Mais il ne put s'empêcher de douter malgré tout. Qui savait ce que la vie lui réservait, à New York ? Il regrettait de la voir partir mais ne lui souhaitait que du bien. Si la vie avait été différente, plus juste, il l'aurait épousée. Jamais il n'avait connu une femme comme elle. Jamais il n'avait autant aimé personne.

— Merci, dit-elle avant qu'ils se séparent.

Le mot était bien petit en comparaison de tout ce qu'il avait fait pour elle, songea-t-elle.

— Ne me remerciez pas, Angélique. Revenez. J'espère de tout mon cœur vous revoir un jour.

Elle hocha la tête, en larmes. Elle avait l'impression d'être contrainte à la fuite, une nouvelle fois. Une nouvelle fois, elle se jetait dans l'inconnu, dans le vide, seule, sans les êtres qu'elle aimait.

» *Au revoir, mon amour*[1]..., murmura Thomas, avant de dévaler l'escalier.

À la fenêtre de sa chambre, en larmes, Angélique le regarda remonter en voiture et s'en aller. La Duchesse et le Boudoir disparaissaient avec lui.

---

1. En français dans le texte.

17

Angélique quitta Paris le lendemain matin. Elle y avait passé un an et demi ; reverrait-elle jamais la capitale française ? Après une nuit blanche, elle se leva à l'aube pour se préparer. Elle choisit un ensemble de soie gris foncé très élégant, avec un grand chapeau et une voilette qui lui dissimulait le visage. Elle fit le trajet en voiture jusqu'au Havre avec Claire, qui était devenue sa camériste. L'autre femme de chambre du Boudoir était repartie chez ses parents dans le Sud.

Elle regarda disparaître Paris et ses faubourgs. Puis, ce fut la campagne. Le voyage jusqu'au port dura des heures. Elle embarqua sur un paquebot peint en noir qui lui parut immense, pour le plus long voyage de sa vie. Jamais elle n'était allée aussi loin. Elle avait repris son personnage de jeune veuve, lequel lui paraissait plus respectable que celui de très jeune femme voyageant seule, même accompagnée d'une femme de chambre.

Si Claire était tout excitée et avait le sentiment de vivre une grande aventure, Angélique, elle, avait le cœur lourd. Sa cabine était spacieuse, pourtant, lumineuse et aérée. Le lit semblait confortable. Mais elle avait encore peine à croire que, cinq jours plus tôt, une balle de revolver avait mis fin à sa nouvelle vie. Elle payait bien cher un désaccord politique et l'accès de colère d'un client. Un homme était mort. Et elle avait perdu ce qui faisait sa raison d'exister jusque-là.

Elle gagna le pont et regarda le quai s'éloigner tandis que le bateau appareillait. Son chapeau était bien tiré en avant et sa voilette baissée. La brise marine était délicieuse ; elle fit quelques pas sur le pont et découvrit qu'il y avait là des enclos pour les chèvres et les moutons, une étable à vaches, une basse-cour avec des poules, des canards et des oies... Quand elle se fut suffisamment dégourdi les jambes, elle retourna dans sa cabine pour lire un moment.

De l'hôtel, avant de partir, elle avait écrit à Mme White pour la prévenir que la famille qui l'employait partait vivre à New York et qu'elle l'accompagnait pour l'aider à s'installer. Elle ne savait pas combien de temps elle y resterait. Pas trop longtemps, en tout cas, espérait-elle. Elle lui promettait de lui donner des nouvelles. Angélique n'était pas fière de mentir à Mme White. Mais elle ne pouvait en aucun cas lui donner la vraie raison de son départ.

D'ailleurs, la vieille gouvernante aurait-elle cru la vérité ? Sans doute pas, pas plus que les autres passagers qu'elle croisait sur le pont n'auraient pu deviner qu'elle avait tenu pendant seize mois la meilleure maison close de Paris. En revanche, elle avait tout de la jeune veuve de bonne famille qu'elle prétendait être.

Elle déjeuna dans sa cabine, puis explora le bateau plus longuement. Le grand salon était très beau, avec ses boiseries et ses moulures dorées. Des voyageurs y passaient le temps en lisant ou en jouant aux cartes. C'était là que l'on servait le thé l'après-midi, lui dit-on. Le luxe du décor lui rappela la demeure des Ferguson. Elle eut une pensée nostalgique pour la petite Emma qu'elle aurait tant aimé revoir. Elle se souvint alors du passage de Harry Ferguson au Boudoir. À quelles autres débauches se livrait-il ? Et sa femme, tentait-elle toujours de séduire d'autres hommes ?

Angélique en avait appris long sur la nature humaine lors de son séjour à Paris. Certains êtres se révélaient bien meilleurs qu'on ne l'aurait pensé ; d'autres, au contraire, en donnaient les apparences sans l'être. Elle avait découvert la force, le sens des valeurs et les principes des femmes qui travaillaient pour elle, malgré leur métier, et l'absence de ces mêmes qualités chez des gens qui prétendaient les avoir mais se trahissaient allègrement les uns les autres. Combien il fallait être solide pour survivre...

Cette leçon, elle l'apprenait depuis trois ans, depuis le décès de son père. Elle n'était pas capable d'imaginer comment il réagirait face à ce qu'elle faisait de sa vie. Serait-il fier de ce qu'elle avait mis en œuvre pour survivre, ou mort de honte ? Au demeurant, elle-même ne tirait pas gloire de tous ses actes. Disons qu'elle avait fait de son mieux en fonction des circonstances. S'il veillait sur elle de là où il se trouvait, elle espérait qu'il la comprenait.

Mélancolique, elle laissa son regard se perdre dans la mer sous les voiles gonflées. Elle ferma les yeux. Une voix masculine à côté d'elle les lui fit bientôt rouvrir. En tournant la tête, elle découvrit un homme grand, au visage agréable.

— Je ne peux pas croire que ce soit aussi grave que cela, dit-il avec sympathie.

— Pardon, j'étais perdue dans mes pensées.

Elle lui sourit timidement sous sa voilette.

— Ce n'était pas des pensées très joyeuses, on dirait.

Il l'avait vue deux fois sur le pont. Au départ, il n'avait pas eu l'intention de lui parler, mais elle lui avait semblé si triste, là, face à la mer, qu'il n'avait pu se retenir. Personne ne méritait d'avoir tant de peine.

— J'ai perdu mon mari et je pars de chez moi, expliqua-t-elle.

Rien d'autre ne lui vint, sur l'instant, pour justifier son chagrin, que le rôle qu'elle avait prévu de jouer.

— Ce qui prouve que l'on trouve toujours plus mal loti que soi... Moi aussi, je viens de perdre ma fiancée – mais au profit d'un autre homme, ajouta-t-il avec franchise. J'ai fait un voyage en Europe pour me changer les idées et échapper aux commérages de New York. Mais la fuite n'a pas donné les résultats que j'escomptais. Je rentre donc, après avoir passé un mois en solitaire à me lamenter sur mon sort, conclut-il avec un sourire contrit.

— Je suis navrée, pour votre fiancée, assura-t-elle, compatissante.

Elle était à la fois surprise et touchée par sa franchise. C'était une façon d'être toute différente de celle des Européens, toujours très réservés quand il s'agissait de sentiments.

— Et moi, plus encore pour votre mari. Avez-vous des enfants ?

Il n'en avait pas vu avec elle quand il l'avait remarquée, à l'embarquement. Elle n'était accompagnée que d'une femme de chambre. Leurs cabines n'étaient pas très éloignées l'une de l'autre, sur le même pont, même si celle de la jeune femme était plus grande – il le devinait à sa localisation. Il était du reste satisfait de la sienne, qu'il trouvait fort agréable.

— Non, répondit-elle en secouant la tête.

Et elle n'en aurait sans doute jamais, songea-t-elle. Qui voudrait l'épouser, maintenant, sachant quel avait été son parcours ? En ouvrant le Boudoir, elle avait choisi son destin. Certaines filles pourraient se marier, peut-être, à l'image de Fabienne. Dans son monde à elle, en revanche, c'était impossible. L'homme avec qui elle bavardait en ce moment même n'aurait pu ne serait-ce qu'imaginer ce qu'elle était ni ce qu'elle avait fait. S'il avait su, jamais il ne lui aurait adressé la parole en public. Qu'elle ne fût jamais montée avec un client n'y changeait rien.

Elle était salie à vie, elle le savait. Désormais, elle ne pouvait plus que rouvrir une autre maison, comme l'espéraient les filles. D'ailleurs, ses clients se feraient une joie de revenir.

— Comptez-vous séjourner longtemps à New York ? reprit le jeune homme poliment.

— Je ne sais pas encore... Quelques mois, peut-être un an. Rien ne me presse vraiment de rentrer.

Il avait compris à son accent qu'elle était anglaise, bien qu'il l'eût entendue parler français avec les stewards, sur le pont, quand ces derniers lui avaient proposé une chaise longue et une couverture. Lui se débrouillait juste assez en français pour comprendre les conversations courantes, mais elle, elle semblait parler couramment.

— Vivez-vous en Angleterre ou à Paris ?

Ni l'un ni l'autre, songea-t-elle avec tristesse. Elle n'avait plus aucun lieu d'attache dans ces deux pays. Cependant, elle lui fit une tout autre réponse.

— Nous avons quitté l'Angleterre pour Paris il y a un an. Puis mon mari est mort. J'ai décidé de partir à New York le temps d'y voir plus clair. C'est un changement assez important.

L'intonation aristocratique de la voix d'Angélique lui plaisait. Il la trouvait plus chaleureuse et plus accessible que beaucoup d'Anglaises de sa connaissance. Qui plus est, elle semblait à l'aise dans la conversation en tête à tête avec un homme, ce qui n'était pas toujours le cas des aristocrates.

— Avez-vous des amis à New York ?

Elle hésita un instant avant de répondre.

— Pas vraiment.

De toute façon, elle ne savait pas comment les retrouver et il aurait été quelque peu déplacé de chercher à le faire, vu le lieu où elle les avait connus. Elle avait reçu plusieurs clients américains, au Boudoir, au cours de l'année précédente. Certains de New York, d'autres de Boston. Elle songea à John Carson, à la tension qui avait émaillé leur dernier échange. Il y avait chez cet homme une dureté profonde, une colère qui faisait surface lorsqu'il n'obtenait pas ce qu'il voulait.

— Au fait, reprit son interlocuteur en lui tendant la main, je m'appelle Andrew Hanson.

Il trouvait Angélique bien courageuse de tenter seule l'aventure de New York, sans amis sur place. Ce n'était pas habituel, pour une femme...

Elle mit sa main menue gantée de noir dans la sienne. Elle avait de bien jolies mains, très fines, nota-t-il, et de tout petits pieds dans d'élégantes chaussures, noires également. Elle se présenta à son tour.

— Angélique Latham.

— Quel nom ravissant, commenta Andrew.

Ils se turent et restèrent un petit moment à regarder la mer, perdus dans leurs pensées. Puis, elle fit un mouvement pour partir.

— Je vais lire un peu dans ma cabine, dit-elle.

Il lui sourit. Il était bien plus grand qu'elle et devait avoir quelques années de plus. Il lui en donnait vingt-quatre ou vingt-cinq, même s'il voyait bien qu'elle s'habillait de façon à se vieillir. Elle semblait aimer les beaux vêtements, nota-t-il encore. Elle avait dû profiter de Paris...

Il ne demanda pas à la revoir : c'était inutile. Ils se croiseraient forcément sur le bateau au cours des prochaines semaines. Le voyage était long. Ils avaient le luxe du temps pour faire plus ample connaissance s'ils le souhaitaient. Ils atteindraient New York dans trois semaines en cas de vent favorable – et plutôt quatre si ce n'était pas le cas.

Par ailleurs, il ne voulait pas l'importuner dans son deuil, d'autant qu'il ignorait à quand remontait le décès de son mari. De son côté, il avait été quitté pour ainsi dire au pied de l'autel, à deux jours du mariage, début août. La blessure que lui avait infligée sa fiancée commençait à cicatriser, six semaines plus tard. Suffisamment, en tout cas, pour qu'il ait envie de bavarder avec une jolie femme sur un paquebot. Il la regarda s'éloigner en souriant et fit une longue promenade, seul, sur le pont.

Angélique s'endormit sur son lit en lisant, bercée par le bateau. Elle manqua l'heure du thé. Claire passa voir comment elle allait et, la trouvant endormie, repartit sans la déranger. Elle se réveilla à temps pour le dîner, qu'elle décida de prendre dans sa cabine. Elle ne ressortit que le lendemain, vêtue d'un superbe ensemble de laine blanc et d'un grand chapeau qui, cette fois, révélait davantage son visage. Elle avisa Andrew dès qu'elle sortit sur le pont. Il parut content de la voir et vint vers elle. Elle était bien plus chic que les autres voyageuses, qui jetaient d'ailleurs des regards envieux à ses toilettes.

— Je ne vous ai pas vue, à l'heure du thé, hier, remarqua-t-il. Ni pour dîner. Vous alliez bien ?

— Oui, j'étais fatiguée, tout simplement. Mon livre est très ennuyeux : je me suis endormie.

Cela le fit rire.

— Je m'endors à chaque fois que je lis, confia-t-il. C'est assez problématique car je suis avocat : il faut que je lise beaucoup.

Ils se mirent à marcher tandis que les autres passagers, installés dans des transats, parcouraient les journaux ou somnolaient, les dames cachées sous des parasols pour protéger leur teint. Angélique ne paraissait pas s'en soucier et ne portait même pas d'ombrelle.

— Quelle est votre spécialité ? voulut-elle savoir.
— Je fais du droit civil et du droit constitutionnel. Rien de grisant, vraiment. Mais j'aimerais me lancer en politique. J'espère être candidat au Congrès ou au Sénat d'ici un an ou deux.
— Vous serez peut-être président, un jour, alors...
Elle le taquinait mais, au fond, elle ignorait qui il était, quelles relations il avait. Peut-être accéderait-il bel et bien au pouvoir. D'autant que, en cela, l'Amérique était très différente de l'Angleterre, où il fallait appartenir par naissance à la classe dirigeante. Pour les Américains, tout était possible, pour tout le monde.
— Peut-être, fit-il prudemment. Cela dit, c'est davantage le rêve de mon père que le mien. Je me satisferais tout à fait d'être membre du Congrès ou sénateur. Je crois que cela fait partie des choses qui ont effrayé ma fiancée. Ce projet ne lui plaisait pas du tout. Pour elle, la politique, c'est « vulgaire », et la vie qui va avec aussi. Elle a essayé bien des fois de me faire renoncer à cette carrière, avoua-t-il avec un sourire contrit.
— Franchement, je la comprends, ironisa Angélique. Non seulement, il y a un côté vulgaire, comme vous dites, mais en plus ce n'est que des complications, du travail à n'en plus pouvoir. Cela me fait penser à notre roi, tenez.
Il remarqua combien elle avait l'air jeune quand elle riait.
— Avez-vous déjà rencontré le roi d'Angleterre ?
Avec elle, il devinait que tout était possible. Mais elle secoua la tête.
— Non, pas celui-ci.
Elle s'abstint de lui dire que c'était son cousin éloigné, de même que le nouveau roi de France.
Ils marchèrent encore un peu. Il la présenta à quelques personnes de sa connaissance, qui semblèrent intriguées.

Puis ils s'installèrent sur des chaises longues et commandèrent du thé, qui leur fut servi avec de délicieux biscuits.

Ils évoquèrent la politique américaine et l'élection d'Andrew Jackson, deux ans auparavant. Le personnage impressionnait Angélique. Andrew lui expliqua avec beaucoup de simplicité certains points du système électoral américain qui la troublaient.

— La politique semble vous intéresser, lui dit-il À quoi vous occupiez-vous, à Paris ?

Elle réfléchit un instant à la meilleure manière de lui présenter ses activités sous une forme acceptable.

— Je participais à une œuvre caritative qui venait en aide à des jeunes femmes défavorisées, dont beaucoup avaient subi de graves violences et avaient été exploitées. J'ai fait mon possible pour contribuer à améliorer leur sort.

Elle donnait à son action les apparences d'une noble cause. En un sens, c'en était une, elle ne mentait pas, même si elle n'avait pas cherché à les faire changer de métier et si elle en avait profité. En tout cas, elle avait veillé à ce qu'elles soient bien payées. Et grâce à l'argent qu'elles avaient gagné, celles qui le souhaitaient avaient eu la possibilité de s'engager sur une autre voie.

— Et avez-vous réussi ?

— Il me semble.

— C'est un peu comme en politique, au fond. Nous voulons aider les masses, apporter plus de justice.

— Je n'avais jamais vu les choses sous cet angle... J'ai plutôt l'impression que nos rois ne pensent qu'à se gaver de nourriture et d'alcool et qu'ils se permettent tout, à nos dépens.

C'était sans doute vrai des derniers rois d'Angleterre et de France, qui avaient perdu tout contact avec leurs citoyens, ce qui avait eu des résultats catastrophiques. L'économie des deux pays en avait sérieusement pâti.

— Étiez-vous présente à Paris lors de la révolution de Juillet ?

— Non. J'ai pris peur et je me suis réfugiée en Normandie avec des amis.

— C'était sans nul doute ce qu'il y avait de mieux à faire, assura-t-il. Du reste, la monarchie ne paraît guère plus solide en Angleterre qu'en France...

— Il n'y a pas eu de révolutions, en Angleterre. Ma famille française a été massacrée, en 1789, sauf ma mère qui a été envoyée en Angleterre alors qu'elle n'était qu'un bébé. C'est ainsi qu'elle a connu mon père, par la suite. Elle était française.

D'où son prénom, présuma-t-il.

— Vos parents sont-ils toujours de ce monde ?

Elle secoua la tête.

— Non. Je les ai perdus tous les deux. J'ai deux frères, mais nous ne sommes pas en bons termes.

C'était le moins que l'on puisse dire..., ajouta-t-elle *in petto*.

— De mon côté, je suis fils unique. Et comme vous, j'ai perdu ma mère. Quant à mon père, je ne m'entends pas toujours bien avec lui et je m'efforce de garder mes distances. Il a pour moi de grandes ambitions politiques – bien supérieures aux miennes, je dois dire. Ou plutôt, mes ambitions ne se situent pas sur le même niveau : je vois la politique comme une chance de faire changer les choses ; à mes yeux, c'est là, l'essentiel. Je ne me satisfais pas d'accepter la société telle qu'elle est. Je veux avoir mon mot à dire sur la marche du pays.

Ces propos, cette vision de la politique la fascinèrent. Elle aurait aimé s'engager comme lui, sauf que c'était impossible pour une femme.

— Vous avez de la chance d'être un homme. Les femmes n'ont pas accès au monde politique.
— Cela viendra peut-être un jour. Les choses changent.
— Elles changent trop lentement. Je serai morte depuis belle lurette le jour où une femme sera présidente de votre pays !
— Quelquefois, des événements se produisent plus vite que l'on ne s'y attendait.

Il débordait d'idéaux, d'idées passionnantes dont certaines étaient en avance sur leur temps. Mais il fallait bien que quelqu'un fasse les premiers pas, estimait-il.

— Accepteriez-vous de vous joindre à moi pour déjeuner ? lui demanda-t-il avec précaution, craignant qu'elle ne juge cela inconvenant.

Mais elle accepta en souriant.

Elle alla se changer et le rejoignit un peu plus tard dans le grand salon où étaient dressées les tables. La broche de diamant qu'elle portait à l'épaule sur sa robe de taffetas noir attira son attention. Il lui en fit compliment.

— Elle était à ma mère, répondit-elle simplement. Mon père la lui avait offerte.

Elle la gardait enfermée dans sa mallette et ne l'avait portée qu'une fois ou deux au Boudoir, pour de grandes occasions. Elle ne lui raconta pas que la femme de son frère, Elizabeth, détenait presque tous les bijoux de la famille. Cela faisait partie des nombreuses choses qu'il valait mieux qu'il ignore à son sujet. Par chance, la politesse l'empêchait de lui poser trop de questions.

Ils passèrent un moment très agréable. Le soir, elle dîna dans sa cabine. Claire vint la voir et lui dit qu'elle s'amusait bien avec les autres passagers de troisième classe. Elle partageait sa cabine avec une Irlandaise très sympathique, qui rendait visite à sa famille en Amérique. Elle espérait bien la revoir à New York. Angélique éprouvait la même chose vis-à-vis d'Andrew ; elle aussi, elle espérait le revoir par la suite. Pour l'instant, les relations amicales qui se tissaient entre eux leur rendaient le voyage plus agréable et les aidaient à se consoler de ce qu'ils avaient perdu, l'un et l'autre.

Le troisième jour, lorsqu'ils se retrouvèrent sur le pont, Andrew remarqua quelques regards portés sur eux. C'étaient sans doute les toilettes extrêmement élégantes d'Angélique, son côté un peu mystérieux, le couple qu'ils formaient qui retenaient l'attention des femmes. Quant aux hommes, ils ne cachaient pas leur admiration. Il se sentait bien, avec elle. Il lui plaisait d'être le chanceux à qui elle donnait le bras. Elle écoutait avec une attention extrême tout ce qu'il disait, comme s'il était le seul être au monde avec qui elle eût envie de se promener et de faire la conversation. Avec elle, il se sentait important, exceptionnel.

Réciproquement, c'était ainsi qu'il commençait à la voir. Son esprit était vif et curieux ; elle était avide de comprendre, se passionnait pour la politique et les choses du monde, à la différence de ces femmes que tout cela semblait ennuyer profondément, ou qui, au contraire, s'intéressaient trop à lui, mais pour de mauvaises raisons. Il n'y avait rien de tel chez Angélique. Elle était franche ; parler avec un homme ne la mettait pas mal à l'aise et elle n'avait pas d'arrière-pensée. Seul le plaisir de sa compagnie l'animait.

Le quatrième soir, pour son plus grand bonheur, elle accepta de dîner avec lui. Elle avait mis une magnifique robe du soir noire, décolletée, à la jupe discrètement bouffante. Elle portait des diamants aux oreilles, un rang de perles et de longs gants blancs qu'elle n'ôta que pour manger. Ils discutèrent à bâtons rompus, écoutèrent les musiciens, puis firent quelques pas sur le pont après le dîner. La mer était calme, le bateau ne bougeait pas. Il l'aida à placer une petite étole de renard sur ses épaules et lui sourit. Tout était si paisible...

Ils dînèrent encore de nombreux soirs ensemble. La journée, ils se promenaient sur le pont, parlaient pendant des heures de multiples sujets, jouaient aux cartes. Depuis le début de la traversée, il faisait un temps idéal. Le ciel était bleu et sans nuages, les vents étaient favorables. Le voyage ne dura que trois semaines, mais leur laissa néanmoins amplement le temps de faire connaissance. À l'arrivée à New York, ils se sentaient comme deux vieux amis. Andrew avait passé de merveilleux moments en sa compagnie. Le dernier soir, tandis qu'ils buvaient du champagne au salon, il lui dit :

— J'aimerais beaucoup vous revoir à New York, si vous le voulez bien.

Angélique aussi avait fait un très agréable voyage en sa compagnie. Elle qui avait pensé passer la traversée à pleurer son ancienne vie... Au lieu de quoi elle s'était retrouvée entraînée dans une relation très forte, qui rendait son arrivée en Amérique beaucoup plus sereine, et même palpitante. C'était presque un conte de fées.

— Avec grand plaisir, répondit-elle en baissant sagement les yeux.

Parfois, elle avait peine à soutenir son regard tant il était direct et tant les sentiments qu'il exprimait étaient forts. C'était la première fois qu'elle rencontrait un homme avec lequel elle avait réellement envie de passer du temps – et que la situation le permettait. Andrew était d'un milieu correspondant au sien, il avait à peu près le même âge et n'était pas marié.

Sauf que, là, le problème, c'était elle. Elle le savait et se demandait que faire. Une chose était certaine, elle ne voulait pas que ce rêve prenne fin. Elle aurait bien du mal à se détacher d'Andrew.

— Où descendrez-vous ? s'enquit-il.

— J'ai réservé au City Hotel.

C'était un très grand hôtel – le meilleur de New York –, qui comptait cent quarante chambres, une salle de bal, des boutiques, une bibliothèque, une salle à manger et plusieurs très belles suites, dont celle qu'elle avait réservée.

 » Je compte y rester un peu, puis, peut-être, louer une maison pendant quelques mois, ou davantage si je décide de prolonger mon séjour.

Il hocha la tête d'un air pensif.

— Je pourrai vous aider à en trouver une, si vous voulez, proposa-t-il. Je connais mieux New York que vous ; il faut choisir le bon quartier.

— Oui, volontiers.

Ils se sourirent. La vie à New York allait être tellement plus gaie, grâce à lui...

— J'aimerais vous faire visiter ma ville, lui proposa-t-il alors.

Ce soir-là, il la laissa à regret à la porte de sa cabine. Il lui plaisait de l'avoir pour lui seul, sans avoir à rivaliser avec tous ceux qui, à New York, ne manqueraient pas de lui faire la cour. Il s'était bien rendu compte que, à bord du bateau, plusieurs auraient aimé tenter leur chance. Cependant, il n'avait pas hésité à la monopoliser pendant ces trois semaines, et cela ne lui avait pas déplu, apparemment. Elle avait même l'air aussi heureuse que lui de ces moments passés ensemble.

Le lendemain, ils étaient côte à côte sur le pont au moment de l'accostage. Les bagages attendaient dans la cabine d'Angélique d'être débarqués par l'équipage. Elle portait une robe de satin gris perle, un manteau assorti, un chapeau confectionné dans le même tissu par sa modiste parisienne favorite, ainsi qu'un petit renard argenté autour du cou. On aurait dit une gravure de mode.

— Êtes-vous attendue par quelqu'un ? s'enquit Andrew avec sollicitude.

— Non. J'ai fait commander une voiture par le commissaire du bord pour me conduire à l'hôtel.

Il hocha la tête, satisfait.

— Dans ce cas, je viendrai vous voir un peu plus tard à votre hôtel pour m'assurer que tout va bien.

— Tout ira bien, assura-t-elle.

Toutefois, elle appréciait son aide imprévue. Elle se serait débrouillée sans lui, bien sûr. Mais l'amitié que lui témoignait Andrew était pour elle un cadeau, qu'elle accueillait avec reconnaissance.

» Allez-vous être très occupé ? voulut-elle savoir.

Il hocha la tête tandis qu'ils regardaient les dockers amarrer le bateau avec d'énormes cordages.

— Il faut bien que je reprenne le travail. Cela fait plusieurs semaines que je fuis mes responsabilités. On ne peut pas s'absenter beaucoup plus pour un cœur brisé.

À la façon dont il lui sourit, elle sentit qu'il était guéri. Il la regarda sérieusement.

— En trois semaines, vous avez changé ma vie, Angélique, lui déclara-t-il avec douceur. Je ne m'attendais vraiment pas à cela.

Il tenait à lui faire connaître ses sentiments avant que la vie reprenne son cours à New York.

— Moi non plus. Je pensais passer tout le voyage à pleurer, confia-t-elle. Au lieu de cela, j'ai passé de merveilleux moments avec vous, Andrew. Merci.

Elle glissa sa petite main gantée dans la sienne en attendant le moment de débarquer. Ils quittèrent donc le navire ensemble, rayonnants, et il l'escorta jusqu'à sa calèche. Quand elle se retourna vers lui, il l'embrassa sur la joue. Il n'arrivait pas à la quitter.

— À tout à l'heure, promit-il tout bas.

Il lui avait donné son adresse, lui répétant de ne pas hésiter à lui envoyer un message en cas de problème. Elle lui fit un signe de la main tandis que la voiture démarrait. Les bagages avaient été transportés dans un autre véhicule, mais Claire faisait le trajet jusqu'à l'hôtel avec elle. Elle avait l'air triste, elle aussi, de quitter ses nouveaux amis. Elles avaient fait l'une et l'autre un voyage beaucoup plus agréable que prévu. Elles échangèrent un sourire complice.

18

Elle trouva le City Hotel plus luxueux encore qu'elle ne s'y attendait étant donné les prix pratiqués. Elle faisait toujours attention à ses dépenses, bien consciente que ses économies devaient pouvoir la faire tenir toute la vie. Elle ne comptait sur l'aide de personne. Malgré son goût pour la mode et les belles robes, elle ne faisait pas de folies. Néanmoins, sa suite était très belle et décorée avec goût, et Claire assura qu'elle aussi était très bien logée, en haut, avec les autres femmes de chambre.

Deux heures après leur arrivée, tandis que Claire défaisait ses nombreuses malles et voyait ce qui avait besoin d'être repassé, une énorme composition florale fut livrée pour Angélique. On aurait dit une roseraie. Elle était envoyée par Andrew et accompagnée d'un carton qui disait : « Bienvenue à New York. Vous me manquez déjà. Votre dévoué A.H. » Elle était encore en train de l'admirer quand un groom vint l'avertir que M. Hanson souhaitait la voir.

— Oui, faites-le monter, répondit-elle en lui donnant un pourboire.

Quelques instants plus tard, Andrew frappait à la porte de sa suite. En entrant, il l'embrassa sur la joue. Les longs moments passés ensemble sur le bateau expliquaient que leur relation fût devenue intime bien plus vite qu'en d'autres circonstances. Elle avait l'impression de le connaître depuis des mois, si ce n'est des années.

— Avez-vous envie de faire un tour dans New York ? lui proposa-t-il.

Sa voiture attendait en bas, c'était un bel après-midi d'automne et il avait décidé de ne pas aller au bureau avant le lendemain.

— Je peux bien attendre encore un jour pour reprendre le travail, fit-il valoir d'un air malicieux.

— Ce n'est pas comme cela que vous deviendrez président, le taquina-t-elle.

Mais elle était ravie. Elle prit une étole et le suivit. Quelques instants plus tard, ils roulaient dans les rues de New York. Sa voiture était très élégante et confortable sans être tape-à-l'œil, tout à fait adaptée à un homme de son âge. Elle se sentait bien, à côté de lui, tandis qu'il lui signalait les choses à voir et indiquait au cocher où aller. Ils firent le tour des principaux sites et monuments. Il lui montra le théâtre du Sans-Souci, sur Broadway, Vauxhall Gardens, le National Theater et la maison Morris-Jumel, la maison de James Watson, Gracie Mansion, Castle Garden, l'hôtel de ville, la cathédrale Saint-Patrick à l'intersection des rues Mott et Prince. Une grande promenade, qui les ramena à l'hôtel pour un thé tardif.

Ils le prirent dans la salle à manger tout en observant les hôtes et les visiteurs qui entraient et sortaient. Elle en profita pour étudier la manière dont les dames étaient vêtues et les différents styles de robes. La mode lui sembla plus conservatrice à New York qu'à Paris. Il y avait cependant de belles toilettes et elle remarqua quelques jolis chapeaux, mais moins élaborés que les siens.

Andrew appréciait beaucoup sa façon de s'habiller. Il n'avait jamais vu une femme aussi chic. Son ancienne fiancée était banale, comparée à elle. Moins sophistiquée, elle s'intéressait également moins au monde qui l'entourait. Et si leur rupture était une bénédiction, tout compte fait ? Jamais il n'aurait imaginé qu'Angélique allait entrer dans sa vie et lui voler son cœur.

Il l'invita à dîner et à voir un spectacle au Sans-Souci le lendemain, puis à l'opéra au National Theater deux jours plus tard, à dîner et danser au Delmonico's ensuite... Entre les soirées avec lui et les journées passées à découvrir New York en solo, elle avait à peine le temps de souffler.

Au bout de deux semaines, elle n'avait pas encore rencontré les amis d'Andrew, mais il admettait volontiers qu'il la voulait tout à lui. Cependant, quand ils tombaient sur des gens qu'il connaissait au restaurant ou au théâtre, il était très fier de la leur présenter. Les hommes étaient frappés par sa beauté. Quant aux femmes, on les devinait à la fois admiratives et charmées par son naturel détendu et enjoué. Elle ne se donnait pas de grands airs et n'était nullement imbue d'elle-même.

Ils visitèrent quelques maisons, mais Angélique n'eut le coup de foudre pour aucune. Elle décida de rester à l'hôtel encore un peu. Trois semaines après leur arrivée, un soir, Andrew l'embrassa passionnément. Au bout de six semaines passées en sa compagnie pour ainsi dire quotidienne, il ne pouvait plus se contenter d'un chaste baiser sur la joue. Elle ne le repoussa pas. Leur amour était réciproque.

On était alors début novembre. Il lui dit qu'il voulait la présenter à son père, mais que ce dernier était très pris par ses affaires et ses déplacements professionnels. Andrew était heureux, pour sa part, de lui consacrer tout son temps libre. Ils passèrent Thanksgiving ensemble, à l'hôtel, puisque son père était en voyage avec des amis. Il lui expliqua la signification de cette fête. Elle trouva très belle cette idée de passer un jour d'actions de grâce en famille ou entre amis.

Noël approchait. Cela faisait maintenant trois mois qu'ils s'étaient rencontrés. Un après-midi, au retour d'une promenade dans la neige, il prit les deux mains d'Angélique dans les siennes pour les réchauffer, puis, comme elle posait son manchon et ôtait son chapeau dans la petite entrée de la suite, il mit soudain un genou à terre.

— Andrew, qu'est-ce qui vous arrive ? lui demanda-t-elle, les yeux brillants de tout son amour pour lui, les joues rosies par le froid.

— Angélique Latham, dit-il, très ému, me ferez-vous l'honneur de m'épouser ?

Elle était stupéfaite. Elle n'avait pas envisagé le mariage comme dénouement, elle n'attendait rien de lui, elle n'avait pas de visées sur lui. Mais elle l'aimait sincèrement. Ses yeux s'emplirent de larmes.

— Oh, mon Dieu... oui... oui... oh, mon chéri, je vous aime !

Il se releva, la prit dans ses bras et l'étreignit longuement. Il ne voyait pour eux qu'un avenir radieux, tous leurs rêves réalisés... Blottie contre lui, Angélique songeait qu'il y avait des choses qu'elle devait lui dire. Mais elle ne voulait pas le blesser ou, pire, le perdre. Fallait-il qu'elle lui parle de Paris, du Boudoir ? Peut-être n'avait-il pas besoin de savoir...

» Je vous aime tant..., répétait-elle sans parvenir à rien dire d'autre.

Il ne savait pas non plus qu'elle avait été nurse, ni que son frère l'avait chassée. Il ignorait tant de choses à son sujet. Mais comment courir le risque de le perdre, en lui racontant tout ? Et s'il le découvrait par le biais d'un autre, par le biais d'un homme qui avait connu le Boudoir ?

— Il faut que nous trouvions une maison, déclara-t-il tout excité. Et je veux que nous nous mariions sans tarder. Inutile d'attendre. Au fait, faut-il que j'écrive à votre frère pour lui demander votre main ? Je sais que vous ne vous entendez pas, mais je ne voudrais pas l'offenser.

— Vous ne l'offenserez pas, assura-t-elle d'un ton égal. Il s'en moquera. Il me déteste. Vous n'avez rien à demander à personne.

— Faut-il les inviter au mariage, lui et votre autre frère ?

— Surtout pas. Si vous le faites, c'est moi qui ne viendrai pas, répliqua-t-elle sur un ton qui le fit rire.

— Je tiens quant à moi à ce que vous fassiez la connaissance de mon père dès son retour de Boston. Il a été follement pris ces derniers mois. Il va vous adorer, promit Andrew joyeusement.

Trois jours plus tard, il lui offrait une magnifique bague de fiançailles, avec une monture très travaillée et, au centre, un gros diamant. Elle aurait été tout aussi heureuse avec une petite bague, voire pas de bague du tout : c'est Andrew qu'elle aimait, pas ce qu'il pouvait lui offrir.

Il aurait voulu la présenter à ses amis dès à présent, mais mieux valait commencer par son père. Ce dernier était assez vieux jeu et attaché aux traditions. Andrew avertit Angélique qu'il avait des opinions très conservatrices. Mais il ne doutait pas qu'il serait sous son charme.

— Comme tout le monde ! lança-t-il. Et moi, le premier ! Fixons la date du mariage maintenant, voulez-vous ? Pourquoi attendre ? Nous savons tous les deux ce que nous voulons ! Nous sommes assez grands...

Elle lui avoua alors qu'elle était plus jeune que ce qu'elle lui avait dit.

— En réalité, révéla-t-elle timidement, j'ai vingt et un ans.

C'était la seule part de vérité qu'elle était prête à lui dévoiler. Il rit de cette confession, ravi. Il avait trente ans : c'était parfait. Du reste, il trouvait tout parfait, dans leur union – et son père serait certainement du même avis. Angélique redoutait un peu cette rencontre. À entendre Andrew, son père était intimidant, plutôt rigide.

— Marions-nous en février, le jour de la Saint-Valentin, suggéra Andrew.

— Très bonne idée ! Mais cela ne nous laisse pas beaucoup de temps pour l'organisation, fit-elle valoir, pensive. Avez-vous envie d'un grand mariage ?

Elle ignorait comment s'y prendre, surtout à New York. À Paris ou à Londres, elle n'aurait eu aucun mal. Mais dans une ville inconnue, c'était beaucoup plus difficile.

— Pas vraiment, répondit-il franchement. Vous n'avez pas d'amis ici. Si vous ne souhaitez pas faire venir votre famille d'Angleterre, il serait un peu bizarre que j'invite des centaines de mes relations que vous ne connaissez pas. Essayons donc de voir petit, si vous voulez bien...

Une cérémonie dans l'intimité, en présence seulement de son père et de ses plus proches amis, serait parfaite. Peu lui importait comment ils se mariaient, du moment qu'ils se mariaient, et le plus tôt serait le mieux. Il lui tardait tellement de fonder une famille avec elle – et à elle aussi...

Angélique ne rêvait plus que d'être la femme d'Andrew et de porter ses enfants. Il fallait qu'elle l'annonce aux filles du Boudoir afin qu'elles ne comptent plus sur son retour. Elle se doutait que Fabienne se réjouirait pour elle. Son amie lui avait écrit que Jacques et elle s'étaient mariés en octobre et qu'un bébé était déjà en route. Que leur vie avait donc changé !

Elle voulait également vendre le mobilier du Boudoir, lequel n'avait pas sa place dans leur future maison. Dès le lendemain, elle écrivit donc au garde-meubles, qui allait s'en charger pour elle.

Angélique avait le plus grand mal à assimiler tout ce qui lui arrivait. Entre deux conversations sur leurs projets d'avenir, Andrew lui annonça qu'ils dîneraient avec son père l'avant-veille de Noël. Ce dernier se faisait une joie de la rencontrer. Telle qu'Andrew l'avait décrite, elle lui semblait parfaite – ce qu'Andrew savait déjà.

Pour dîner avec le père d'Andrew, elle choisit une robe de velours noir très simple, décolletée juste ce qu'il fallait mais pas trop, avec les perles de sa mère et, dans les cheveux, un petit diadème que portait sa grand-mère maternelle quand elle était jeune fille. Il allait à merveille avec la si belle bague de fiançailles que lui avait offerte Andrew.

En passant la prendre à son hôtel, Andrew fut ébloui. Jamais il n'avait été aussi fier.

Angélique fut un peu surprise quand la voiture s'arrêta devant une immense demeure de Pearl Street. Elle ne s'attendait pas à une bâtisse aussi imposante et, l'espace d'un instant, se sentit un peu écrasée. Mais elle ne tarda pas à se ressaisir. Allons, elle avait déjà vu de plus grandes maisons, à commencer par Belgrave Castle, qui faisait plusieurs fois la taille de celle-ci. Elle n'en avait jamais parlé à Andrew, puisque ce n'était plus chez elle et qu'elle ne pouvait pas y retourner. Du reste, pourquoi se lamenter sur le passé quand l'avenir s'annonçait aussi radieux ?

Deux valets de pied et un majordome les firent entrer dans le hall, en marbre et éclairé par un énorme lustre. Les lieux lui rappelèrent Belgrave, sauf que tout y était plus neuf et tout de même un peu plus petit que dans le château de ses ancêtres. Elle tendit son étole à l'un des valets et Andrew la fit passer dans le salon où les attendait son père. Il se tenait de dos et regardait par la fenêtre, un verre à la main. Il était en habit, tout comme Andrew. Il se retourna et échangea avec son fils un regard empreint d'affection, puis il posa les yeux sur Angélique, sa future belle-fille, un sourire accueillant aux lèvres.

En le voyant, elle crut défaillir. Et lui aussi, sans doute. Ils se fixèrent, incrédules.

Car le père d'Andrew n'était autre que John Carson, le financier américain qui l'avait demandée en mariage trois mois plus tôt, au Boudoir, et qu'elle avait éconduit. De toute évidence, Carson était un faux nom, qu'il s'était choisi pour ses visites dans la maison de tolérance. Il ne dit rien pendant quelques instants, puis son visage se durcit, tandis qu'Angélique tentait de dissimuler le choc de cette rencontre du mieux qu'elle pouvait. C'était un coup du sort particulièrement cruel. Elle allait épouser le fils de cet homme, qui lui avait proposé tour à tour d'être sa maîtresse puis sa femme, qui lui avait tout offert sur un plateau, à qui elle avait dit non et qui en avait été affecté et furieux à la fois... C'était presque trop ironique pour être vrai. L'homme connaissait son passé parisien. Allait-il le révéler à Andrew ? Cette possibilité la terrifiait.

— Je... Bonsoir, monsieur, bredouilla-t-elle en esquissant une révérence, les larmes aux yeux.

Parviendrait-il à passer outre leur différend et à l'accepter comme future épouse d'Andrew ? Hélas, la rage qu'elle lisait dans ses yeux ne laissait rien présager de bon. Andrew la remarqua lui aussi.

— Qu'est-ce qui ne va pas ? demanda-t-il à son père en les regardant tour à tour, Angélique et lui, sans comprendre.

— Rien du tout, assura John d'un ton brusque. Très heureux de faire votre connaissance, jeta-t-il à Angélique en faisant signe au valet de lui resservir un verre.

Il s'assit avec eux, morose. Tout ce qu'il voulait, c'était en finir au plus vite avec cette soirée et faire sortir cette femme de chez lui et de la vie de son fils. Il n'était pas question qu'il autorise Andrew à l'épouser, même s'il en avait lui-même eu l'intention et qu'il l'avait désirée si ardemment qu'il avait fait tout ce qui était en son pouvoir pour la convaincre. Il ne s'était pas remis de son refus. Et voilà que, cruelle ironie du sort, ils se retrouvaient.

Le dîner fut interminable. Personne ne dit mot. John continua à boire – bien trop – et n'adressa pas la parole à Angélique, ne lui accorda pas le moindre regard. Il ne fit que discuter affaires avec son fils comme si elle n'était pas là.

Andrew ne comprenait pas ce qui se passait. Angélique avait l'air malade ; elle n'avalait presque rien. À peine le repas fini, son père se leva et demanda à lui parler, seul à seul. Il se rendit dans la bibliothèque et se mit à fulminer dès qu'Andrew eut refermé la porte derrière lui.

— Qu'y a-t-il, papa ?

Il ne l'avait jamais vu dans cet état. On aurait dit un lion en cage.

— Tu ne peux pas épouser cette femme ! hurla-t-il. Je ne te le permettrai pas ! Je t'ordonne de rompre immédiatement !

— Mais pourquoi ? Je ne comprends pas. Tu t'es conduit comme un rustre toute la soirée.

— Je sais sur elle des choses que tu ignores. C'est une putain, Andrew. Ni plus ni moins. Elle en veut à ton argent, et au mien !

C'était faux, bien sûr, il le savait. Sinon, elle aurait accepté son offre à Paris... Mais il n'était pas question que son fils épouse une femme qu'il avait tant désirée – et qui se trouvait être, en outre, l'ancienne tenancière d'une maison close parisienne. Il se jugeait assez vieux pour faire ce genre de choix, mais pas son fils. La mère d'Andrew était une femme estimable, au moins, issue d'une des plus grandes familles de New York. Malgré ses manières distinguées, Angélique, elle, n'était pas respectable. Selon lui, elle jouait la comédie. Elle était convaincante, certes, mais pas assez pour que cela justifie qu'elle épouse son fils.

» Je ferai tout ce qui est en mon pouvoir pour empêcher ce mariage, Andrew, ajouta-t-il. Il faut mettre fin à cette parodie tout de suite.

— Mais quelle parodie ? Je l'aime ! C'est une femme merveilleuse. La connais-tu ?

— Non ! s'écria son père.

Il ne pouvait pas lui avouer la vérité. Comment lui dire qu'il l'avait rencontrée dans une maison close et lui avait demandé de l'épouser ? Maintenant, il y avait gros à craindre qu'Angélique lui raconte tout le reste. Ce serait dramatique. Il ne voulait surtout pas que son fils apprenne ce genre de choses sur lui.

» Tu ne sais rien d'elle, reprit-il. Moi, si. J'ai entendu parler d'elle par d'autres. Elle est assez connue, à Paris. T'a-t-elle raconté sa vie ?

— Je sais qu'elle a deux frères qui ne l'aiment pas et qu'elle déteste. Ses parents sont morts. Elle est veuve depuis peu et est venue ici pour se changer les idées. Pourquoi ? Que sais-tu de plus ?

Il était inquiet, bien sûr, mais pas outre mesure. Il était bien plus contrarié par la conduite de son père. Ses propos lui apparaissaient comme un tissu de mensonges.

» C'est le fait qu'elle soit européenne, qui te dérange ? demanda-t-il. Tu aurais voulu que je choisisse une Américaine, une fille dont tu connais la famille ?

Il était si snob que c'était fort possible.

— Cela n'a rien à voir, même s'il est vrai que tu n'avais pas besoin d'aller à l'étranger pour trouver une épouse. Il y a toutes les jeunes filles charmantes qu'il faut ici. Elle va détruire ta carrière politique et tes chances de monter haut dans ce monde. Je te le répète, je ferai tout ce qui est en mon pouvoir pour empêcher ce mariage !

Il criait toujours. La rage faisait gonfler les veines de son front et de son cou.

» Demande-lui de te dire la vérité sur sa vie, lança-t-il, et tu verras bien si elle le fait ! Je peux t'assurer que cela n'a rien à voir avec l'histoire qu'elle t'a racontée.

Il allait et venait comme un forcené dans la pièce. Andrew le regardait, sans bouger.

— C'est une femme honnête, papa. Oui, je vais lui poser la question. Nous avons tous des secrets que nous ne souhaitons pas révéler aux autres. Je suis persuadé qu'elle me dira la vérité. Mais j'ai trente ans, tu sais, papa. Tu ne peux pas me dire qui épouser ni m'interdire de me marier avec la femme que j'aime. Je ne veux pas d'une vie comme celle de maman et toi. Vous vous êtes détestés pendant toutes ces années, vous avez été seuls et malheureux parce que vous aviez fait un mariage de raison. Ce ne sera pas mon cas. Et tu ne me dicteras pas la façon dont je dois mener ma vie. Quand je pense que je m'étais fiancée avec une fille qui correspondait à tes critères et qu'elle est partie avec mon meilleur ami après m'avoir trompé !

Il s'échauffait à son tour. Son père s'était conduit grossièrement. Il était désolé pour Angélique, laquelle, malgré la soirée épouvantable qu'elle avait dû passer, était restée digne et polie jusqu'au bout.

— Celle-ci aussi te trompera, et d'ici peu ! lui jeta John. Quant à mon mariage avec ta mère et aux raisons pour lesquelles je l'ai épousée, cela ne te regarde pas.

— Je vous ai vus vous déchirer toute ma vie. C'est tout juste si vous supportiez de vous trouver dans la même pièce. Excuse-moi, mais j'aspire à autre chose.

John ne pouvait rien répondre à cela. Il regarda tristement son fils.

— Débarrasse-toi d'elle, insista-t-il. Autrement, tu le regretteras. Je ne veux plus jamais qu'elle mette les pieds ici. Si tu restes avec elle par folie ou parce qu'elle t'aura encore menti, ne compte pas sur moi pour la recevoir.

— Je ne vois pas comment elle pourrait en avoir envie, vu la manière dont tu l'as traitée ce soir, répliqua Andrew. Bonsoir, papa. Merci pour le dîner.

Il sortit en claquant la porte. John se laissa tomber dans un fauteuil, écrasé. Il se sentait soudain terriblement vieux. Elle l'avait rejeté et voilà qu'elle allait épouser Andrew. Il avait tant voulu l'avoir pour lui, la posséder, lui donner tout ce qu'il avait. Il avait tout fait pour l'attirer, pour la convaincre. Elle l'obsédait, aujourd'hui encore... Il n'aurait su dire à cet instant qui il haïssait le plus, d'Angélique ou de son fils qui l'avait conquise.

19

Ils rentrèrent à l'hôtel en silence. Devant le visage de marbre d'Andrew, Angélique se décomposait peu à peu. Il était furieux après elle, c'était sûr. Son père lui avait tout dit, lorsqu'ils s'étaient isolés après le dîner : jamais Andrew ne l'épouserait. Elle n'avait plus qu'à lui rendre sa bague en arrivant à l'hôtel. Cela ne faisait aucun doute, leurs fiançailles étaient rompues. Elle ravala ses larmes. Elle n'avait plus qu'une envie : être seule pour pleurer ce bonheur trop court qu'ils avaient vécu ensemble.

Le portier l'aida à descendre de voiture.

— Puis-je monter ? lui demanda gravement Andrew.

Elle acquiesça. Elle lui rendrait la bague là-haut. Il n'aurait pas besoin de la lui réclamer. Elle comprenait. Elle ne la méritait pas, car elle ne lui avait pas dit la vérité. Mais quel terrible coup du sort que de découvrir que l'homme qui l'avait demandée en mariage à Paris sous un faux nom était le père d'Andrew ! Heureusement qu'elle n'avait pas eu de relations intimes avec lui, songea-t-elle avec horreur. Là, elle n'aurait pu regarder Andrew en face.

À peine entré dans le salon de sa suite, Andrew lui posa les deux mains sur les épaules et s'adressa à elle très gentiment.

— Asseyez-vous, Angélique, la pria-t-il. Nous allons parler. Mon père me dit qu'il y a des choses que j'ignore à votre sujet. J'aimerais que vous me disiez tout, même si cela vous semble terrible. Je vous aime. Pour moi, cela ne changera rien. Mais si nous nous marions, je veux tout savoir de vous. L'amour, ce n'est pas aimer uniquement la part lumineuse, mais aussi la part d'ombre d'un être.

— Je ne vous mérite pas, lâcha-t-elle d'une voix étranglée, le visage baigné de larmes. Voici votre bague.

Elle commença à l'enlever, mais il l'en empêcha.

— Non. Certainement pas. Commencez par le commencement, Angélique. Nous pouvons sauter les langes et votre première nanny, mais je veux connaître toute la suite afin de mieux vous comprendre. Je veux la vérité. Toute la vérité. Il ne doit y avoir aucun secret entre nous.

Il avait une vague idée de ce à quoi son père faisait allusion, mais il n'en était pas sûr.

— Ma mère est morte en me mettant au monde. Elle était française. Vous le savez déjà. Elle était apparentée à la fois aux Bourbons et aux Orléans, et toute sa famille a été tuée pendant la Révolution. Mon père, Phillip, duc de Westerfield, était un cousin du roi d'Angleterre. Il a été pour moi le plus merveilleux des pères. Nous vivions dans un château, Belgrave Castle, dans le Hertfordshire. C'est une propriété magnifique. Mon père avait eu deux fils d'un premier mariage, et ceux-ci détestaient ma mère ; ils ont toujours été terriblement jaloux de moi. Nous avions aussi une maison sur Grosvenor Square, à Londres, où mon frère aîné a vécu pendant les années qui ont précédé la mort de mon père. Tristan a une femme épouvantable, une certaine Elizabeth, et deux filles. Elles aussi me haïssent.

Andrew l'écoutait en silence. Il voyait très bien le tableau : un remariage, des aînés jaloux, Angélique la prunelle des yeux de son père...

» Selon la loi anglaise, mon frère aîné a hérité de tout : le titre, la fortune de mon père, Belgrave Castle,

Grosvenor Square – tout. Mon père ne pouvait rien me laisser, du moins légalement. Il aurait souhaité que Tristan me permette de m'installer après sa mort dans un grand cottage du domaine. Cela n'a pas été le cas. Il m'a chassée. J'avais dix-huit ans. La veille de sa mort, mon père m'avait heureusement donné de l'argent et les bijoux de ma mère.

» Tristan et sa famille, et mon frère Edward, ont débarqué à Belgrave tout de suite après le décès de mon père. Le soir des obsèques, Tristan m'a dit que j'allais être une charge pour lui et que je n'étais plus la bienvenue à Belgrave. Il s'était arrangé pour me placer comme nurse chez des gens qu'il connaissait dans le Hampshire. Je devais partir le lendemain. Il m'avait fait passer pour une cousine éloignée. Je suis donc devenue domestique chez ces gens très riches et je me suis occupée de leurs six enfants.

Le cœur d'Andrew se serra. Il imaginait cette toute jeune fille chassée de chez elle juste après la mort de son père adoré, et contrainte d'aller travailler chez des inconnus : c'était affreux.

» Je me suis beaucoup attachée aux enfants dont je m'occupais, poursuivit-elle. Ils étaient adorables. Leurs parents, en revanche, étaient épouvantables. J'y suis restée seize mois.

Elle lui parla ensuite de Bertie, de la façon dont elle avait dû se défendre contre lui, des mensonges qu'il avait racontés pour se venger.

» J'ai été renvoyée sans références. Je n'en ai pas tout de suite mesuré les conséquences. En réalité, cela signifiait qu'il allait m'être impossible de retrouver du travail à Londres. Personne ne m'engagerait sans une lettre de recommandation. On m'a suggéré d'essayer la France. Je n'ai pas eu plus de chance là-bas : personne ne voulait de moi, ni comme bonne d'enfants ni comme femme de chambre, ni même pour laver par terre...

Andrew crut deviner : elle en avait été réduite à se prostituer.

— Vous n'avez pas besoin de me raconter la suite, Angélique, dit-il doucement, souhaitant lui épargner des aveux humiliants.

Il avait une peine infinie pour elle.

— Si. Vous avez dit que vous vouliez tout savoir. Donc... J'étais descendue dans un hôtel, à Paris, et je désespérais. Une femme m'avait conseillé de tenter ma chance en Amérique, mais cela me faisait peur. Et je n'avais aucune garantie que les choses se passeraient mieux de l'autre côté de l'Atlantique.

Elle lui raconta alors comment elle avait trouvé Fabienne dans le caniveau d'une ruelle, en sang et presque inconsciente, rouée de coups par un « client ». Elle l'avait recueillie dans sa chambre d'hôtel, et Fabienne lui avait appris quel était le sort des filles comme elle. Elles étaient exploitées par tout le monde – maquerelles, souteneurs, clients –, frappées à l'occasion, ne gagnant presque rien. Cela l'avait profondément touchée.

» De mon côté, je ne trouvais pas de travail. C'est alors que m'est venue l'idée : j'allais me servir du legs de mon père pour créer un établissement, une « maison ». Mais une bonne maison. Une maison où les femmes seraient bien traitées, bien payées. La meilleure maison de Paris, avec les meilleures filles, les meilleurs clients.

Andrew la fixait, incrédule.

— Vous avez ouvert une maison close ?

Cette fois, elle avait bien réussi à le surprendre – non pas par son immoralité, mais par son courage, son cran et son esprit d'entreprise.

— Oui, reconnut-elle d'une petite voix. Et cela a été formidable. La maison était belle, tout marchait comme sur des roulettes. Les hommes étaient enchantés, les filles heureuses, nous gagnions beaucoup d'argent que je partageais équitablement avec elles. C'était vraiment la meilleure maison de Paris...

Andrew secoua la tête et se mit à rire. Jamais au grand jamais, il n'aurait pu deviner une histoire pareille. Jamais il ne l'aurait imaginée capable de cela, elle, si sage, si distinguée et si jeune.

— Et vous aviez donc vingt ans quand vous avez réalisé tout cela ?

— Oui. Tout s'est très bien passé pendant un an et demi.

Puis elle lui raconta le meurtre et la dernière nuit du Boudoir.

» Les hommes les plus puissants de Paris venaient chez nous ; je connaissais donc des gens haut placés. Le ministre de l'Intérieur était un habitué, à sa manière, et un ami. Il a tout arrangé ce soir-là.

Elle lui raconta comment et ajouta :

» C'est lui qui m'a convaincue de fermer et de m'éloigner pour un temps. Six mois ou un an. Le risque de scandale était trop grand si je continuais comme si de rien n'était. J'ai donc pris un billet pour l'Amérique. Je pensais n'y passer que six mois, puis rentrer en France. Mais je vous ai rencontré sur le bateau, nous sommes tombés amoureux et nous nous sommes fiancés. Voilà, conclut-elle. Vous savez tout. Il n'y a rien d'autre.

Sauf un dernier détail.

— Rien ne m'autorise à vous poser cette question, Angélique, mais j'aimerais mieux le savoir et surtout que ce soit vous qui me le disiez. Serviez-vous aussi les clients ? Comme les filles, je veux dire...

Elle secoua la tête avec véhémence.

— Oh non, bien sûr ! Je dirigeais la maison, c'est tout. Je n'ai jamais eu de relations intimes avec personne. Je

suis vierge, précisa-t-elle d'un ton égal. Certains clients m'appelaient la Reine des glaces. Je bavardais avec eux au salon, je jouais aux cartes, je les connaissais bien, mais cela n'est jamais allé plus loin. Je crois qu'ils ne m'en respectaient que davantage.
Et lui aussi.
— C'est une sacrée histoire, Angélique. Vous ne manquez ni de courage ni de ressource...
Il sentait qu'elle lui avait dit la vérité. Il avait eu raison de lui faire confiance. Et maintenant qu'il connaissait les épreuves qu'elle avait traversées, il ne l'en aimait que davantage. Son père avait raison, certes, quand il disait qu'elle lui avait menti. Mais à bien y réfléchir, il n'aurait pas tout raconté spontanément, lui non plus, s'il avait été à sa place.
— J'ai pensé à vous dire la vérité, reprit-elle justement, mais je n'ai pas su comment m'y prendre. Mais votre carrière politique... Cela ne risque-t-il pas de vous faire du tort, un jour ? Si votre père est au courant, j'imagine que d'autres gens le sont, même ici.
— Peut-être, répondit-il, mais cela ne m'inquiète pas. Il y a, en politique, des individus qui ont fait bien pire et qui s'en sont sortis. C'est l'Amérique, vous savez. On ne rencontre pas que des gentlemen dans les affaires ou au gouvernement. Qui croirait une histoire telle que la vôtre, de toute façon ? C'est une histoire stupéfiante !
Elle hocha la tête. Elle lui était infiniment reconnaissante de se montrer si gentil. Elle voulut de nouveau enlever sa bague. De nouveau, il l'en empêcha.
— Je vous aime, Angélique. Et je vous remercie d'avoir été honnête avec moi. Je veux vous épouser. Pour moi, cela ne change rien. Tout ce que je veux, c'est que vous me promettiez de ne plus jamais avoir peur de me dire la vérité.

Il s'interrompit un instant pour réfléchir. Il avait une dernière chose à lui demander.

— Aviez-vous vu mon père, dans votre maison ? Y allait-il parfois ?

Elle regarda Andrew dans les yeux. Elle ne voulait pas détruire la relation entre le père et le fils. Inutile de salir le premier pour se blanchir elle-même. Surtout, la règle tacite, mais sacrée, du métier qu'elle avait exercé était la discrétion concernant les habitués. Même un homme comme John avait droit à ses secrets vis-à-vis de son fils.

Avant de répondre, elle se jura que c'était la dernière fois qu'elle mentait à Andrew. Il n'avait pas à savoir cela. Et c'était surtout lui, et l'image qu'il avait de son père, qu'elle voulait protéger, bien plus que John lui-même.

— Non, dit-elle, je ne l'y ai jamais vu.

Andrew hocha la tête.

— Très bien. Je ne pensais pas que c'était son genre, mais on ne sait jamais. Je lui parlerai demain.

Sur quoi il l'embrassa. Elle le regarda, les yeux brillants.

— Vous êtes sûr, alors ? murmura-t-elle. Je vous le promets, je ne vous mentirai plus jamais.

Elle le pensait de tout son cœur, de toute son âme.

— Sûr et certain, affirma-t-il. Je vous aime, Angélique. Que c'est exotique ! ajouta-t-il en riant. Je vais épouser une entremetteuse, qui est aussi une duchesse !

— Je ne suis pas duchesse, corrigea-t-elle de son air le plus comme il faut. C'est la femme de mon frère qui est duchesse. Mais j'ai bien été entremetteuse. Et c'était bien la meilleure maison de Paris, assura-t-elle en riant à son tour. J'aurais aimé que vous puissiez voir cela !

Elle avait de nouveau l'air d'une enfant. Il l'embrassa à pleine bouche et la serra étroitement contre lui. Tout ce qu'il voulait, c'était se marier avec elle au plus vite. À la Saint-Valentin. Ou peut-être même avant.

Le lendemain, il entra dans le bureau de son père et se planta en face de lui.

— Elle m'a tout dit, déclara-t-il en fichant les yeux dans les siens.

— Ah oui ? répliqua-t-il en soutenant le regard de son fils. Et que t'a-t-elle donc raconté ?

— Qu'elle avait été chassée par son frère à la mort de son père, qu'elle avait été nurse, qu'elle était arrivée de Londres à Paris sans références et qu'elle y avait ouvert une maison close. Un sacré endroit, apparemment, ajouta-t-il.

John se durcit encore. Et puis, soudain, il détourna les yeux. Il n'osait plus défier Andrew.

— Cela ne m'intéresse pas, décréta-t-il.

Évidemment, il ne pouvait demander à son fils si elle lui avait parlé de ses visites au Boudoir et des deux propositions qu'il lui avait faites. Comme Andrew n'en disait rien, il se prit à espérer que, par une espèce de miracle, elle l'avait épargné.

» Et tes ambitions politiques ? lança-t-il. Qu'arrivera-t-il si l'on découvre que tu es marié avec une putain ?

— Ce n'est pas une putain ! rétorqua Andrew avec colère. Elle n'a fait que diriger cette maison. Du reste, pour une aristocrate de vingt ans, je trouve cela plutôt impressionnant.

— Tu perds la tête.

Et Dieu sait que John le comprenait. Lui aussi avait perdu la tête à cause d'Angélique. C'était le genre de femme qui réduisait les hommes à un désir désespéré, surtout lorsqu'elle se refusait à eux.

» Et je ne suis pas certain que les gens fassent une différence entre putain et maquerelle, ajouta-t-il. Aux yeux de beaucoup, c'est la même chose.

— Eh bien non, ce n'est pas la même chose. Le monde ne se divise pas en deux catégories, papa, les bons et les méchants. Il est plus complexe que ça ; tu devrais le savoir. C'est important, pour pouvoir réaliser des choses en politique.

— Appelons un chat un chat. Elle a dirigé une maison close à Paris, qu'elle ait ou non couché avec les clients. Cela ne t'aidera pas à devenir sénateur, et encore moins président, un jour, si c'est ce que tu désires. Si quelqu'un le découvre, le scandale te fera tomber instantanément du siège que tu occuperas à ce moment-là.

— Peut-être cela a-t-il moins d'importance pour moi que pour toi. En tout cas, je suis prêt à courir le risque. Angélique en vaut la peine et je l'aime. Je vais l'épouser, avec ou sans ton approbation.

John Hanson marqua un long silence et s'affaissa sur son siège. Il ne voulait pas perdre son fils. Mais il n'arrivait pas à pardonner à Angélique d'aimer Andrew et pas lui. Il ne pardonnait jamais à qui l'avait blessé. Or Angélique non seulement avait refusé sa demande en mariage, mais encore lui faisait-elle l'affront de lui préférer son fils ! C'était plus qu'il n'en pouvait supporter.

— Fais ce que tu veux. Mais ne l'amène jamais chez moi. Ne me parle jamais d'elle. Je ne fréquente pas les femmes de ce genre, et tu ne devrais pas non plus. Je te supplie de changer d'avis.

Il n'avouerait jamais à son fils qu'il l'aurait bien épousée lui-même si Angélique avait voulu de lui. Elle était comme un joyau qu'il rêvait de posséder.

Andrew, lui, l'aimait. Qui qu'elle soit et quoi qu'elle ait fait.

— Moi aussi, je te supplie de changer d'avis, papa. Angélique va être ta belle-fille, la mère de tes petits-enfants, un jour.

Sur ce, Andrew prit congé et alla déjeuner avec Angélique à l'hôtel.

— Comment allait votre père ? lui demanda-t-elle nerveusement.

Elle avait peur qu'il ait avoué l'avoir rencontrée. Andrew saurait alors qu'elle lui avait encore menti, même si elle l'avait fait pour l'épargner. Mais il semblait que John n'ait rien dit. Dans ce cas, il était probable qu'il ne parle jamais.

— Il est excessif, parfois, expliqua Andrew. Vu la façon dont il réagit, autant ne pas attendre. Marions-nous tout de suite. Dans une semaine ou deux. J'ai envie de vivre avec vous.

Elle n'était pas moins impatiente que lui. Ils organisèrent donc un tout petit mariage : il aurait lieu le 31 décembre, avec les deux plus proches amis d'Andrew comme témoins. Angélique les avait rencontrés quelques jours avant et les appréciait beaucoup. Malgré leurs recherches, ils n'avaient pas encore trouvé de maison. L'appartement de célibataire d'Andrew était trop petit pour eux deux.

Ils passèrent un Noël tranquille, en tête à tête, à l'hôtel. Andrew alla boire un verre chez son père, mais ne dîna pas avec lui. Ils ne parlèrent pas d'Angélique.

Le 31 décembre, dans une robe de satin blanc qu'elle avait apportée de Paris, Angélique épousa Andrew lors d'une petite cérémonie privée à St. Mark's Church in-the-Bowery, une église inspirée de St. Martin-in-the-Fields de Londres. Il passa la nuit avec elle à l'hôtel.

Le lendemain matin, ils partirent deux semaines en voyage de noces en Virginie, où ils descendirent au Greenbrier, un hôtel fort luxueux. À leur retour, elle ne tarda pas à se faire connaître comme l'une des femmes les plus belles et les plus élégantes de New York.

Un mois après leur retour de lune de miel, Angélique se rendit compte qu'elle était enceinte. Leur nouvelle vie avait commencé. Leurs rêves se réalisaient. Chaque jour, Andrew lui disait combien il l'aimait et qu'ils le méritaient tous les deux. Et elle le croyait.

20

Angélique avait écrit à Mme White pour lui annoncer son mariage, lui faire part de son bonheur et lui dire combien elle se plaisait à New York. Dans sa lettre suivante, elle put lui apprendre qu'ils attendaient un heureux événement. Mme White rapportait toutes ces nouvelles à Hobson. Le vieux majordome était ravi de savoir que mademoiselle avait épousé un jeune homme bien et qu'elle se trouvait entre de bonnes mains.

Au printemps, une missive de Mme White informa Angélique de la mort de son frère Edward dans un accident de chasse. Les obsèques avaient eu lieu à Belgrave ; il était enterré dans le mausolée, avec ses parents. Elle songea à écrire une lettre de condoléances à Tristan. Après en avoir parlé avec Andrew, elle se ravisa. Il ne l'avait même pas prévenue.

— Il ne mérite pas le moindre égard de ta part, lui assura son mari.

Au fond, convint-elle, il avait raison.

Ils venaient de trouver une maison sur Washington Square. Elle s'activait énormément à la décoration et aux préparatifs. Ils comptaient s'y installer en mai, la naissance du bébé étant prévue pour début octobre. Elle se sentait bien. Andrew la trouvait plus belle que jamais, à mesure que leur bébé grossissait et qu'elle s'arrondissait.

Elle n'avait jamais revu son beau-père. Andrew, lui, déjeunait de temps en temps avec lui. Il lui avait annoncé qu'ils attendaient un enfant, ce qui n'avait fait qu'attiser sa colère. John ne voulait toujours pas entendre parler d'elle, pas plus que de leur future progéniture.

Andrew commençait à faire son chemin en politique. Il prévoyait de se présenter au Congrès en novembre, lors d'une élection spéciale pour le remplacement d'un membre décédé en cours de mandat. Pour lui, c'était l'occasion rêvée. Il allait faire un premier grand pas dans ce monde. Angélique se réjouissait pour lui. Elle espérait être remise de l'accouchement pour le soutenir au cours des dernières semaines avant l'élection.

Ils emménagèrent à la date prévue. La maison était magnifique et telle qu'ils l'avaient rêvée. Angélique était enceinte de quatre mois. Ils recevaient souvent des amis chez eux. La vie était belle.

En juin, Fabienne écrivit à Angélique de Provence. Leur bébé était né, un garçon prénommé Étienne : ils étaient fous de joie. Angélique lui promit de la prévenir dès que le leur serait là. Elle était impatiente. La nursery était déjà aménagée : elle était magnifique. Seul point de désaccord avec Andrew, il insistait pour engager une nurse. Il voulait pouvoir sortir avec Angélique. Il jugeait aussi que ce serait trop de travail pour elle seule. Ils convinrent d'engager une jeune fille qui l'aiderait seulement. En aucun cas, elle ne voulait devenir une mère comme Eugenia Ferguson, ou même comme certaines de leurs amies new-yorkaises, qui ne voyaient pour ainsi dire jamais leurs enfants.

Des enfants, Andrew en voulait toute une ribambelle, et Angélique était d'accord. Elle était folle de joie à l'idée de devenir mère. Ce serait certainement plus facile que de s'occuper des jumeaux d'Eugenia, d'autant que le médecin lui avait assuré qu'il n'y avait qu'un bébé. Ils espéraient un garçon pour commencer, mais Andrew serait très heureux aussi d'avoir une petite fille. Si c'était le cas, ils se dépêcheraient d'en faire un autre, voilà tout.

L'été, ils louèrent une maison à Saratoga Springs. Ils y passèrent les mois de juillet et d'août, jusqu'au Labor Day, la fête du Travail, le premier lundi de septembre. Andrew se rendait de temps à autre à New York pour son travail et la campagne électorale. En septembre, il se jeta à corps perdu dans la bataille : déjeuners et dîners, apparitions publiques, meetings, toutes les occasions de serrer la main des électeurs étaient bonnes. Angélique, elle, restait à la maison. Elle était trop grosse, maintenant, pour se montrer. Et puis, aucun vêtement ne lui allait. Elle se plaignait de s'ennuyer. En réalité, elle était plus fatiguée qu'elle ne voulait bien l'admettre.

Le 1er octobre, alors qu'elle était en train de plier de minuscules chemises dans la nursery avec l'aide de Claire, elle perdit les eaux. La nurse devait arriver de Boston dans les tout prochains jours.

Angélique alla dans sa chambre pour s'allonger et attendre. Claire et la nouvelle gouvernante, Mme Partridge, apportèrent des piles de draps et de serviettes. Le médecin avait été appelé. Il arriva une heure plus tard et déclara que tout allait bien. Le travail avançait lentement, elle ne souffrait pas trop. Andrew avait un déjeuner important avec ses partisans. Il ne devait rentrer que dans la soirée. D'après le médecin, le bébé ne serait pas là avant minuit. Il promit de revenir vers l'heure du dîner. À ce moment-là, les choses s'accéléreraient sans doute.

Une infirmière veilla Angélique, laquelle comptait nerveusement le temps qui s'écoulait entre les contractions. Il ne s'était pas passé grand-chose quand Andrew rentra.

— C'est tuant, d'attendre, se plaignit Angélique lorsqu'il vint lui tenir compagnie pendant que l'infirmière descendait dîner.

Lui aussi était impatient. Heureusement qu'Angélique ne souffrait pas trop, songea-t-il.

À son retour, le médecin trouva que le travail avançait plus lentement qu'il n'aurait cru. Ce serait sans doute pour le lendemain, tout compte fait. Il repartit, les laissant déçus tous les deux.

— Et si je me levais et que je marchais un peu ? avança Angélique.

Andrew n'était pas rassuré.

— Je ne suis pas certain que ce soit une bonne idée. Tu ferais mieux de rester couchée.

À peine avait-il dit cela qu'une première grosse contraction la saisit, suivie de toute une série. Elle lui serra la main de toutes ses forces, le souffle coupé. C'était beaucoup plus violent qu'elle ne s'y attendait. Elle se laissa retomber contre les oreillers. Andrew voulut aller chercher l'infirmière, qui dînait avec Mme Partridge.

— Non, ne me laisse pas ! gémit-elle en se cramponnant à lui, reprise par un raz-de-marée de douleur.

C'était comme si un train la traversait de part en part ; et évidemment, elle ne pouvait rien faire pour l'arrêter.

— C'est atroce, pleura-t-elle.

Il eut l'air affolé.

— Je vais appeler l'infirmière.

Il tenta de se libérer, mais elle ne lui lâchait pas le bras.

— Non, Andrew. Non...

Elle hurlait tandis que les contractions déferlaient les unes après les autres. Un moment de répit la laissa hébétée au moment où l'infirmière revenait dans la chambre. Elle comprit la situation, sourit à Andrew et lui dit qu'il pouvait s'en aller.

— Non, le supplia Angélique. Ne me quitte pas.

Ils virent tous les deux l'infirmière froncer les sourcils en voyant une tache de sang se former sur le lit.

— Ce n'est pas habituel ? demanda Andrew.

Elle secoua la tête tout en assurant que Mme Hanson allait bien, puis elle sortit demander à Mme Partridge d'envoyer le cocher chercher le médecin. Il fallait qu'il vienne sans tarder.

— Quelque chose ne va pas ? demanda la gouvernante, inquiète.

— Certaines femmes saignent plus que d'autres, répondit simplement l'infirmière avant de remonter.

Angélique, cependant, hurlait de douleur. Il lui semblait que son dos se brisait. Le bébé descendait, elle le sentait bien. Mais elle saignait de plus en plus.

— Ma mère est morte en me mettant au monde, lâcha-t-elle. Vais-je mourir, moi aussi ?

Andrew fit un effort immense pour la rassurer le plus possible. Mais tout ce sang l'inquiétait terriblement. Des piles et des piles de linge y passaient. Claire venait d'en rapporter d'autres. Angélique ne cessait plus de pleurer et lui paraissait de plus en plus faible. L'infirmière lui enjoignait de pousser, mais elle n'y arrivait pas. À chaque tentative, le sang giclait sur le lit.

— Tu ne vas pas mourir, ma chérie, répétait Andrew en priant pour que ce soit vrai.

À cet instant, le médecin entra. Il fronça les sourcils à la vue du sang et échangea un signe de tête avec l'infirmière sans rien dire. Une boule d'angoisse au ventre, Andrew comprit que c'était grave.

— Ma chère amie, faisons vite sortir ce bébé, dit-il à Angélique. Pourquoi perdre du temps alors que vous pourriez déjà le tenir dans vos bras ? Vous allez pousser de toutes vos forces.

Mais elle était trop faible, elle avait perdu trop de sang. Elle n'arrivait plus à fournir l'effort nécessaire pour expulser le bébé. Elle n'arrivait plus qu'à crier et pleurer de douleur. Le médecin regarda Andrew d'un air grave.

» Il va falloir que vous l'aidiez, annonça-t-il. Lorsque je vous le dirai, vous appuierez pour pousser le bébé vers moi. N'ayez pas peur de pousser de toutes vos forces.

Andrew hocha la tête. Une nouvelle contraction commençait. L'infirmière tenait les jambes d'Angélique, Andrew appuyait, Angélique mobilisait ses dernières forces, et le médecin s'efforçait de contenir le saignement. Au bout de cinq minutes d'efforts conjugués, une petite tête apparut, puis les épaules. Un instant plus tard, leur petit garçon était né. Andrew le regarda en pleurant. Le bébé poussa un cri vigoureux. Sa mère souleva la tête et lui sourit avant de perdre connaissance.

Il y avait une mare de sang sur le lit, Angélique avait le teint grisâtre, et Andrew ne pouvait s'arrêter de pleurer. Il était terrifié à l'idée de la perdre. Le médecin était à l'œuvre. L'infirmière emporta le bébé pour lui faire sa toilette et l'envelopper dans un lange. Il était né couvert du sang de sa mère.

— Docteur..., fit Andrew d'une voix blanche, pris par la panique.

— Elle a perdu beaucoup de sang, admit le médecin.

Et soudain, par miracle, l'hémorragie diminua, puis cessa. Le médecin attendit quelques minutes, puis fit respirer des sels à Angélique, qui reprit connaissance. Elle était d'une pâleur extrême, très faible, mais elle respirait et elle était réveillée.

— Le bébé va bien ? demanda-t-elle.

— Très bien, assura Andrew.

Elle lui avait fait une de ces peurs ! Sans doute n'était-elle pas encore tout à fait tirée d'affaire, mais il reprenait espoir.

Deux heures plus tard, le médecin était confiant. Il lui avait administré des gouttes de laudanum pour l'aider à dormir et à lutter contre la douleur. Il dit à l'infirmière de lui en redonner d'ici quelques heures, puis il sortit de la chambre.

— Votre épouse souffre d'une pathologie qui s'appelle placenta prævia, expliqua-t-il à Andrew qui le raccompagnait. Cela peut provoquer des hémorragies mortelles. Je crois que votre épouse s'en remettra, mais il va lui falloir du temps. À votre place, je ne la laisserais pas essayer d'avoir un autre enfant, ajouta-t-il sérieusement. Vous pourriez la perdre. Ou le bébé. Elle a eu beaucoup de chance.

Andrew hocha la tête, étourdi par ce qu'il venait d'apprendre et par ce qu'il avait vécu ces dernières heures. Il ne s'était pas trompé. Elle aurait pu mourir. Tout ce qui comptait, maintenant, c'était qu'elle soit en vie et leur fils aussi. Il remonta dans leur chambre et la regarda. Le laudanum faisait son effet, elle semblait dormir. Mais en le sentant à côté d'elle, elle entrouvrit les yeux et lui sourit faiblement.

— Je t'aime..., fit-elle avant de sombrer à nouveau dans le sommeil.

— Moi aussi, je t'aime.

Oui, il l'aimait de tout son être. Peu lui importait qu'ils n'aient jamais d'autre enfant. Ils en avaient un, c'était déjà merveilleux. Et elle était sauvée, vivante, auprès de lui pour toujours. Ils avaient eu de la chance, ce soir. Non, il ne tenterait pas le diable. Elle comptait trop pour lui pour qu'il veuille courir le moindre risque.

Ils avaient décidé de donner à leur fils les prénoms de son grand-père maternel et de son père : Phillip Andrew Hanson. Le frère d'Angélique l'ignorait encore, mais le prochain héritier de Belgrave Castle, du domaine, du titre et des biens de la famille, venait de naître. Edward ayant disparu sans avoir d'enfants et Tristan n'ayant que des filles, le bébé auquel Angélique avait donné naissance ce soir était le futur duc de Westerfield.

Andrew sourit en songeant à tout cela. Le droit des successions britannique était un système archaïque qui pénalisait injustement certains, en particulier les femmes. Néanmoins, cela lui faisait tout drôle de songer que son fils serait duc un jour. Et il ne lui déplaisait pas de savoir que l'homme qui avait été si cruel avec sa femme chérie aurait le châtiment qu'il méritait, le plus naturellement du monde, en vertu de ces mêmes lois dont il s'était servi pour faire du tort à Angélique.

Cependant, ce titre ne signifiait rien pour Andrew, ou très peu. Angélique, en revanche, était tout pour lui. Angélique et leur fils, désormais. Phillip Andrew, duc de Westerfield ou non, était né.

21

Andrew fut élu au Congrès six semaines après la naissance de son fils. Angélique était encore trop faible pour se tenir à ses côtés le soir de l'élection. Elle assista en revanche à sa prestation de serment avec une immense fierté. Il était fou de joie. Il l'avait emporté très nettement.

Une seule ombre ternissait le tableau : John avait refusé de voir son petit-fils et affirmait qu'il ne le verrait jamais. La haine qu'il vouait à Angélique demeurait aussi forte et implacable. Andrew était furieux, mais n'y pouvait rien. Pour le reste, tout allait bien dans leur vie.

Ils firent baptiser le bébé en janvier, quand Angélique eut repris des forces et put recevoir chez eux. Elle était superbe. Cela faisait tout juste un an qu'ils étaient mariés. L'avocat d'Andrew à New York avait écrit à Tristan pour l'informer de la naissance du futur duc, son héritier, et lui rappeler que, comme il le savait, le domaine, les biens et le titre lui seraient transmis un jour. Angélique aurait adoré voir la tête de son frère quand il avait reçu la lettre... Tristan avait eu beau la bannir, son fils allait hériter du titre. Ce ne serait pas Edward, qui n'était plus de ce monde, ni les filles de Tristan, qui ne pouvaient pas hériter davantage qu'elle. Ce serait son fils, et justice serait faite. Enfin.

Après cela, le temps s'écoula paisiblement. Andrew fut réélu au Congrès : toute la petite famille séjournait dans la ville de Washington quand Andrew avait besoin d'y être. Angélique avait horreur de se séparer de son fils... Les deux époux avaient eu la sagesse de suivre le conseil du médecin et de ne pas avoir d'autre enfant.

Quatre ans après leur mariage, Andrew se présenta au Sénat. La lutte fut âpre ; son adversaire était féroce. À trois semaines de l'élection, ce que John Hanson avait prédit se produisit. Ils ne surent jamais qui avait levé ce lièvre, mais un reporter zélé sortit de son chapeau un témoin qui reconnut Angélique pour l'avoir rencontrée à Paris, au Boudoir, et raconta toute l'histoire à la presse.

Elle se demanda si le père d'Andrew était à l'origine de la fuite. Non, sans doute, conclut-elle. Il ne serait pas allé aussi loin, il n'aurait pas délibérément fait de tort à son fils. Mais l'affaire n'en était pas moins étalée sur la place publique. L'élection était désormais perdue d'avance et Andrew abandonna la course avec une déclaration très digne sur sa femme extraordinaire, dévouée et aimante. Il se retira discrètement de la vie politique, non sans que son père lui rappelle amèrement qu'il l'avait prévenu. Après avoir passé trois ans au Congrès, il reprit sa carrière d'avocat.

Malgré tout, Angélique s'en voulait de lui avoir coûté l'élection. Mais il lui répétait sans cesse que cela n'avait pas d'importance. Ils étaient heureux.

Angélique avait vingt-cinq ans. Elle était mariée avec le plus merveilleux des hommes.

Comme ils s'interrogeaient tous les deux sur l'origine de l'affaire, Andrew tenta tout de même de savoir qui avait ébruité l'affaire, mais le journaliste ne révéla jamais sa source. Tant d'hommes étaient passés au Boudoir, tant de gens avaient parlé de cette fameuse « Duchesse » qui le dirigeait... Aujourd'hui, elle était bien loin de tout cela. Quand elle y songeait, elle avait l'impression de se rappeler un rêve. Elle n'oubliait pas non plus Thomas, son mentor, son protecteur. Elle se demandait souvent comment il allait, mais n'osait pas lui écrire de peur de l'exposer à un scandale. Alors elle le gardait dans ses pensées en lui souhaitant le meilleur.

Elle lui avait tout de même envoyé un mot pour lui annoncer son mariage. Il lui avait répondu de façon très formelle, lui adressant tous ses vœux de bonheur. Il savait, quand elle était partie, qu'un chanceux l'épouserait et qu'elle ne reviendrait pas à Paris. Il n'avait aucun moyen de lui faire savoir qu'il l'aimait toujours autant, qu'il l'aimerait jusqu'à la mort.

En revanche, elle continuait de correspondre avec certaines des filles. Ambre s'était mariée, ce qui était assez inattendu, et avait deux enfants. Fabienne, elle, en était déjà à son quatrième ! Philippine avait commencé une carrière sur les planches et Camille y était retournée. Agathe avait un nouveau protecteur.

Mme White continuait de la tenir informée de ce qui se passait à Belgrave. Les deux filles de Tristan s'étaient mariées avec des hommes de petite noblesse et de petite fortune. Hobson vieillissait et devenait de plus en plus frêle, mais conservait son poste de premier majordome. Mme Williams, quant à elle, songeait à prendre sa retraite.

Lors d'une réception à New York, Angélique apprit tout à fait par hasard que son ancien employeur, Harry Ferguson, découvrant les infidélités de sa femme, avait fait scandale en la quittant pour partir en Italie avec une comtesse. Eugenia était hors d'elle. Angélique avait souri. Force lui était d'avouer que la nouvelle était amusante.

Avec sa gentillesse habituelle, Andrew lui avait dit un jour que la fin de sa carrière politique lui procurait un certain soulagement. Comme chaque année, ils avaient passé l'été à Saratoga Springs. Phillip grandissait ; il avait eu quatre ans à l'automne. Angélique rêvait de lui montrer Belgrave Castle, dont il hériterait un jour, mais ce n'était pas possible. Tristan et ses avocats n'avaient jamais répondu à la lettre annonçant la naissance de Phillip. Néanmoins, quoi qu'il advienne, la loi s'appliquerait à la mort de Tristan.

Juste avant Noël, Angélique reçut une lettre de Mme White : celle-ci l'informait que Tristan rencontrait de sérieuses difficultés financières, qu'il se séparait d'une bonne partie du personnel mais que, pour l'instant en tout cas, elle conservait sa place. Ils avaient trop besoin d'elle pour la renvoyer ou la forcer à prendre sa retraite.

Angélique avait pensé en parler à Andrew, mais il avait beaucoup de travail... Puis ce fut Noël, et elle-même eut à faire avec les courses, les cadeaux et surtout l'organisation d'un grand réveillon de nouvel an pour fêter leurs cinq ans de mariage.

Elle avait fait faire une robe tout spécialement, une robe rouge magnifique. Il lui tardait qu'Andrew la voie. Elle avait aussi commandé un orchestre : on danserait après dîner. Ils attendaient une centaine d'invités.

Elle était en train de s'habiller. Andrew, qui avait promis de rentrer bien à temps pour se changer avant la fête, était en retard, comme souvent. Elle venait de passer sa robe, avec l'aide de Claire, et mettait les boucles d'oreilles en diamant qu'il lui avait offertes l'année précédente, quand Mme Partridge vint la trouver dans son vestiaire, livide. Aussitôt, Angélique craignit pour son fils. Il avait dû lui arriver quelque chose.

— Il faudrait que vous descendiez tout de suite, madame, fit la gouvernante sans rien oser dire de plus.

Dans l'escalier, elle vit trois policiers dont un officier qui attendaient dans le hall. Ce dernier la regardait gravement.

— Puis-je vous parler en privé, madame ? lui demanda-t-il respectueusement.

Il la suivit dans la bibliothèque, ôta son couvre-chef et la fixa d'un air navré.

— Il s'agit de votre mari, madame. Je suis désolé... en sortant du bureau, il a été renversé par un attelage laissé sans surveillance, qui s'est emballé. Il... je suis désolé, répéta-t-il.

— Il est à l'hôpital ?

Elle retint son souffle dans l'espoir d'une réponse positive. Quelle que soit la gravité de ses blessures, cela valait mieux que... Mais le policier secoua la tête.

— Non, madame... L'un des témoins a rapporté qu'il était descendu du trottoir sans regarder. Il était pressé, apparemment. Il n'a pas vu arriver la voiture. Le premier cheval l'a heurté de plein fouet et l'a renversé. Sa tête a tapé sur le pavé... Il est actuellement à la morgue.

Elle s'assit sur le premier siège à sa portée, hébétée. Elle ne parvenait pas à le croire. Ce n'était pas possible. Cela ne pouvait pas leur arriver. Ils s'aimaient si fort...

» Je suis désolé, madame, répéta le policier. Voulez-vous que j'aille chercher quelqu'un ? Vous faut-il un verre d'eau ?

Elle secoua la tête. Elle resta un long moment incapable de proférer un son, puis elle se mit à pleurer. Mais qui d'autre eût pu la consoler qu'Andrew, qui était tout pour elle ? Comment allait-elle faire pour vivre sans lui ? pour se réveiller tous les matins s'il n'était plus là ? Rien que d'y penser, elle eut envie de mourir. Elle ne concevait pas la vie sans lui, pas plus que sans son père, huit ans plus tôt.

Le policier resta d'abord à ses côtés sans trop savoir que faire, puis il sortit de la pièce sur la pointe des pieds. Il informa la gouvernante de ce qui était arrivé et partit avec ses deux collègues. Mme Partridge alla chercher

Angélique dans la bibliothèque et, avec beaucoup de ménagements, l'aida à monter dans sa chambre et à s'étendre, laissant Claire à son chevet.

Les invités furent avertis au fur et à mesure de leur arrivée et renvoyés chez eux. Le dîner fut servi aux domestiques et le reste, donné aux pauvres. Une couronne mortuaire fut fixée au-dessus de la porte d'entrée. Mme Partridge avait demandé au policier s'ils étaient déjà allés chez le père de M. Hanson. Ils comptaient s'y rendre tout de suite après, avait-il répondu. Ils avaient voulu prévenir sa femme d'abord.

En état de choc, Angélique passa la nuit à pleurer toutes les larmes de son corps, veillée par Claire. Elle ne voulait voir personne. Qui aurait pu la réconforter ? Depuis le jour de leur rencontre, Andrew était toute sa vie.

Les obsèques d'Andrew furent d'une tristesse infinie. Des centaines de personnes – amis, camarades de classe, relations professionnelles ou politiques – y assistèrent. Tous ses clients étaient là. John Hanson et Angélique prirent place sur des bancs séparés et ne s'adressèrent pas la parole. À un moment, ils se levèrent en même temps et faillirent se heurter. Angélique donnait la main à Phillip. Le petit garçon ne comprenait pas bien pourquoi son père ne reviendrait jamais.

Pendant la mise en terre, John Hanson et Angélique se tinrent face à face, de part et d'autre du cercueil, évitant de se regarder. Elle eut le cœur déchiré quand Phillip demanda si son papa était dans la boîte. Elle hocha la tête. Son grand-père lui jetait des regards à la dérobée, mais il ne s'adressa ni à elle ni à lui.

À l'issue des funérailles, elle reçut les proches chez elle mais ne quitta pas sa chambre. Elle n'en avait pas la force. Sa vie était finie. L'homme qu'elle aimait plus que tout au monde n'était plus là. Sans lui, elle ne voulait pas continuer. Pourtant, il le fallait bien, pour leur enfant.

La maison ressembla à un tombeau pendant de longs mois. Angélique ne sortait plus, ne voyait personne. Elle passait du temps avec son fils, mais c'était tout. Qu'allait-elle faire de sa vie, maintenant ? se demandait-elle. Andrew lui avait tout laissé : la maison, ses investissements, sa fortune. Mais elle n'avait envie de rien, n'avait d'autre projet que de transmettre tout cela un jour à son fils. Grâce à Andrew, elle était très riche. Mais sans lui, la vie n'avait plus aucun sens.

En mai, pourtant, elle reçut une lettre de Mme White qui la sortit de sa torpeur. Tristan était ruiné. Les extravagances d'Elizabeth et les siennes, sa gestion irraisonnée du domaine l'avaient laissé sans rien. Il était obligé de mettre en vente Belgrave Castle et la maison de Londres. Quand Angélique lut ces mots, les yeux lui sortirent de la tête. D'après Mme White, Elizabeth était furieuse après lui et ils s'adressaient à peine la parole. Quand les deux propriétés seraient vendues, ils comptaient s'installer à Londres dans une petite maison, à moins que les nouveaux propriétaires de Belgrave consentent à leur louer le Cottage. Ils n'avaient nulle part où aller et il ne leur restait rien. Le produit de la vente des deux maisons ne servirait qu'à payer leurs dettes considérables.

Mme White espérait que les futurs propriétaires la garderaient. Elle travaillait à Belgrave depuis qu'elle était toute jeune fille. Quant à Hobson, il prendrait sa retraite après la vente. Il était trop vieux pour s'habituer à de nouveaux propriétaires – ils n'auraient pas leur place au château, disait-il.

Angélique relut la lettre, enfila aussitôt sa robe de deuil et sortit. Patrick Murphy, l'avocat d'Andrew, avait d'autres rendez-vous mais accepta de la recevoir tout de suite. Il ne l'avait pas revue depuis la lecture du testament en janvier. On lui avait dit qu'elle vivait recluse et qu'elle allait très mal. Il la trouva en effet bien amaigrie, mais ses yeux brillaient. Elle lui raconta ce qu'elle avait appris par la gouvernante de Belgrave Castle.

— Je vais me rendre en Angleterre dès que possible, dit-elle. Il me faudra un avocat à Londres. Vous voulez bien m'aider à en trouver un ?

Elle retrouvait soudain de l'énergie, mais elle était nerveuse et très préoccupée.

— Quelles sont vos intentions, madame Hanson ? lui demanda-t-il avec sympathie. Vous souhaitez aider votre frère à apurer ses dettes avant qu'il vende ?

Patrick Murphy ignorait tout de l'animosité qui opposait Angélique à son frère.

— Certainement pas, répondit-elle d'un air scandalisé. Je compte racheter la propriété sans qu'il le sache, si possible. Je ne veux pas qu'il soit au courant avant que la vente soit signée.

L'avocat fut étonné par cette requête inhabituelle. Toutefois, estimait-il, c'était faisable si un mandataire compétent se chargeait discrètement de la transaction.

— Comptez-vous également acquérir la maison de Grosvenor Square ? voulut-il savoir.

— Non, répondit-elle après un instant de réflexion. Je n'ai pas besoin d'une maison à Londres et mon père ne l'a jamais vraiment aimée. En revanche, je tiens à ce que mon fils connaisse le domaine dont il va hériter un jour et apprenne à le gérer bien avant. J'en assumerai la responsabilité le temps qu'il grandisse.

Son père lui en avait enseigné la gestion, et elle était bien plus compétente dans ce domaine que son frère.

» J'aimerais que mon fils y vive, poursuivit-elle. J'y ai passé toute mon enfance. C'est un endroit merveilleux.

— Vous séparerez-vous de votre maison de New York, alors ?

— Je ne sais pas encore, avoua-t-elle honnêtement. En revanche, ce dont je suis certaine, c'est que je veux acheter Belgrave Castle avant qu'un autre le fasse.

Tout en disant ces mots, elle comprenait qu'il serait de toute façon certainement toujours douloureux pour elle de vivre sans Andrew dans la maison qu'ils avaient achetée ensemble. Sans lui, habiter New York n'avait guère de sens.

» S'il vous plaît, maître, reprit-elle, faites le nécessaire pour que personne n'achète Belgrave Castle avant mon arrivée. Expliquez tout cela à l'avocat que vous trouverez pour moi à Londres. S'il y a une offre, quelle qu'elle soit, je suis prête à surenchérir. Il n'est pas question que je perde mon bien une seconde fois.

Patrick Murphy ignorait à quoi elle faisait allusion, mais ne posa pas de question. Il lui promit de s'occuper de tout.

De retour chez elle, elle informa Claire et Mme Partridge qu'elle partait en Angleterre dès que possible avec son fils. Elle souhaitait que Claire l'accompagne, si elle le voulait bien, et celle-ci accepta. Elle s'était plu à New York, mais n'y avait pas noué de liens indéfectibles. En Angleterre, elle serait plus près de la France et de sa famille.

— Quand reviendrez-vous, madame ? s'enquit la gouvernante d'un air inquiet.

Les domestiques l'appréciaient et avaient été désolés de la voir si désespérée après la mort de son mari. Ils s'étaient demandé ce qu'elle allait faire, si elle allait rentrer en Europe ou rester à New York.

— Je ne sais pas, répondit-elle avec une pointe de tristesse. J'ai une affaire familiale à régler en Angleterre. Cela pourrait me prendre un certain temps.

Elle ne souhaitait pas leur annoncer dès à présent qu'elle déménageait définitivement. À vrai dire, elle n'en était pas certaine elle-même.

Angélique se rendit ensuite aux bureaux de la Black Ball Line et apprit que le paquebot *North America* appareillait pour Liverpool dans quatre jours. Elle comptait bien être à son bord ! Il n'y avait pas de temps à perdre. Il ne fallait surtout pas que Tristan cède Belgrave Castle au premier acquéreur qui se présenterait. La propriété était convoitée depuis toujours : du temps de son père, elle était en parfait état et très bien gérée. Cela dit, Angélique n'avait aucune idée de la situation actuelle. Tout ce qu'elle savait, c'était que son frère n'avait plus d'argent.

Elle réserva quatre billets et trois cabines : une grande à côté de la sienne pour Phillip et la nurse, et une plus petite pour Claire. En rentrant, elle s'entretint avec la nurse, la pria de préparer les bagages de Phillip et dit à Claire de commencer à faire ses malles.

— Quel genre de vêtements faut-il prendre ? s'enquit sa femme de chambre.

Angélique n'était pas sortie depuis cinq mois et n'avait pas remis ses belles robes. Toujours en grand deuil, elle ne portait que ses vêtements noirs les plus simples.

— Je porterai le deuil jusqu'à la fin de l'année au moins, confirma en effet Angélique. Mais il me faudra d'autres vêtements pour la suite, et peut-être quelques toilettes plus élégantes.

Elle songea au mensonge qu'elle avait fait lors de sa précédente traversée de l'Atlantique, il y avait six ans de cela, alors qu'elle fuyait Paris. Elle s'était fait passer pour veuve. Aujourd'hui, c'était vrai, ce n'était plus un mensonge, hélas...

— Nous allons rester aussi longtemps que cela, madame ? demanda Claire, surprise.

— Sans doute. Je l'espère, du moins. Nous rentrons dans la maison de mon enfance, lui expliqua-t-elle.

Tout en sortant des vêtements de son placard et en les posant sur son lit, elle se dit que Claire la connaissait depuis bien longtemps, maintenant, depuis l'époque du Boudoir, et que jamais elle n'avait soufflé mot de cette période aux autres domestiques. Angélique pouvait compter sur elle, elle le savait et l'avait toujours su.

Les trois jours qui suivirent, la maison fut emportée dans un tourbillon de préparatifs. Il y avait tant de décisions à prendre. Qu'emporter, que prévoir ? Au moins, elle ne se languissait plus sur son lit. Elle avait un projet et elle sentait qu'Andrew aurait été heureux de la voir à nouveau s'activer et chercher à sauver Belgrave pour leur fils. Car le domaine lui revenait de droit.

Patrick Murphy avait écrit à un avocat londonien qui lui avait été chaudement recommandé par des confrères. Il espérait que sa lettre arriverait avant elle. Si tout se passait bien, Angélique serait à Londres d'ici trois semaines.

Elle venait d'emballer tous ses bijoux et ajoutait quelques objets de dernière minute à ses malles quand Mme Partridge vint l'avertir qu'un visiteur l'attendait en bas.

— Qui est-ce ? demanda-t-elle distraitement.

Elle n'avait envie de voir personne avant son départ. Il était trop douloureux d'écouter les gens lui dire combien ils étaient désolés pour elle, alors qu'ils ne pouvaient pas se figurer l'énormité de la perte que représentait pour elle la mort d'Andrew.

— Je ne suis pas certaine, avoua la gouvernante, je ne l'ai jamais vu. Mais je crois que c'est le père de monsieur, madame. Il s'est présenté sous le nom de John Hanson.

Surprise, Angélique hésita. Pourquoi venait-il la voir maintenant ? Il ne lui avait pas adressé la parole aux obsèques. Il n'avait même pas fait le moindre signe à son petit-fils. Après réflexion, elle lissa rapidement ses cheveux et sa robe et descendit voir ce qu'il voulait.

Elle le trouva dans la bibliothèque. Il découvrait la maison dans laquelle ils avaient vécu pendant six ans et qu'il n'avait jamais vue, pour avoir refusé tout contact avec elle. Elle ne doutait pas que la mort de son fils unique lui avait porté un coup très dur, à lui aussi. Voir combien il avait vieilli en quelques années lui fit un choc. Elle l'avait déjà remarqué aux funérailles, mais avait mis ce changement sur le compte du chagrin. À soixante-sept ans, il était devenu un vieux monsieur.

— Bonjour, John, dit-elle d'un ton égal en entrant. Comment allez-vous ?

Il resta muet quelques secondes. Angélique n'avait rien perdu de sa beauté, malgré la tristesse de son regard et sa minceur extrême.

— Patrick Murphy me dit que vous quittez New York...

— En effet.

Elle resta debout et ne l'invita pas non plus à s'asseoir.

— Je voulais vous dire au revoir avant votre départ. Cela fait longtemps que je souhaite vous parler, mais je n'ai jamais trouvé le bon moment pour le faire. Je regrette la façon dont je me suis conduit quand Andrew a décidé de vous épouser. Je n'ai pleinement pris conscience qu'à sa mort que ma colère avait peu à voir avec votre ancienne profession ; elle venait bien plus de ce que vous acceptiez sa demande en mariage alors que vous aviez refusé la mienne. C'est une chose qu'il m'a été très difficile d'admettre.

Il s'assit tout de même, l'air égaré, avant de poursuivre.

» Je désirais follement vous épouser. Je voyais en vous l'amour de ma vie, après toutes ces années de solitude. Mais c'est mon fils que vous avez choisi. J'ai été jaloux de mon propre fils...

Il avait les larmes aux yeux. Abasourdie par l'énormité de cet aveu, Angélique ne savait que répondre. Pourvu qu'il ne renouvelle pas sa proposition, maintenant qu'Andrew n'était plus là... Elle retint son souffle.

» Si je tenais à vous parler avant votre départ, poursuivit-il, c'était pour vous remercier de n'avoir jamais dit à Andrew que nous nous étions rencontrés au Boudoir. Je vous en ai été très reconnaissant. Vous avez été admirable, de laisser à mon fils les illusions qu'il pouvait avoir à mon sujet. Je n'en méritais pas tant. Vous avez été honnête avec lui, en lui disant la vérité sur vous-même. Moi, je n'en ai pas été capable. Aujourd'hui, j'en ai honte. Ma jalousie, ma colère et ma lâcheté m'ont fait gâcher bien trop d'années. Nous aurions pu passer ce temps tous ensemble. Maintenant, il n'est plus là, et vous partez avec votre petit garçon.

— Vous aviez raison sur un point : j'ai brisé sa carrière politique, concéda-t-elle tristement.

— Je ne crois pas qu'il l'ait regretté... Depuis son mariage avec vous, il ne m'a jamais paru malheureux. Pas un instant. Quant à ses ambitions politiques, elles étaient bien plus mon idée que la sienne.

— Merci de me dire tout cela, fit-elle avec plus de douceur.

Finalement, elle était soulagée qu'ils aient pu faire la paix avant son départ.

— Reviendrez-vous d'Europe ? demanda-t-il.

Elle décida de lui dire la vérité.

— Sans doute pas. Je verrai si Phillip s'y plaît, mais j'aimerais qu'il grandisse dans la maison de ma famille. C'est l'endroit rêvé pour élever un enfant. Plus que New York.

— Comment se fait-il que vous puissiez vous y réinstaller ?

D'après ce qu'Andrew lui avait dit, ce n'était pas possible. Quant à l'avocat, il l'avait averti de leur départ imminent mais sans lui donner de détails.

— J'essaie de racheter l'ancien domaine de mon père, expliqua-t-elle.

Il hocha la tête, puis la fixa d'un air suppliant.

— Pourrais-je voir le petit ? C'est le portrait de son père au même âge...

Elle hésita un instant, puis acquiesça et alla le chercher. Il était dans la nursery, en train d'empaqueter ses jouets préférés avec l'aide de sa nurse, tout excité à la perspective du grand voyage en bateau.

— Il y a un monsieur à qui j'aimerais te présenter, lui dit-elle.

C'était vrai qu'il ressemblait énormément à son père... Aujourd'hui, savoir qu'Andrew continuerait de vivre un peu à travers leur enfant la réconfortait. Tous les jours, en le regardant, elle verrait l'homme qu'elle aimait.

— Qui est-ce ?

— C'est ton grand-père. Le père de ton papa. Viens, il voudrait te voir.

Il parut surpris. Jamais on ne lui avait parlé de ce monsieur.

— Je l'ai déjà vu ? voulut-il savoir.

— Il était à l'enterrement de ton papa.

— Pourquoi il ne m'a pas parlé, alors ?

— Il était sûrement trop triste, comme nous. Mais il a envie de te voir, maintenant. Viens.

Elle le prit par la main et ils descendirent l'escalier. Il entra dans la bibliothèque devant elle et s'arrêta net en voyant John Hanson.

— Bonjour, jeune homme, lui dit ce dernier en souriant et en lui tendant la main. Il paraît que tu vas faire un grand voyage sur un très gros bateau ?

— Oui, répondit fièrement son petit-fils, avant de se mettre à tout lui expliquer en détail.

— Tu vas bien t'amuser, dis-moi. Alors comme cela, tu vas en Angleterre ?

Phillip hocha la tête.

— Je vais voir la maison de mon autre grand-père. Un jour, elle sera à moi, parce que je vais être duc.

— C'est très impressionnant, commenta John. Tu crois que tu porteras une couronne ?

Cela fit rire Phillip.

— Je ne sais pas, maman ne me l'a pas dit. J'aurai une couronne, maman ? s'enquit-il en se tournant vers elle.

— Non, mon chéri.

— Mais je vais monter à cheval et pêcher dans le lac...

— Ce sera formidable. Tu crois que je pourrai te rendre visite là-bas, un jour ?

— Pour y aller, il faut prendre le bateau.

— Cela m'arrive, quelquefois. Peut-être que tu viendras à Londres avec ta maman quand j'y serai pour mon travail...

Phillip hocha poliment la tête, mais tout cela était un peu compliqué pour lui.

— Je vais préparer ma valise, annonça-t-il. Je n'ai pas pris tous mes jouets encore.

Son grand-père lui tendit de nouveau la main. Le petit garçon la serra en s'inclinant légèrement, avant de détaler.

— Quel adorable enfant..., dit John à Angélique avec un regard triste. Dire que j'ai perdu toutes ces années. Quel imbécile j'ai été.

— Vous êtes venu nous voir aujourd'hui, fit-elle valoir, touchée par sa visite et l'humilité de ses aveux.

— Pourrai-je me permettre de vous faire savoir quand je serai à Londres ? J'aimerais beaucoup revoir le petit.

Elle hocha la tête. Il serait bon pour Phillip d'avoir au moins un grand-père. Et elle savait que cela aurait fait plaisir à Andrew. Enfin, son père avait retrouvé la raison et fait la paix avec elle.

— Venez le voir quand vous voudrez, répondit-elle prudemment pour ne pas lui donner d'autres espoirs.

Ce qu'il lui avait dit expliquait beaucoup de choses, mais c'était aussi assez lourd à porter. Elle ne s'était pas douté qu'il était resté amoureux d'elle pendant toutes ces années.

Sur ce, il se leva, et elle le raccompagna à la porte.

— Merci d'être venu, John. Tout sera plus facile, maintenant, assura-t-elle en souriant.

— Prenez bien soin de vous, Angélique.

Il lui baisa le front d'un geste paternel. Il n'éprouvait plus pour elle que du respect.

22

La traversée jusqu'en Angleterre se déroula très calmement. Angélique ne souhaitait voir personne. Elle prenait tous ses repas dans sa cabine, jouait avec Phillip et sortait prendre l'air sur le pont, mais n'échangeait pas avec les autres passagers. Elle ne pensait qu'à une chose : arriver en Angleterre et régler au plus vite l'affaire qui l'y conduisait. Elle redoutait terriblement que quelqu'un ne la devance et que son frère ne cède Belgrave Castle pour une bouchée de pain.

Ils débarquèrent à Liverpool et se rendirent aussitôt à Londres. Elle descendit au Mivart's Hotel, sur Brook Street, à Mayfair. Dès l'après-midi de leur arrivée, elle se présenta chez l'avocat. Il avait reçu la lettre de Patrick Murphy deux jours auparavant et l'attendait. La mission qu'elle lui confiait était claire :

— Vous souhaitez donc acheter cette propriété, sans que le duc connaisse l'identité de l'acquéreur, résuma Me Barclay-Squires.

Il s'était renseigné. Le duc de Westerfield rencontrait d'énormes difficultés financières. Il était endetté jusqu'au cou.

» Vous souhaitez qu'il ne le sache jamais, ou seulement jusqu'au moment de la transaction ? lui fit-il préciser.

— Jusqu'à ce que la vente soit effective. Ensuite, cela m'est égal.

— Puis-je me permettre de vous demander pourquoi ? Rien n'obligeait Angélique à lui répondre, mais elle le fit.

— Parce que je crains fortement que, s'il l'apprend, il bloque l'affaire.

Tristan était capable de tout avec elle

— Il serait bien bête de réagir ainsi. Il n'en a pas les moyens. D'après ce que m'indique Me Murphy dans sa lettre, vous êtes prête à acquérir le domaine à n'importe quel prix ou presque. Franchement, le duc est pris à la gorge. Savez-vous combien il en demande ?

— Non. Pour dire les choses clairement, il me déteste et m'a chassée de Belgrave Castle il y a des années. Il ignore que je suis en mesure de racheter la propriété.

— Il a pourtant beaucoup de chance que vous en ayez les moyens. Ses créanciers s'impatientent. Ils pourraient faire saisir les biens. Le château est gagé, pour des dettes de jeu, et hypothéqué au maximum. Il pourra donc difficilement refuser votre offre.

— Sauf s'il sait qu'elle vient de moi. Cela le rendrait malade de me céder le domaine. Mon père me l'aurait légué, s'il avait pu. Tristan n'a hérité de Belgrave que parce qu'il lui revenait de droit avec le titre. Et il m'a jetée dehors dès le lendemain.

— Je lui dirai donc que je représente un acheteur américain qui souhaite rester anonyme et procède toujours de cette manière. Vous êtes certaine de ne pas vouloir acquérir la maison de Londres en même temps ? Il faut qu'il la vende aussi. Vous feriez sûrement une bonne affaire en prenant les deux.

— Je n'ai pas besoin d'une maison à Londres. Je peux descendre à l'hôtel quand j'y viens, ou acheter quelque chose de plus petit, un jour, si j'en ai besoin. Une seule grande propriété et une armée de domestiques me suffiront amplement. D'autant que j'ai encore une maison à New York.

Elle envisageait de la vendre mais rien ne pressait. Elle y avait réfléchi sur le bateau, sans réussir à se décider. Pour commencer, elle voulait voir comment elle allait se sentir à Belgrave, après tant d'années d'absence.

— Je connais le représentant du duc, reprit l'avocat. Je vais prendre contact avec lui dès demain matin. Où puis-je vous joindre ?

— Au Mivart's Hotel. J'attends de vos nouvelles, maître. Comment comptez-vous procéder ?

— Je vais commencer par essayer de savoir combien ils en veulent et faire une offre qu'ils ne pourront pas refuser. Je ne vais pas jouer au chat et à la souris avec eux, résuma-t-il.

— Très bien. Je veux que cette affaire soit réglée au plus vite.

L'avocat était fasciné par la détermination de sa cliente autant que par sa beauté. Son regard trahissait une volonté de fer. Cette femme savait ce qu'elle voulait et, en l'occurrence, elle ne reculerait devant rien pour l'obtenir.

— Je comprends. Nous ferons tout notre possible pour y arriver, promit-il d'un ton assuré.

— Merci.

Ils se serrèrent la main et elle regagna son hôtel.

Le lendemain, elle fut sur des charbons ardents toute la matinée. À midi moins cinq, le réceptionniste lui fit monter un mot l'informant que Me Barclay-Squires était en bas. Elle le pria de le faire monter et le reçut dans le petit salon de sa suite.

D'emblée, il la rassura.

— Tout s'est très bien passé, madame. Le représentant du duc a été très direct avec moi, sans doute plus que ne l'aurait souhaité votre frère. Il me confirme qu'il est pris à la gorge et doit vendre au plus vite. Il demande trente mille livres tout compris, ce qui doit lui permettre de payer ses dettes et de garder de quoi vivre modestement. Il y a, semble-t-il, un petit cottage à l'entrée du domaine dont il souhaiterait rester locataire pour un loyer modique.

— C'est hors de question, jeta-t-elle, glaciale.

— C'est ce que je me suis dit. Aussi ai-je répondu à mon confrère que ce n'était pas envisageable.

— Merci, dit-elle, soulagée. Alors combien avez-vous proposé ?

— Vingt-huit. J'ai songé à faire une offre plus basse mais je sais que vous ne voulez pas perdre de temps. Je pense qu'ils maintiendront trente et nous accepterons.

— Êtes-vous certain que ce n'est pas risqué ? N'aurait-il pas mieux valu accepter leur prix tout de suite ?

— Je crois que tout ira bien comme cela. Mon confrère se rend dans le Hertfordshire aujourd'hui, et me donnera une réponse demain, à son retour. Votre frère est aussi pressé que vous de conclure cette affaire. Nous devrions être très vite fixés.

— Y a-t-il eu d'autres offres ? s'inquiéta-t-elle.

— Aucune, madame.

Angélique n'eut pas à attendre longtemps, même si cela lui sembla une éternité. Dès le lendemain après-midi, Barclay-Squires était de nouveau assis en face d'elle, dans son petit salon.

— Qu'ont-ils dit ?

— Trente. Le duc assure qu'il ne peut pas descendre à vingt-huit. J'ai accepté et dit que la somme serait versée dès la signature des documents. Cela ne devrait pas être long. Votre frère a demandé qui était l'acquéreur, en toute discrétion. Je lui ai répondu que j'étais tenu par la même discrétion de ne pas le révéler. Cela lui est égal, je crois. Ce qu'il veut, c'est l'argent. L'avocat a précisé que la vente ne comprenait pas le titre, mais qu'il était prêt à le céder pour dix mille de plus. J'ai répondu que cela n'intéressait pas mon client.

— Vous avez bien fait, confirma Angélique. Mon fils en héritera à la mort de mon frère. Nous pouvons attendre jusque-là.

Cela l'écœurait d'apprendre que Tristan était prêt à cette ultime bassesse.

Ce soir-là, tandis qu'Angélique avait recouvré une certaine sérénité, heureuse que l'affaire ait pu se conclure si rapidement, elle se rendit compte que l'argent que lui avait donné son père suffisait largement à lui permettre de racheter son domaine. Encore une chose dont Tristan était à cent lieues de se douter. Finalement, des années après sa mort, son père lui offrait la demeure de leurs ancêtres.

Rien que de penser que son frère n'avait eu aucun scrupule à la vendre – y compris « avec le titre » s'il l'avait pu –, elle était révoltée. C'est pourtant grâce à cela – et à la bêtise qui avait conduit Tristan à contracter d'immenses dettes – qu'elle-même avait pu l'acquérir.

Deux jours plus tard, son avocat reçut les papiers signés par Tristan, duc de Westerfield, et marqués de son sceau. La vente incluait tout le mobilier, les œuvres d'art et le contenu du château dans son intégralité. Les seules modalités qu'il restait encore à déterminer, c'était le temps qui lui était accordé pour déménager.

— Dix minutes, répondit Angélique en souriant. Bon, allez, quarante-huit heures, rectifia-t-elle plus raisonnablement, mais sans une once de clémence.

Sa bonté et sa compassion n'avaient qu'une exception : son frère. Il ne les méritait nullement après la façon dont il l'avait traitée.

— Il risque de ne pas apprécier...

— Moi, c'est du jour au lendemain qu'il m'a jetée dehors, il y a neuf ans, alors que je n'avais que dix-huit ans et que je venais de perdre mon père.

— Très bien. Je vais le lui faire savoir, fit Me Barclay-Squires.

Angélique signa le contrat de vente de son nom d'épouse et de la seule initiale de son prénom pour préserver son anonymat jusqu'au bout.

Le lendemain matin, tout le monde fut distrait par le décès subit du roi William. L'homme avait succombé à une crise cardiaque à l'âge de soixante et onze ans. Parce qu'il n'avait pas d'enfant légitime, la couronne revenait à sa nièce Victoria, laquelle venait d'avoir dix-huit ans. Il sembla étrangement juste à Angélique qu'une femme accède au trône au moment où elle-même rentrait triomphalement à Belgrave.

Le représentant de Tristan s'était quant à lui rendu à Belgrave pour la troisième fois en trois jours et avait informé le duc des conditions posées par l'acquéreur : avoir déménagé d'ici quarante-huit heures s'il voulait que l'argent soit versé sur son compte. Elizabeth poussa de hauts cris quand son mari lui fit part de la nouvelle.

— Vous êtes fou ? Comment voulez-vous que je sois prête à partir dans deux jours ?

— Si nous voulons cet argent, nous n'avons pas le choix. J'ai préféré ne pas discuter. Nous n'aurions pu trouver meilleur acheteur. Il est regrettable qu'il ne veuille pas nous louer le cottage, mais nous avons encore Grosvenor Square, pour le moment.

Il s'efforçait de la rassurer, mais les relations diplomatiques étaient rompues entre les deux époux depuis qu'elle avait découvert l'étendue de ses dettes.

— Jusqu'à ce que vos créanciers nous jettent dehors, contra-t-elle. Vous avez bien de la chance que cet

Américain ait acheté Belgrave. Vous a-t-on dit son nom, finalement ?

— Non, et je m'en moque bien. Nous en avons obtenu ce que nous voulions. Cessez de récriminer, Elizabeth, et allez faire vos bagages.

Deux jours plus tard, tout ce qu'ils possédaient était entassé dans le hall, dans des montagnes de malles et de caisses. Les domestiques couraient dans tous les sens. Ils s'inquiétaient beaucoup de cette vente à un mystérieux inconnu, mais ils avaient tant à faire pour le départ du duc et de la duchesse qu'ils n'avaient pas le loisir de trop y penser.

Elizabeth prit la route de Londres au coucher du soleil. Tristan, lui, décréta que, quoi qu'en dise le nouveau propriétaire, il passerait une dernière nuit dans son lit et ne partirait que le lendemain. Tant pis si cela ne lui plaisait pas. L'Américain ne viendrait sans doute pas avant quelques jours, de toute façon.

Angélique quitta le Mivart's avant l'aube dans une voiture de louage. Elle voulait arriver au château la première, faire le tour, voir dans quel état il se trouvait, s'assurer qu'il y avait des chambres suffisamment confortables. Son fils, la nurse et Claire la rejoindraient un peu plus tard dans la journée. Du reste, grâce à Mme White et à sa remarquable équipe, elle ne doutait pas de trouver Belgrave propre, en tout cas. Elle n'avait en revanche aucune idée des transformations que son frère et sa belle-sœur y avaient opérées.

Désormais, Belgrave Castle, ses bois, ses terres, ses fermes, le Cottage et la maison de la Douairière lui appartenaient. Un jour, elle les transmettrait à son fils comme il se devait. Si une jeune fille de dix-huit ans pouvait devenir reine d'Angleterre, Angélique était sans nul doute capable de gérer le domaine. Une seule chose l'attristait : qu'Andrew ne soit pas là pour le voir. Elle espérait qu'il veillait sur eux. Elle sentait toujours sa présence bienveillante à ses côtés, comme celle de son père.

Le voyage prit plus longtemps que dans son souvenir. Elle était si pressée d'arriver ! La voiture franchit la grille du parc à midi. À la vue du château, Angélique se mit à pleurer d'émotion. Son cher vieux château, qu'elle pensait ne jamais revoir, qu'elle croyait avoir perdu à tout jamais...

Entendant une voiture dans la cour, les domestiques sortirent en rang sur les marches du perron pour accueillir comme il se devait leur nouveau maître. Le cocher déplia le marchepied. Angélique rassembla ses jupes. Elle portait une robe de lin noire toute simple et un chapeau assorti. Elle descendit de voiture avec légèreté et chercha parmi les visages ceux qu'elle connaissait encore. De saisissement, Mme White porta une main à sa bouche. Hobson ouvrit de grands yeux. Quelques femmes de chambre et valets de pied également, quand ils la reconnurent. Certains se mirent à pleurer. Angélique se précipita vers eux pour les embrasser.

— Oh, ma chère enfant, répétait Mme White en la serrant dans ses bras.

Hobson l'étreignit à son tour. Comme eux tous, elle avait mûri. C'était une femme, maintenant, et non plus la petite jeune fille apeurée chassée par son frère. Elle avait survécu à tout et revenait chez elle, telle une hirondelle au printemps. Il lui tardait de leur présenter son fils et de lui faire découvrir sa nouvelle maison, celle où elle avait vécu à son âge.

Hobson s'extirpa de cette mêlée de larmes, de rires et de sourires pour ouvrir la porte d'entrée et la faire pénétrer dans le hall. Elle fut soulagée de se rendre compte que là, du moins, très peu de choses avaient changé.

Elle avait l'impression de revenir à son point de départ, après avoir fait un voyage dans le temps.

Elle fit le tour des pièces du rez-de-chaussée, songeant à son père. Elle sentait sa présence à ses côtés. Au moment où elle sortait de la bibliothèque, son chapeau à la main, elle entendit des pas dans l'escalier.

Dans le hall, et pour leur stupéfaction à tous les deux, elle tomba sur son frère, qui se préparait seulement à partir.

— Qu'est-ce que tu fais ici ? lança-t-il avec colère.

Pourquoi revenait-elle le hanter, tel un fantôme, à la dernière heure ?

— C'est toi qui ne devrais plus y être, répliqua-t-elle d'une voix forte et claire.

— Ah, et pourquoi donc ? Qu'est-ce qui t'amène ici, de toute façon ? Sache que nous n'avons plus notre place à Belgrave, ni l'un ni l'autre. Je viens de vendre à un Américain.

Il semblait jubiler de la priver du domaine une fois de plus. Mais rirait bien qui rirait le dernier.

— C'est ce que j'ai entendu dire, répondit-elle d'un ton égal. Je suis revenue jeter un œil.

— Tu ferais bien de t'en aller avant qu'il arrive.

— Le nouveau propriétaire ne sera pas là avant cet après-midi.

Elle faisait allusion à son fils, car elle avait acheté la maison pour lui et pour les enfants qu'il aurait un jour.

— Qu'en sais-tu ?

Seuls l'avocat et les domestiques étaient au courant de la vente...

» Je vois que tu as encore tes espions ici, lâcha-t-il. Mais cela ne va plus te servir à grand-chose. Au fait, j'ai entendu parler de tes exploits à Paris... Je n'ai pas été surpris. J'ai toujours su que tu serais à ta place dans une maison close. Tu es bien la fille de ta mère, la putain française qui a mis le grappin sur mon père ! Ça, on peut dire qu'il était entiché d'elle, comme il l'a été de toi ensuite.

Le venin lui suintait par tous les pores. Angélique le regarda froidement. Elle se demanda comment il avait entendu parler du Boudoir mais ne lui posa pas la question. Au fond, elle s'en moquait.

— Crois-tu que tout cela te manquera, Tristan ? lui demanda-t-elle sans se donner la peine de répondre à son attaque. Quel dommage que tu n'aies pu vendre le titre avec, vraiment... Il faut dire que l'acquéreur n'en a pas besoin. Il en a déjà un.

Tristan la foudroya d'un regard haineux. Il semblait prêt à l'étrangler. Mais elle n'avait plus peur de lui ; au contraire, elle le raillait.

Soudain, il comprit. Et il sut enfin ce qu'elle était venue faire ici.

— Tu as... tu es...

C'était limpide, oui. Il ne savait pas comment elle s'y était prise, ni avec quel argent, mais c'était elle qui avait acheté Belgrave Castle. Comment aurait-il pu se douter que ce mystérieux Américain était une femme et, pire, sa sœur ? Cela lui faisait le même effet que s'il l'avait vue sortir de sa tombe.

— En effet, j'ai acheté le château pour mon fils. Excuse-moi, mais tu es dans une propriété privée. Tu devais être parti hier soir.

— Je m'en irai quand bon me semblera, répliqua-t-il avec arrogance.

— Non, Tristan. Sors de chez moi tout de suite ou je fais appeler la police. Tu n'as plus rien à faire ici. Tu n'as jamais rien eu à y faire.

Il semblait sur le point de la gifler, mais n'osa pas.

» Si tu veux ton argent, ajouta-t-elle, va-t'en et ne t'approche plus jamais de moi.

Fou de rage, il sortit, non sans se retourner pour la regarder avec haine. Pour la première fois de sa vie, il ne trouva rien à dire. Il avait cru s'être débarrassé d'elle pour toujours, au lieu de quoi elle était revenue pour l'abattre. Quand il eut claqué derrière lui la lourde porte d'entrée, Angélique poussa un soupir de soulagement. Au bout de neuf ans, le cauchemar s'achevait enfin. Tristan avait voulu la bannir du domaine de son père. Cependant, malgré ses machinations infernales, justice avait été faite. Elle avait gagné.

Elle passa le restant de la journée à inspecter le château et les modifications qui y avaient été faites. Certaines étaient jolies, et elle pourrait faire disparaître celles qui ne lui plaisaient pas. Elle ne savait pas dans quelle chambre elle avait envie de s'installer. Sûrement pas celle de son père, en tout cas. Elle finit par opter pour ses appartements de jeune fille et choisit une jolie chambre ensoleillée tout près pour Phillip et sa nurse. Elle ne voulait pas isoler son fils loin d'elle dans la nursery, surtout dans une nouvelle maison. Il lui sembla qu'il y avait bien peu de domestiques.

— Ils se sont séparés de beaucoup d'entre nous, quand l'argent a commencé à manquer, lui expliqua Mme White.

— Vous savez, fit Angélique, pensive, si vous ne m'aviez pas écrit pour m'annoncer que Belgrave était en vente, je ne l'aurais jamais su. Le château serait tombé entre les mains de quelqu'un d'autre. Heureusement que vous étiez là !

Mme White sourit. Elle n'en revenait toujours pas de la tournure qu'avaient prise les événements. Elle vivait comme un rêve éveillé.

— Je suis bien triste pour monsieur votre mari, dit-elle gentiment.

— C'était un homme merveilleux, assura Angélique. Vous l'auriez beaucoup aimé. Et il se serait plu ici, j'en suis certaine. Il me tarde de vous présenter mon fils ! Au fait, y a-t-il encore des chevaux dans les écuries ?

— Oui, bien sûr. Ils ont vendu les plus chic, mais il en reste quelques bons, je crois.

Il faudrait que Phillip sache monter à cheval pour qu'elle puisse l'emmener faire le tour de leurs terres. Il avait tant de choses à apprendre, avant d'être grand, pour diriger le domaine... Par chance, elle n'avait quant à elle rien oublié de ce que lui avait enseigné son père.

Soudain, les deux femmes entendirent une voiture s'arrêter devant la maison. Elles sortirent. Hobson était déjà dehors. Quand le cocher ouvrit la portière, le vieil homme souleva Phillip pour le poser à terre.

— Bonjour, monsieur, dit-il solennellement. Bienvenue à Belgrave.

Il sourit alors au petit garçon, qui lui fit à son tour un sourire timide avant d'embrasser sa mère.

— Ça y est, maman ? Est-ce que je suis duc ?

— Non, répondit-elle en riant. Pas encore. Et ce n'est sans doute pas pour tout de suite.

Elle le fit pénétrer dans le hall. Le château devait lui paraître bien grand et bien impressionnant... Tout en lui faisant visiter les lieux, elle lui raconta des histoires de son enfance, de son grand-père, de leurs promenades à cheval et des parties de pêche dans le lac, toutes ces choses qu'il allait pouvoir faire à son tour. Quand elle lui montra sa chambre, au premier, à côté de la sienne, il se haussa sur la pointe des pieds devant la fenêtre pour admirer la vue.

— Regarde, maman ! On voit le lac ! s'exclama-t-il joyeusement. C'est à nous, tout ça ?

— Oui, répondit-elle, très émue. Un jour, ce sera à toi.

Puis à ses enfants, et à leurs enfants après eux. Belgrave avait appartenu à ses ancêtres pendant des générations avant elle, et elle espérait qu'il resterait dans la famille bien des générations après la sienne. Ils étaient les maillons d'une chaîne qui reliait les siècles, chacun apportant sa pierre à l'édifice avant de le transmettre aux suivants. Aujourd'hui, par un coup de chance extraordinaire, le domaine était à elle ; et, un jour, elle donnerait tout cela à son fils.

— C'est beau, dit-il. Je suis bien, ici.

Il lui sourit, et elle imagina l'homme qu'il allait devenir quand il hériterait du titre de son grand-père. C'était elle, le pont entre eux, le lien entre le passé et le présent. Elle se pencha pour l'embrasser et le serrer contre elle.

— J'en suis très heureuse, dit-elle doucement. Moi aussi, je suis bien, ici.

La boucle était bouclée. Le destin l'avait ramenée à Belgrave, là où était sa place. Ils admirèrent à nouveau la vue qui s'étendait devant eux. Oui, ils se sentaient bien, chez eux, tous les deux.

ŒUVRES DE DANIELLE STEEL
AUX PRESSES DE LA CITÉ *(Suite)*

En héritage
Disparu
Joyeux Anniversaire
Hôtel Vendôme
Trahie
Zoya
Des amis proches
Le Pardon
Jusqu'à la fin des temps
Un pur bonheur
Victoire
Coup de foudre
Ambition
Une vie parfaite
Bravoure
Le Fils prodigue
Un parfait inconnu
Musique
Cadeaux inestimables
Agent secret
L'Enfant aux yeux bleus
Collection privée
Magique
La Médaille
Prisonnière
Mise en scène
Plus que parfait

Vous avez aimé ce livre ?
Vous souhaitez en savoir plus sur Danielle STEEL ?
Devenez, gratuitement et sans engagement, membre du
CLUB DES AMIS DE DANIELLE STEEL
et recevez une photo en couleurs.

Retrouvez Danielle Steel sur le site :
www.danielle-steel.fr

La liste de tous les romans de Danielle Steel publiés aux Presses de la Cité se trouve au début de cet ouvrage. Si un ou plusieurs titres vous manquent, commandez-les à votre libraire. Au cas où celui-ci ne pourrait obtenir le ou les livres que vous désirez, si vous résidez en France métropolitaine, écrivez-nous à l'adresse suivante, à partir du 1er janvier 2020 :

Éditions Presses de la Cité
92, avenue de France
75013 Paris.

Imprimé en France par CPI
en décembre 2019

*Composition et mise en pages
Nord Compo à Villeneuve-d'Ascq*

N° d'impression : 3036678

Imprimé en France par CPI
en décembre 2019

Composition et mise en pages
Nord Compo à Villeneuve-d'Ascq

N° d'impression : 3036678